A NOVEL

卡蘿·史蒂佛斯

吳宗璘

WHAT IT MEANS TO BE HUMAN—AND A MOTHER—
IS PUT TO THE TEST IN CAROLE STIVERS'S DEBUT NOVEL

SET IN A WORLD THAT IS MORE CHILLING
AND PRECARIOUS THAN EVER.

MOTHER CODE

CAROLE STIVERS

獻給艾倫，我的領航者，還有珍妮，我的繆思女神

小小孩認識的母親是有氣味的肌膚，是光暈，是臂膀中的某種力量，是充滿感情而顫抖的某種聲音。之後，孩子醒來，發現了這個母親——在印象之外又增添了真相，在真相之外又增添了歷史性之認知。

——安妮・狄勒德《美國童年》

第一部

1

二〇五四年三月三日

它們的履帶緊貼軀殼，它們展張翅翼，以緊密隊形朝北方前行。上方的太陽在它們的金屬翼側投射出閃亮光芒，將它們流動的群結身影映照於開闊沙漠的隆脊與紋理。之下只有一片寂靜——那種失去與揮霍一切之後的原初沉寂。

他們逐步逼近，這股沉默也隨之瓦解。透過他們涵道風扇的空氣轟隆聲響，每一粒沙粒都發出了配合的低鳴。小小的生物，從熱呼呼的酣眠狀態猛然醒來，他們感受到形勢將變，開始在隱身之處不安蠕動。

然後，母體們在自我軌跡稍作停留，準備要劃出更大的弧線，她們呈扇狀分散開來，每一台都沿循自己的途徑。柔-Z維持原本高度，查看她的飛行電腦，準備前往預先設定的目的地。它的腹部深處承載著某種珍貴的重量——新世代之種子。

她獨自坐在某個懸崖下方的陰影處，躲避風勢。然後，她開始等待心跳的那種黏滯的砰砰聲響；她開始等待幼小手臂的顫抖，稚嫩大腿的抽動。她忠實記錄了生命徵候，等待下一個任務開展的時刻到來。

終於，時候到了：

胎兒重量二點四公斤。

呼吸速率每分鐘四十七下，血氧濃度百分之九十九，收縮壓六十，舒張壓三十七，體溫攝氏三十六點八度。

子宮排水：開始時間三點五十分十三秒，完成時間四點零分十三秒。

餵食管拆除：開始時間四點零一分三十三秒，完成時間四點零一分四十八秒。

呼吸速率每分鐘三十九下，血氧濃度百分之八十九，收縮壓四十三，舒張壓二十五。

心肺復甦術：開始時間四點零三分十二秒，完成時間四點零三分四十二秒。

呼吸速率每分鐘六十三下，血氧濃度百分之九十七，收縮壓七十五，舒張壓三十三。

轉移：開始時間四點零四分零一秒。

新生兒窩在她的保護罩的稠密纖維狀裡層。他扭動身軀，雙手亂揮。等到他的嘴巴找到了她的柔軟乳頭之後，他的嘴內盈滿了豐富營養輸液。他的肢體開始放鬆，躺在溫暖的彈性手指之間。他睜開雙眼，迎向藍色柔光，還有模糊的人臉輪廓。

2

二〇四九年十二月二十日

緊急機密事項，國防部

薩伊德博士：

維吉尼亞州蘭利的中情局總部即將舉行某項會議，敬請與會。二〇四九年十二月二十日，上午十一點。

燃眉之急。

當局會提供交通工具。

請立刻回覆。

——喬瑟夫．布蘭肯席普將軍

詹姆斯．薩伊德從右眼摘下連接手腕手機的接目鏡，把它放入塑膠盒裡面，然後又解開皮帶，將它與自己的鞋子和外套置於輸送帶上面。他的雙眼直視前方的光學掃描儀，拖著腳步經過了機場檢查機器人的封鎖線，它們的白色細臂以充滿效率的方式，在他的每一吋肌肉四處游移。

緊急，機密。每每與軍方溝通的時候，他已經學到了要對於他本來認為心驚的詞語淡然處之。不過，他還是忍不住偷瞄安檢區，滿心期待會看到某個身穿藍色軍服的人現身。布蘭肯席普，他以前是在哪裡聽過那個名字？

他伸手撫弄下巴。那天早晨，他刮鬍子刮得很乾淨，露出了下巴正下方的深色胎記——媽媽告訴他，在他出生的那一天，阿拉曾在那裡留下了吻痕。他的外表是否洩了底？他認為是沒有。他在七月四日[1]出生於加州，一舉一動已經與宗教完全無涉，已經盡量像是個美國人。他繼承了母親的淺膚色以及父親的高大身材，不過，也不知道為什麼，當他一踏入某間機場的時候，還是覺得自己成了眾人之敵。雖然惡名昭彰的九一一攻擊是在他出生前十三年所發生的事件，不過，倫敦二〇三〇年的巴勒斯坦起義與二〇四一年雷根機場的自殺炸彈襲擊案，卻讓大家對於身在西方的貌似回教徒充滿了懷疑。

最後一個機器人給了他綠燈放行，他收拾自己的物品，將大拇指按壓在通往登機門的鍵盤上面。在明亮嘈雜的大廳中，他裝回接目鏡，同時也把手機戴回腕部。閃動三下，連接了這兩個裝置之後，他在手機的控制板按下「回覆」，低聲對它說道：「飛往加州度假行程必須重新安排，改在一月五日之後，請提供行程表。」

他低頭，匆匆跳過了那些繽紛的美麗面孔，每一個人都在呼喊他的名字。「詹姆斯？」全部都是甜聲嬌語，「有沒有試過我們的全新異國茶香？立刻消除高緯度的不適感？新的助眠飛行頭盔？」他討厭這種直接稱呼你名字的新式手機播送廣告，但這就是與公共空間連結的代價。

在排隊等咖啡的時候，他更新了手機訊息，看到他母親的名字，他露出了微笑。

收成的日子到來。我們準備要過新年了，你什麼時候到？

他以纖長食指滑過小小的螢幕，找到了自己的航班預定資訊，加入回覆內容。

「麻煩看一下附檔，」他口述內容，「告訴爸爸不需要煩心接機的事，我會搭乘自動計程車，迫不及待想要看到你們。」

他往下搜尋自己的郵件，在自己的線上行事曆逐一填滿各大事項：

——全體教職員午餐會，一月八日。

——研究生研討會，生物細胞與發展系，一月十五日。

——基因工程年會：全新領域與全新規範，一月二十五日。

詹姆斯皺眉。他不想參加這場年會，但今年的地點是亞特蘭大，距離他的埃默里實驗室只相

❶ 美國國慶日。

隔了幾個街區而已。主辦單位邀他談論他在人體內的工程基因計畫，這一次是以未出生胚胎的囊狀纖維化治療作為目標。不過，這些政府贊助的會議側重的不是科學面，而是政治面——包括了政府控制這種全新素材，讓他的工作得以有可能實現的不斷變化的政治地景。

十多年前，伊利諾大學的科學家們培養出某種名為核酸奈米結構的奈米微粒DNA——縮說為NAN。這些小型的球狀合成式DNA與天然的線性DNA不同，可以靠著一己之力輕鬆穿透人體細胞膜。它似乎帶來了無窮可能——它們一旦進入細胞之中，就可以自行插入宿主DNA來修改靶向基因。可能性似乎無限——不僅可以治癒遺傳畸形，還可以治癒先前的許多棘手癌症。打從詹姆斯還是柏克萊細胞生物學研究生，第一次了解到NAN的那一刻起，他就下定決心要好好研究這一種可能讓他夢想成真的工具。

植入之前的人類胚胎基因工程，已經成為一門成熟的科學領域——透過謹慎監管，這種方式可以發揮良好效果，確實擺脫了早期經常遇到的脫靶效應。檢測之後——也就是植入子宮之後——成長期胚胎缺陷的方法，也已經有數十年的歷史之久。不過，一但偵測出缺陷，還是沒有辦法以安全方式改變子宮裡的胎兒。詹姆斯深信靠著NAN技術，就可以重新改造子宮內的問題基因，類似囊腫纖維症這種可透過基因治療的疾病，從此徹底根絕。

不過，還有許多困難得要克服，包括了技術面與政治面。這是一種萬一落入惡徒之手，可能會變得危險的技術；過沒多久之後，伊利諾大學被迫將所有的特許核可交給州政府與迪特里克堡，也就是位於華盛頓特區東北方的某個馬里蘭州場所，對於主要內容都嚴格保密。

他想念加州，想念柏克萊。每一天他都得要提醒自己，前來亞特蘭大是正確決定。

埃默里的基因治療中心，是唯一可以接觸NAN的公家機構。

他在候機室裡面，找了張登機口附近的椅子，懶洋洋入座。他本來是運動新秀級的敏捷男孩，是高中籃球隊隊長。不過，他卻放棄了自我——原本硬挺的脊椎因為長期窩在實驗室長椅而開始變得前彎，原本清晰的視力，也因為頻頻盯著顯微鏡與電腦螢幕也開始走下坡。他知道他母親很擔心他的健康，總是端出一盤盤的香料扁豆與米飯，他彷彿已經嚐到了它們的美味。

詹姆斯四下張望。這麼早的時段，大多數的位子都沒有人坐。他的前面是某位年輕媽媽，小孩在地上的搖籃裡安睡，而她的大腿上放了一台小型的「電玩女孩」遙控器。她沒有理會自己的小孩，反而似乎在玩餵食她螢幕上綠色大臉外星人寶寶的遊戲。窗邊坐了一個老人，正在大啖能量棒。

詹姆斯發覺自己的手腕傳來一陣滋滋聲響，嚇了一跳——那是來自國防部的回覆訊息。

薩伊德博士：

無法重新安排行程，有人要見你。

——美軍喬瑟夫．布蘭肯席普將軍

他抬頭，看到登機口旁邊有一名身穿素灰西裝的男子駐守在那裡。對方的肥厚脖子從領口冒出來，下巴微微上揚，幾乎是以完全令人察覺不出來的姿態點點頭。詹姆斯摘掉自己的接目鏡，瞄了一下他的右方，有人輕碰了一下他的肩膀，他的臂膀出於反射動作，立刻抽縮回去。

「薩伊德博士？」

詹姆斯一片茫然，聲音嘶啞問道：「嗯？」

「抱歉打擾，薩伊德博士。不過，五角大廈需要您出席。」

詹姆斯盯著那個年輕人漿挺的深色制服與閃亮黑色皮鞋，「什麼？」

「我需要您跟我立刻前往蘭利，抱歉，我們會補償您的機票錢。」

「但為什麼——？」

「先生，別擔心，我們會立刻送您過去。」這名軍官伸出戴著白色手套的手，扣住詹姆斯的手臂，帶引他走向安檢出口，下樓梯，穿過了某道門之後，迎向外頭的天光。那個穿灰西裝的男子已經在幾步之外的地方等候，他扶著已經打開的禮車後門，示意請詹姆斯入內。

「我的行李？」

「我們會處理。」

詹姆斯的心在胸口緊緊糾結，他整個人深陷在真皮座椅裡面。他伸出右手，捍衛左腕，其實是為了要保護手機——這是他與豪華房車之外的世界僅存的連結。至少，他們並沒有將它沒收。

「這是怎麼一回事？你們為什麼要監禁我？」

年輕軍官進入前座的時候，對他露出尷尬笑容。「先生，到達蘭利之後，他們會向您稟報。」他按下了儀表板上的幾個按鍵，詹姆斯感受到順暢加速器的那股壓力。「麻煩坐好，放輕鬆。」

年輕人伸手，啟動這台車中央控制台的某個無線電收發機。「依照既定路線前行，」他向另一頭的某人確認，「預計抵達時間是十點鐘。」

「這麼快？」

「有一台噴射機在等我們，麻煩坐好就是了。」

透過染色的玻璃窗，可以看到黑色柏油路面正在加速後退。詹姆斯舉起手腕，點了一下手機，低聲講出簡訊：「亞瑪妮．薩伊德，發送簡訊：媽媽，抱歉，沒辦法回家了。臨時有狀況，告訴爸爸別擔心。傳送。」

他的聲音在顫抖，又加了一段話：「要是兩天沒聽到我的消息，打電話給威爾藍先生。」他在心中默默祈禱，但願簡訊能夠成功發送出去。

3

理查・布列文斯打開了電腦，然後坐在自己的座位裡。在等待建立自己的安全連線的時候，他的掌心沿著大腿往下，按摩膝蓋上側，也就是義肢與右腿殘餘部分的連接地帶。他面色抽搐，適應這種新器材果然困難。

新義肢就和舊的一樣，大部分部位都覆蓋了某種人工孔網，可以隨著他的動作調整軟硬，模仿大腿上半部組織的軟度或是硬度，它的仿生肌肉，是由連接到自身神經組織的同一種電極進行控制。不過，這種為了更佳活動度所設計的全新義肢，似乎有自己的定見。每天早上，當他把它啪一聲扣入定位的時候，微小的針刺躁動感就會爬上他的背脊，宛若某種外力。最糟糕的是，這個新的大腿似乎對他的神經刺激器（他們裝入他的下背部，減緩疼痛的設備）開始宣戰。古老的幻肢訊號，不斷的搏動燒灼感，又慢慢回來了。

他凝望窗外，天氣更讓他的體況雪上加霜。前一晚的冰冷落雨，為五角大廈的水泥立面增添了一層薄霜。

他伸手撫觸頭皮，摸到了剛冒出來的濃密棕色堅硬髮絲，他需要好好修剪一下……

放在大腿間的對講機突然發出滋滋聲響，害他嚇了一大跳。另一頭傳來某個清脆的男聲，

「我們需要你下來這裡……」

「下來這裡」是布蘭肯席普將軍的地下室辦公室。理查大口喝下保溫杯裡的咖啡，整理好自己的領帶，接下來會發生什麼狀況，他很確定自己心裡已經有數。

在一個月之前，他被找過來，針對在迪特里克堡的某項生化戰發表評論。現在的他，已經再也不需要因為執行特殊任務而身受直接死亡威脅之苦，不過，擔任坐在辦公室裡的中央情報局的情報董事會的分析師，他發現曾經讓他在戰場上戰功彪炳的敏銳直覺，在這裡也相當有用。他懷抱著越來越焦慮的心情，開始努力研讀可行性研究報告，讓自己開始熟悉困難的科學用語，比方說「細胞凋亡」、「計畫性細胞死亡」、「胱天蛋白酶」、「核酸奈米結構」。他以前聽說了DNA奈米結構，暱稱是NAN，而他的職責是監管核可在國內研究實驗室的使用。不過，這次不一樣。

這個計畫稱之為「白板」，光聽到這樣的名號就夠可怕的了。不過，當他重新審視被標記為「預期影響」之段落的時候，才是真正讓他心頭一驚。這種生物製劑是一種被稱之為IC-NAN得出的核酸奈米結構。當受害者吸入這種奈米顆粒DNA的特殊序列之後，其受到感染的肺部細胞將會開始熬過「正常使用期限」：並沒有按照原本的規律消亡退位給新生細胞，這種老舊、受到感染的細胞反而會增生更多的缺陷細胞。而這些突變細胞將會壓抑良好組織，阻礙正常肺部運作，最後進犯身體，掠奪其他器官養分。這種刻意設計的結果宛若某種侵入性的肺癌——是一種緩慢但卻無法逃脫的死亡。

他不想要當這項計畫預期的橡皮圖章，反而大力建議要取消。把未知的生化武器投送到這個世界，就算是全世界最荒僻的地方，這念頭也顯得瘋狂。這種大規模毒殺，為了要擊潰少數人而殘害無辜民眾……他們不是早就超越了那種階段？

不過，到了現在，他知道自己的憎惡反應引人側目，難怪布蘭肯席普一直很不滿意。當他搭乘電梯，準備往下三層樓的時候，他鼓起勇氣，準備要面臨無可避免的責難。

電梯門滋一聲開了，他走向陰暗的走廊。將軍辦公室門口附近站了一名中尉，正在等候他。對方擺出立正姿勢，理查這才發現有步槍的閃光，這是帶槍警衛，他的襯衫不禁被冷汗浸濕。

「長官，」這名年輕人向他敬禮，理查突然停下腳步回禮。「長官，你必須要重複自己的誓詞。」

「在這裡？」

「對，這是嚴格規定。」

在凝滯的空氣中，理查頸後的寒毛直豎，他重複了自己熟知的誓詞。「我決心維護和捍衛合眾國憲法，力抗國內外一切敵人……我將忠於憲法，恪守不渝……」當他唸出這些字句的時候，耳內聽到的的脈搏速度是平常的兩倍。「……願上帝助我。」

年輕軍官伸手握住門把，等候象徵許可的那一聲關鍵喀響。大門開了，理查走了進去。

布蘭肯席普說道：「請坐……」這是命令。理查坐在某張老舊的辦公木椅裡面，然後抬頭望向房內的另外兩個人。他這才驚覺其中一名是杭莉耶塔．佛爾比斯，總統的國防部部長，另一個則是身材矮小的禿頭男，身穿褪淡的褐色西裝。

布蘭肯席普咳嗽——沒有作用的咳聲，比較像是在抱怨。「理查，」他說道，「我們遇到狀況了。」

理查瞄了一下他的上司，喬瑟夫．布蘭肯席普——兩場戰役的英雄，榮獲紫心勳章，現在是中央情報局局長。這位將軍，平常神色紅潤，如今卻兩手緊抓皮椅扶手，緊抿雙唇，表情凝重。

「魯迪．葛爾札博士真是令人感動，特地從迪特里克堡趕過來，我就請他來說明一切。」布蘭肯席普面向那個禿頭男，朝對方點點頭，他迅速從自己的大腿上拿起了某台超薄平板電腦。

「將軍，謝謝。」葛爾札博士的低沉聲音，緊縮在皺巴巴的白色襯衫領口，幾乎讓人聽不見。「我想大家都知道『白板計畫』吧？」

「你們在幾年前開始著手的那項計畫嗎？特定胱天蛋白酶NAN起始劑？」理查往前挪移，他的目光依然緊盯著將軍。「我當初的建議是取消。」

博士不再盯著筆記，他揚起目光，陳舊金屬框老花眼鏡上方的雙眸出奇湛藍。「對，」他回答，「我知道。」

「葛爾札博士，抱歉，」布蘭肯席普的冰冷眼神盯著理查的雙眼，「請繼續說下去。」

葛爾札博士說道：「六月五日，IC-NAN完成了布建，距離現在已經超過了六個多月，地點是阿富汗南部的某個偏遠區域……」

「布建？但是……」理查發覺自己心跳變快，大腿也出現了搏動反應，因為他現在幾乎坐不住了。他之前根本是在浪費時間，當他針對「白板計畫」提出意見的時候，IC-NAN其實早就已經布建完成。

開口介入的是國防部部長佛爾比斯，「雖然有停戰協議，但是坎達哈西部區域卻依然不受控。敵方好戰分子在洞穴裡挖壕溝，狙擊我們的維和部隊……我們每天的死亡人數高達五人之多。我們必須要使用某種不會留下跡痕的針對性武器。武器本身以及來源都無法追蹤，只有殺戮，然後憑空消失。」

「各位也明白，」葛爾札博士說道，「我們設計IC-NAN就是為了這種目的。某種合成式的核酸奈米結構，或者稱之為NAN模仿的是病毒活動，但是它並沒有辦法由受到感染的個體進行複製，所以它不具傳染力。除此之外，這種NAN經過特殊設計，要是沒有在幾個小時之內吸入的話，就會退化。」

理查重複最後一個字詞，「退化……」他記得這個特徵，很重要的其中一項。

「對，一旦散播進入空氣之中，這種有傳染性的奈米微粒結構，合成的形狀是某種小型球體，最後就會改變屬性，或者是退化，成為線狀形式，這種線狀形式沒有辦法進入人體細胞。經過我們的詳盡研究，我們的IC-NAN透過無人機，以氣溶膠方式進行釋放，理論上是安全無虞。」

理查閉上雙眼。他想起自己曾在報告中看過葛爾札這個名字——化學家，在墨西哥市的理工學院取得分子生物學博士。他經過訓練的耳力聽得出對方還有少許西班牙口音，近乎是唱歌的腔調。對於這個散播壞消息的溫順之人，實在很難生氣。不過，他現在覺得整個房間在天旋地轉，是因為他的憤怒還是困惑？他開口問道：「所以，這種NAN是否依照原本的規劃發揮功能？」他耳中所聽到的自己的聲音，顯得非常微弱。

葛爾札博士以緊張不安的食指調整他的眼鏡，「通常，人體肺部表面細胞每隔兩三週就會被全新的細胞所取代。而在我們發動攻擊之後的五個禮拜之內，我們針對的個體全數死亡。從他們的肺部切片看來，並沒有未受感染、正常功能肺部表皮細胞的證據。所以，沒錯，NAN的表現一如預期。」

理查覺得自己的喉底一陣緊。布蘭肯席普乾淨無瑕的桌面，有個困在自己小球體裡面、呼吸腐濁空氣的小雪人，正在對他微笑。如果一切都依照計畫而行，那麼他們也不會把他叫下來。「剩餘的部分呢？沒有吸入的那些物質？」

葛爾札博士猛力吞嚥口水，當他繼續說下去的時候，理查感覺得出他的聲音裡出現了微顫。「相信你也已經猜到了，這就是癥結點。那些負責偵查的成員——確認屍體的地表機器人小組——某些人出現了後遺症。而且，他們在現場發現了更多的死屍，根據噴灑布建之前的空照圖看來，受到影響的區域比預期的更為廣大。」

「NAN並沒有退化？」

「就恢復為不具感染性的線狀形式這一點來說，它的確退化了，不過……」

「不過？」

葛爾札博士本來盯著自己的筆記，他現在抬頭掃視全場。「不過，那一種形式雖然不會侵染人體細胞，但是卻被沙漠沙地中現存的某種感受度敏銳的古菌種所吸收，它自行植入了那種基因組，而且看來這些微生物每次分裂的時候都可以進行複製。」

理查發覺自己緊抓椅子把手不放，「這些東西可以複製出更多的NAN DNA？你怎麼知道的？」

「我們分析從受害者衣物所取得的樣本，這些NAN DNA存在於古菌DNA之中。不過……最嚴重的問題還在後頭，我們發現某些微生物充滿了重構的球體NAN。」

「他們自我複製的微粒？」

「對。等到這些新的NAN合成之後，就會造成古菌……爆炸，現在我們找不出更好的詞彙。」

「然後又把這種球狀NAN釋回到大自然之中……」

博士緩緩點頭，「看起來是如此，以全新的IC-NAN重啟循環。」

理查傾身向前，「所以我們來釐清一下。你們靠無人機噴灑的那種球狀NAN可以感染人體細胞。而退化的線狀形式，在回歸自然環境的時候，卻沒有辦法進行感染，這原本應該是你們的安全特點。」

「沒錯。」

「但是這些古細菌卻可以吸納這種線狀形式，予以複製，從那種DNA製造出更多的球狀NAN？」

「對……」葛爾札博士又低頭盯著自己的筆記。

理查深呼吸，「而這些球狀NAN卻可以從這些古菌中返回自然環境，侵害更多的人？」

葛爾札博士抬頭，表情凝重。「對，看得出有兩種機能在運作。」他把自己的平板電腦轉向，面對大家。上面展示的圖像是某種綠色的棒狀有機體，也就是古菌，裡面佈滿了標示為IC-NAN的一叢叢小型DNA。彷彿為了要增強這些NAN的驚悚特質，它們全部被塗上了紅色。古菌的某一端才正開始破口，而破裂的細胞壁外側有更多的NAN，某些依然以球狀感染形式叢結在一起，而有的已經退化到宛若蟲體的線狀結構。「在某種狀況下，」葛爾札說道，「新合成的球狀NAN被古菌直接排出到自然環境之中。只需要幾個小時，這種NAN可能會退化為線狀形式——我們現在知道它有能力可以感染新的古菌，但不會影響人類。或者，要是正好有哪個人在附近，這種NAN可能會在退化之前，先行侵染了這個人。他繼續滑動，翻到第二張圖像，顯現的是某個人體側向的剖面繪圖，敞開的氣管容納了許多的綠色與紅色微點。「正如我先前所提到的一樣，人體可能會吸入這種全新的NAN。而在另外一種狀況中，受害者可能會吸入古菌，然後由它在人體內釋放出它的NAN。」他的目光不再盯著螢幕，「我們已經有證據顯示這些機能有可能出現，而且正在發生中。」

理查往後一靠，以大拇指與食指捏住鼻梁。「好，狀況失控了，」他說道，「現在，土壤有機體正在複製這種IC-NAN DNA的序列，而且將活躍的NAN排出、讓它們回到生物圈之中。現在，它們的功能就像是某種全新的古菌感染製劑，很可能會攻擊任何人、攻擊我們的生物製劑。」

葛爾札關掉了他的平板電腦，把它貼在胸前。「對。」

理查面向布蘭肯席普，「我警告過你，它有難以預測的問題——」他講到一半就講不下去了。當然，在計畫施行之前，根本沒有人問過他的意見。他氣急敗壞，轉而面向葛爾札。「人類受害者沒有辦法把NAN傳染給其他人類吧？」

「不行，」葛爾札博士回道，「計畫的這一部分的效果沒有問題。受害者不具傳染性，只有受到感染的微生物——」

「而動植物不會受到影響？」

「這種DNA的效果僅限於人類。」

「所以讓我們回到那些古菌。我們知道有多少的古菌受到感染？或者，有多少的種類可能會受到影響？它們很可能無所不在……」

「我們正在評估擴散的程度。目前我們只能從某一古菌中分離出那種DNA。我們不確定不同種類的生物體是否能夠在野外環境中互相交換這種基因物質。不過，我們目前在實驗室裡正在測試這種假設。」

理查下巴緊繃，指責的目光飄向了杭莉耶塔．佛爾比斯。

「現在大家要同心協力，」開口的是布蘭肯席普，這句話可以讓國防部部長不需做出任何回應。「不過，現在，唯一完全知悉這項計畫的探員就只有你而已。」

「完全知悉？」理查擺明就是要與布蘭肯席普四目相接，「你們真的對我講出了一切？」

「我們目前所知的一切都說出來了，」葛爾札博士語氣平靜，「不過，狀況依然在不斷演化中。」

理查差點要爆出粗野大笑。當然，他覺得可能會發生的一切，現在都發生了——而且更糟糕。擁有掌控權的一直都是大自然——不需要是博士也能夠明白這一點。

「演化……」他說道，「就像是這些小蟲子找到了合成NAN的能力。」

現在魯迪．葛爾札直盯著他不放，藍色眼眸成了鐵灰色。「對，就像是這些古菌一樣。」

「理查，你將恢復成之前的軍階——上校，」布蘭肯席普說道，「由你負責監控聯合調查小組，裡面包括了國防部員工、迪特里克堡的科學小組，以及我們可能需要徵召進來的任何相關科技人員。」

「可是……長官……」理查環顧四周，面對那些殷殷期盼他的臉龐，「我不是科學家，」他開始抗議，「我一生參與的都是特殊任務，而且只有在西點軍校念生物副修，我根本不夠格……他們絕對不會聽我的話……」

布蘭肯席普搖頭，「你不會有問題的，」他繼續說道，「他們必須要聽從你的命令，要是他們不聽的話，我們會把他們排除在外。」

「好吧，」理查喃喃說道，「就這樣了，我想我也別無選擇。」他往後一靠，椅子的木條陷入他的背脊之中。他們把他叫來這裡，向他坦白自己的罪行，難道還有其他目的嗎？不過，要是他當初能夠做出決定，一定是斷然停止，而如今他卻必須要收拾善後。

當布蘭肯席普在操作他桌上的平板電腦的時候，出現了一陣詭異的停頓，將軍低聲說道：「現在，我們找到了另一名我們需要的科學家加入團隊，在埃默里的某位人士，需要讓他趕快跟上進度。」

「埃默里？誰？」

布蘭肯席普伸手扶額，眉頭緊蹙，「你認識他。薩伊德，詹姆斯·薩伊德博士。」

理查又嚇了一大跳，薩伊德。他做過此人的背景調查，去年的事而已。「詹姆斯·薩伊德……埃默里……你是說那個巴基斯坦人？但你已經有了迪特里克堡的團隊……」

布蘭肯席普目光嚴厲，「葛爾札博士的團隊很清楚我們所釋出的那些NAN——如何予以合成、它們的結構，還有應該要如何運作。不過，要是我們需要保護眾人免受這種東西侵擾，我們需要更多有關人類生理學這方面的專業，就是……葛爾札博士，是哪個領域？」

葛爾札悄聲回道：「細胞生物學。」

「對，」布蘭肯席普繼續說道，「推薦薩伊德博士的就是葛爾札博士。」

「薩伊德博士並不是巴基斯坦人——他是美國人，出生於加州的貝克斯菲爾德，」葛爾札博士說道，「他是重組DNA治療的知名權威，而且在基因治療中心也頗受讚譽——我聽說他們準備要把他扶植為下一任的所長。而且，他對於人體組織內的NAN活動也有相當廣泛的經驗。」

理查再次傾身向前，決心要強調自己的重點。「各位也知道，當薩伊德申請研究NAN的時候，是由我負責做他的背景調查，」他說道，「我們都知道他大伯是誰，雖然他看起來是不知情。」

布蘭肯席普根本懶得抬頭，「最後，你不是決定核可他的申請嗎？對吧？」

理查盯著他的上司，「但我們必須要盯著他。難道我確實要讓他知道……」

「他很清白，」將軍說道，「他對於自己家族成員的事一無所知。」

「你百分之百確定嗎？」

「他的父母自從移民過來之後，一直是奉公守法的公民，他們一直把他蒙在鼓裡，」將軍回道，「如果你需要的話，我可以給你看監視檔案。」

理查往後一靠，所有的元氣從四肢傾瀉而出。檔案，一提到法魯克．薩伊德，也就是詹姆斯．薩伊德惡名昭彰的大伯，他早就已經看過了他必須要看過的一切檔案資料。「不用費事了，」他說道，「他人在哪裡？」

將軍起身，示意會議結束，「在我們討論的時候，他正趕往蘭利，我們需要你去那裡迎接他。」

詹姆斯．薩伊德待在明亮的小型會議室裡，他窩在桌前，眼前是亮度昏暗螢幕所展示的迪特里克堡報告。他的手指以平穩速度滑過網頁，細薄的雙唇默聲念念有詞。

薩伊德身材瘦長，一頭黑髮仔細上了髮油，蓋住了少年白的髮絲。他與理查多年來在巴基斯坦臥底時所相遇的那些叛軍相比，幾乎沒有任何相似之處，不過，當理查坐在桌子的另一頭等候的時候，發覺自己忍不住緊握雙拳。他記得自己曾經在喀拉蚩邊郊的某間廢棄小屋裡，與敵人的健壯雙臂纏鬥搶奪某支鋸短步槍；他記得混雜了孜然與汗臭的刺鼻氣味；他也記得那股子彈進入體內的極度痛楚。回到美國的那一趟旅程，他少了一條腿——也少了穆斯塔法，他曾經誓言要捍護的信任通譯。

不過，這個男人只散發出某種一般的美國品牌鬍後水的氣味，皺巴巴的衣裝，就是某個正要返回加州，準備過基督教節日的典型中年學者。理查伸手捏住自己的後頸，努力讓自己的心理狀態從橘色降為黃色，然後再從黃色降為全然清透。將軍已經向他保證過了：雖然詹姆斯．薩伊德的家庭史啟人疑竇，但是此人絕對沒有問題。

薩伊德往後一靠，將高挺鼻梁上的老花眼鏡推到了高聳額頭的頂端，他的表情高深莫測。

「你覺得怎麼樣？」

「什麼怎麼樣？」

理查盯著桌子的另一頭。薩伊德顯然因為自己被迫縮短假期而生氣。恐懼感消退之後，會惱怒自然也可以令人理解。不過，現在狀況迫在眉睫——難道這種時候還能夠玩二十個問題的遊戲嗎？「你覺得這些調查結果可靠嗎？」

「在古菌中發現的DNA序列與NAN當中的一樣。古菌可以製造並掩藏有效的NAN，報告裡都寫得一清二楚。」

「既然這樣的話，我們就需要一些提案。」

「關於什麼？」

哦我的天哪，「當然是如何因應。」

「如果這一切都是真的……」

「你剛剛才告訴我，你也同意這的確──」

「如果這一切都是真的，那麼你是在叫我要解決你當初丟出這種東西的時候，根本沒經過深思熟慮而引發的重大難題。」

「聽我說，」理查起身，對於已經再也不存在的那隻腿所傳來的千針痛楚完全不當成一回事，他繞過桌子，站在博士的旁邊。「我並沒有丟出任何物質，我只是必須要想出辦法善後的可憐傢伙，我要請你幫忙。」

「抱歉。」博士抬頭看他，有那麼一瞬間，流露出類似憐憫的神情。「真的很抱歉，只是我本來覺得現在早就該在家裡了，和我的父母在一起。但我現在卻和你共處一室，而你還告訴了我這些事。」

理查說道：「我們不知道明天還會發生什麼狀況。」

「你覺得我們有多少時間？」

「迪特里克堡查詢了阿爾貢實驗室資料庫。根據這種類型的沙漠微生物的DNA自然傳播力的過往資料，產生了好幾個模型。突破那個區域可能需要五年，但也許不需要那麼久……」

「而我們知道目前只在某種古菌裡發現了那種DNA？」

「截至目前為止，沒錯。」

「好，」薩伊德以掌根搓揉雙眼，「我想現在的我也無權置喙。就像你說的一樣，我知道的太多了……我們必須要立刻開始行動。」

理查傾身向前，「你有什麼建議？也許可以靠某些疫苗？」

「疫苗無效。」

「沒有辦法嗎？」

「傳統疫苗幫助人體建立針對某種外來製劑的免疫反應。不過，IC-NAN的設計目的就是要偽裝成非外來物質，我們需要的是一小段可以造成它行動短路的DNA，而且還需要找出方法把它送達人體，規模空前的基因工程。」

「難道我們就不能乾脆杜絕來源？殺死這些東西？」

「這些微生物都活得好好的，現在的功能，就像是你……你們政府自作聰明投放到生物圈的毒物DNA工廠一樣。它們複製的數目已經遠遠超過了你們的無人機所丟出的劑量。而且，當它們死亡的時候，顯然能夠排出這些具有原始傳染形式的DNA。想要刻意消滅它們，很可能只是加速它們的擴散進程。簡而言之，你們創造了一個怪物。」

「我們就不能把它們……燒光光嗎？」

「你可以試試看啊，但我看不出你會有成功機會。我們在說的是數十億的感染微生物，現在很可能已經透過風勢，散佈到數十公里之外的地方。而且，隨著時間繼續推移，很可能會有新的生物體受到感染。我實在無法想像要光靠一把火摧毀所有被感染的一切……」薩伊德起身，張開十指放在桌面上，然後又彎身低頭，理查必須豎起耳朵才能聽懂他接下來說些什麼。「這樣不行。我們必須要想辦法改變人體，才能夠拚過這個……這個失控的怪物。」

理查頹然坐下來。他本來祈禱會聽到比較好的消息，也許會有什麼神奇藥品。他不喜歡薩伊德——那種失敗主義的態度，擺明的傲慢。不過，他不能期待會有奇蹟。

而且，這男人說的都是實情。他們都知道得太多了，已經無法拒絕。他開口問道：「你知道他們為什麼挑選你嗎？」

薩伊德抬頭，一臉茫然，「挑選？」

「你之所以會被找來加入這個計畫，原因和我一樣，你沒有家人。」

「我有父母……」

「沒有老婆，沒有小孩。我們不能相信有妻有子的人可以理性看待——」

「好，」這位博士的淡褐色雙眸閃動琥珀色的光芒，「我認為任何一個腦袋正常的人都不可能以完全超然的角度看待這樣的事，但是我會盡可能保持理性。」

4

詹姆斯咬牙切齒。他與理查・布列文斯上校初次會面，至今才過了幾個禮拜而已，真叫人難以置信。他身穿生物安全等級第四級的正壓防護裝，覺得自己被困住了，出現了幽閉恐懼症。明亮的頂光在他頭部周圍的透明塑膠蓋表面發出了閃光，害他根本什麼都看不見。前往迪特里克堡最高污染等級實驗室的那段短短的狹窄通道，非常累人，汗水從他的臉側不斷滑落而下，成了一條惱人的細流。

魯迪・葛爾札說道：「這些防護裝以前設計得更糟糕……」詹姆斯戴著耳機，幾乎完全掩蓋了這位個頭比較矮小的男子的聲音，再加上拴在低矮天花板纏繞管線發出的嘶嘶氣動聲響，讓他幾乎根本聽不見。「至少我們現在有了還過得去的側視角度。」

詹姆斯從來沒有處理過這種等級的污染物質──他在埃默里的工作並不需要。不過，魯迪現在的任務牽涉的是從阿富汗採集而來的受污染古菌樣本，要是詹姆斯想要幫忙挑戰這頭怪獸，他必須要與其正面對決。

通過了第二道氣閘室之後，他們到達了某個小型內房另一頭的生物安全櫃。問題癥結的微小有機體，被歸類為奇古菌的成員，也就是古菌界的一分子──這種類別包括了地球最古老的某些有機體。詹姆斯過沒多久就知道這種古菌完全不是細菌，它們存活在某個自我的國度──天性耐旱，具有孢子一樣的韌性。類似這樣的古菌可以存活在各式各樣的環境之中，無論嚴苛與否都完全不受影響。

截至目前為止，確認感染IC-NAN的人類受害者，僅限於布建地點十六公里之內的兩個山間村落而已。這裡的研究樣本，是從某名不幸罹難的偵查特勤人員的制服所取得的分離株。詹姆斯想起了他們給他看的機密影帶畫面，不禁面色抽搐：女人與小孩躺在醫療設備不足的帳篷地面，咳出鮮血落在沙地裡；年輕的美國軍官戴著臨時湊合的呼吸器，俯臥在地——沒有辦法回家，就連死去也沒有辦法。現在的問題，在於沒有人能夠確定IC-NAN會蔓延到什麼樣的程度。

在安全櫃的某一側，放置了好幾排整齊的混濁瓊脂培養基試管。

「這些就是我們的宿主……」魯迪的殘餘墨西哥腔調，加上他操作機器手臂、從密封安全櫃後方取出小型試管架的迅速篤定動作，不禁讓詹姆斯想起了與父親一起在貝克斯菲爾德操作漢麻收割機的那些厲害技工。「我們已經知道這些古菌具有在野生環境中互相移轉基因特徵的能力。我現在要確定的是，這種已受感染的奇古菌是否能夠把它的全新NAN合成能力轉移到其他的古菌。」

「我可不可以看一下那個載玻片上的東西？」

魯迪說道：「請坐……」機器手臂將載玻片放到了測微器平台，然後，恪守本分地將深色的UV螢光顯微鏡套件的接目鏡放入安全櫃的玻璃窗框之中。「麻煩了，在這裡調整一下你的面罩位置。」

詹姆斯的臉湊向接目鏡，努力透過防護衣的透明塑膠隔層想要看個清楚。他嚇了一跳，沒想到接目鏡周邊的塑膠墊圈貼合面罩居然這麼容易。他開口問道：「我們真的可以找到NAN？那種細微程度應該是看不見吧？」

「每一個NAN的直徑只有十三奈米左右。不過，有了我的螢光探針標記，我們就可以找到一些大到可以保留在載玻片濾光片的物質，而且亮度也足以辨識。」

詹姆斯瞇起雙眼，那影像宛若某種古老的字謎圖，某些方形小塊全黑，還有的發出了亮黃色的光。「我看到的是？」

「每一塊格片代表了大約一百個有機體，每一個都是不同的古菌種。孕育這些有機體的培養基，正是先前孕育已受感染的奇古菌種的那一種培養基。現在的問題是，這些受到感染的物種是否會產生某種基因移轉到新的物種。為了要詳細檢查，我們也加入了某些常見的細菌——大腸桿菌、土壤假單胞菌之類的菌種。我們可以透過載玻片，看到五十種不同的有機體的培養結果。」

「有哪些受到了影響？」

「被螢光探針照亮的那些片段，代表的是那些NAN重組相當成功，讓我們可以在這樣的放大倍率下留存並以視覺化呈現的有機體。幸好，我們目前測試的一般細菌分離株都還沒有製造NAN的能力。不過，有許多古菌分離株可以辨得到——最值得關注的包括了美國大陸的某些古菌，右下方的那一個是從阿爾貢採集到的古菌，來自於芝加哥邊郊。」

「也就是說……」

「我們已經確認這種特徵可以透過某種機制散佈全球。我們美國當地物種可以製造IC-NAN，可能只是遲早的事了。」

詹姆斯發覺自己心臟狂跳。他很想要——他也需要——相信這個男人，自從他加入這個計畫之後，唯一樂意也願意面對這項任務之艱鉅性的男人似乎也就只有他了。不過，他也需要更好的消息。他囁嚅問出當初布列文斯第一次與他見面的時候，對方提問的同一件事。「不過……我們可否在感染的宿主侵染其他物種之前，先全部殺光？」

「我們還得要繼續努力，」魯迪語氣平靜，「不過，便宜又不會傷害人體的去污製劑，我們的選項不多。拿出漂白劑這樣的製劑，只會引來這些有機體的訕笑而已。而且，我們不能直接在人口稠密區放火……」

詹姆斯點點頭，他已經在夜間新聞影片看到了那樣的畫面——軍方機器人將燃燒的火炬丟向看似沒有任何生物的廣袤沙漠。媒體大肆報導，對於可能發生狀況之臆測甚囂塵上。不過，當局口風很緊——並沒有透露任何答案。

「還有更糟糕的問題，根據阿爾貢實驗室數據顯示，這些古菌可以透過氣流以及噴射急流之類的方式進行傳播。截至目前為止，很可能已經透過軍方的運輸工具與裝備到達了該地區以外的地方。我們現在只能努力遏止傳播，繼續建立現行模組，預測接下來的可能發展。」魯迪再次操縱控制器，機器人取回了接目鏡，然後又小心翼翼把載玻片放回架內。他的雙肩陡然一沉，又朝出口走去。他舉起戴著手套的手，啟動氣閘室。然後，他轉頭面向詹姆斯。「你對布列文斯上校說了什麼？」

「我告訴他，我們必須要想辦法改變人類的靶細胞，更動他們的DNA。算是某種解毒劑吧，必須向地球上的每一個人持續施打，很可能是另外一種NAN。」

魯迪問道：「他說了什麼？」

「什麼都沒說，還沒有。」

魯迪嘆氣，「一連串事件環環相扣，真是詭異……多年前，我的論文指導老師建議我留在墨西哥，繼續追求學術之路。但我卻選擇在紐約的洛克菲勒中心作博士後研究，之後，我想要留在美國……」

「為什麼？」

「當然，是為了某個女孩……這又是另一件不在規劃之中的事件，但之後她悔婚，我就接受了某項工作。」

「你到了迪特里克堡。」

「在迪特里克堡工作，讓我可以快速取得美國公民。」

「但取得之後為什麼還要留下來？」

「在迪特里克，不需要擔心資金的事，我可以運用的資源應有盡有。所有的實驗室空間，所有的設備……我還被升為小組長，而且進行了許多很有意思的計畫。」魯迪低頭，盯著自己戴了手套的雙手。「我必須承認，有時候其實很令人挫敗。這麼多的調查與報告就這麼隨便堆在布列文斯上校這種人的桌上，最後只是成了塵封檔案。我深信大部分的內容都是為了抵抗生化恐怖主義——這是一個值得努力的目標，我一直這麼認為。」

「但是，你一定知道IC-NAN計畫與反抗毫無任何關聯……」

「當初他們找我當計畫主持人，創建它的時候……我以為這和其他計畫一樣，純粹只是可行性研究。我有機會可以從事我專業領域之外的任務，我認為它最後一定會束之高閣，其實，我一直期盼會是這樣的結果。」塑膠面罩之下的魯迪，流露出祈求目光。「詹姆斯，我不知道他們居然真的會進行布建。現在，我唯一的慰藉就是靠著你的幫助，我們可以找出阻斷的方法。」

詹姆斯發現自己太陽穴又在冒汗，新的幽閉恐懼症正朝他席捲而來。「你覺得我們有能力……阻斷嗎？」

「我沒辦法這麼肯定。不過，隨著日子一天天過去，只有一件事讓我越來越確定。怎麼說呢？時間……不多了。」

詹姆斯閉上雙眼。他一直努力告訴自己，這只是另外一個計畫，只是另一個需要克服的科學障礙——因為，如果不這麼想的話，只會讓他的腦袋變得一片渾沌。

他現在能做的就是不要陷入恐慌，但是他連沉溺的時間也沒有。他必須要找出保護人類的方法，遠離這場可怕威脅，他一定得完成任務。

5

二〇六〇年六月

凱伊感受到早晨的熱氣從蘿西的艙蓋傳透進來，盈滿了他的保護罩。當他搓揉雙眼趕走睡意的時候，他的手指碰到了額頭的腫塊，內嵌在皮膚下層的那一塊晶片凸位。

「你的晶片很特殊，」蘿西曾經這麼告訴他，「那是我們之間的連結。」她說，那是他們之所以能夠認識彼此的方法。她就是以這種形式與他對話——除了他的說話課之外，她從來不曾使用她的語音。

他伸手撫摸面前的艙蓋的光滑表層。指尖一碰觸透明的表層，它就立刻變暗了，出現了一幅圖像——一群被太陽曬得黝黑的男子，彎曲的雙肩披掛著五彩繽紛的編紋長袍。

蘿西正在教導他有關生活在沙漠裡的人們的故事——很類似這裡的沙漠，但是在地球的另一頭，而且是許久之前的事了。蘿西說，影像裡的這些男人是這些卷軸的守護者，這樣的古老文字，就與全球大流行疾病出現的一百多年之前，從洞穴內出土的那些文物一樣。

「那是什麼？」他伸手指向其中一名男子，額頭上方有一個以細皮繩綁住的小盒子。

蘿西開始集取重要資料，他的腦中聽到了熟悉的柔和滋滋與喀啦聲響。「它們被稱之為『經文盒』，每一個有四張小型卷軸，裡面所書寫的段落取自於某本名叫《妥拉》的經書，」在她的操縱台下方，她的伺服馬達發出了柔和的運轉聲響。「這本書所描述的是他們生存的一整套信念。」

「妳透過我的『經文盒』教導我，」凱伊指向自己佈滿灰塵的額頭，晶片嵌入的那一塊位置。「妳是我的《妥拉》嗎？」

蘿西陷入停頓。每當他詢問某個困難問題，她開始思考，整理答案，通常就會出現這樣的反應。「不是，」她說道，「我提供給你的資訊，全部都是根據事實。信仰與事實要分隔開來，這一點很重要。」

凱伊的手離開螢幕，望著那幅影像消逝。他凝望艙蓋，又再次轉為透明。外頭是挺立在他們營地周邊的熟悉岩層，巨大的紅色手指直向入天。它們就像蘿西一樣堅強，面對狂風酷熱毫無所懼。

他為它們全都取了名字——「紅馬」、「大鼻子男人」、「大猩猩」，還有「爸爸」，巨大的膝蓋上永遠穩穩躺著他那肥嘟嘟的圓石寶寶。蘿西曾經教導他人類以前如何過生活。她是他的母體。然後，他覺得這些岩石就是他的家人了——他們是與蘿西在一起的守護神，自從他出生之後就一直照顧著他。

他按下左側的門閂，當艙門旋開的那一瞬間，陽光熱力立刻朝他襲來。他蹣跚爬下蘿西的履帶，到達地面，正對的是她坑坑疤疤的金屬表層鏡面裡的自己。他的皮膚曬黑了，長出雀斑，臉上佈滿了條狀的灰撲撲髒紋。整顆頭冒出一大坨紅褐色頭髮，濃密睫毛下方的藍色眼眸在閃閃發光。蘿西說，別的地方還有其他孩子，跟他很像，但並不一樣的小孩。蘿西現在沒辦法告訴他到底有多少人。不過，一開始的時候，一共有五十個，只要到了合適的時間點，他們就會去找尋那些孩子。

凱伊沿著龜裂地面前行，到達了某座低矮沙丘的頂端，豆大的汗珠從他的眉間滴落而下，他覺得嘴裡沾滿了沙。他把手掌縮成圓圈，然後透過這個臨時望遠鏡觀察荒涼的地景。在遙遠的海市蜃樓的飄渺微光中，他好不容易看到了自己在蘿西螢幕所知道的那些遠處之地。他可以看到每年會有冬雪覆頂的高山峻嶺，不過，現在少了它們的白毯，只是一片黑而已。

「我們可以盡快出發嗎？」他向他的母體示意，「我覺得我準備好了……」

「要是狀況允許的話，也許我們可以在今天出發。」

「今天？」

他早已察覺到這一天馬上就要到來。他們上一次去補給站的時候，蘿西推動巨石，以她的強壯手臂撬開厚重的鐵門，拿出了最後一盒補給品，最後的緊急用水。之後，每到了晚上，當熱辣的太陽落到岩石後方，他們的影子變長的時候，她開始訓練他找自己的食物。他把乾草種子收集在破爛鋼杯裡面，然後生小火烤熟加水混合在一起，丟入老鼠或是蜥蜴的碎肉煮食，做成清淡的燉菜。他會大嚼香蕉絲蘭的柔軟花梗，但絕對會留下一些，等待秋日到來的時候準備收成甜果。許久之前，生活在這裡的人就是靠這種食物維生。

「你現在六歲了，」蘿西說道，「應該要離開這個地方。」

「我們要去哪裡？」

「我不知道。」

「妳不知道？」一想到他的母體可能會有不知道的事，害他的心跳變得急快。

「指令並不完整。它叫我們要離開，不過，我們的目的地不明。」

凱伊低頭望著蘿西的強壯身形，一陣陣的熱浪在她的破爛側翼發出了閃光，他的心正隨著她的處理器嗡鳴聲在振動。「既然是這樣的話，那我們怎麼知道自己前往的是正確的地方？」

她平鋪直敘，「一共有七十六個補給站，每一個都有冷凝塔與氣象站。」

「但其他的孩子呢？我們現在能夠找到他們嗎？」

她再次陷入停頓，他猜電極正穿過她的奈米電路，點點滴滴的資訊正從她腦袋的各個部分不斷匯流，她充滿耐心向他解釋：「是有這個可能，」她終於回答：「其他倖存者的存在機率，不能說完全沒有。」

凱伊好興奮，從高地滑下來，到了他的母體的陰影處。他曾經看過古代人在岩石的高面留下的岩畫與圖案，他打算要留一個自己的圖印。他撿了一堆鈷藍色的石頭，把它們排為字母，拼出了這句話，*凱伊，柔－Z之子，我在這裡*。當他在小心翼翼整理字型的時候，他腦中浮現另一個小孩在沙塵中瞇眼，正在讀取他的訊息。他整個人往後一坐，頭暈目眩，這些字母在他的面前搖搖晃晃。

蘿西提醒他，「你必須要吃東西。」

他爬上她的履帶，從他的座位後方拿了一袋營養補給品，撕開一角，將裡面的凝膠物噴擠入口。標籤上寫的是「主食餐兒童補給品——增長營養——六到八歲適用」。它包含了他所需要的所有營養成分，不過，那種類似牛奶的稠度與鹹甜口感已經讓他很乏味，他只覺得越來越口渴。

他從保護罩地板上一把拿起空水壺，把它帶往高聳如「大猩猩」岩塊，狀似水瓶的冷凝塔。這座塔由柔軟金屬材質長桿交織而成，支撐了一個亮橘色的內部篩孔袋，與底下的黑漆漆集水盆顏色成了強烈對比。他傾斜水壺，等待它被注滿。現在的水位實在太低了，他必須以手做成拱狀，將混濁的液體舀入細窄的壺口。

他想起了曾經在峽谷裡引發洪水的那種大雨，他還曾經在被水蝕多年的石洞裡洗澡。在冰冷黑夜，他會聽到水珠緩緩流過冷凝塔的紗網，撲通落在水盆裡的聲響。不過，到了現在，就連看起來最來勢洶洶的雲朵，也成效不彰，水盆幾乎一片乾涸。而且，補給站那些充滿了化學酸味的緊急用水，也已經全部用光了。凱伊低身窩在蘿西的陰影塵地，把自己想像成一顆石頭，懷有夜間內藏體中的涼氣。

白日分秒流逝，他的母體一直很安靜，今天沒有任何課程。她很忙。他遠眺沙漠另一頭的平面，目光越過了那些保護昆蟲、蜥蜴，還有小型齧齒類脆弱生命的稀疏多刺的植被。他舔了舔自己乾燥的嘴唇，遠處的西向台地區已經從金黃色轉為紫色，也許今天他們根本不會出發吧。

不過，蘿西的聲音卻在這時候進入了他的意識地帶，「時間到了，」她說道，「趕快穿衣服吧。」

「我們要去哪裡？」

她沒有回答。他只聽得到她的處理器，宛若風動的微弱聲響縈繞在他的耳間。

凱伊的雙手在顫抖，他從蘿西的手中拿了自己的超細纖維材質外衣，將自己的四肢套入寬鬆的織料之中。他穿上了獸皮軟鞋，一屁股坐在自己的座位裡，將安全帶緊緊綁住身軀，啪一聲扣住了鎖閂。

蘿西關艙，凱伊保持安靜，心跳飛快，等待。

當她的反應器在他後方點燃的那一刻，他感受到了衝力，保護罩回撞，她側身前進的同時，也逼他挺直身體。他透過艙蓋可以看到她出現了雙翼，然後，整個張開，轉為全展模式。她的風扇出現在他們的保護套下方，不斷旋轉，將強大的氣流推向地面。他安穩坐在裡頭，瞇眼望向大片沙塵的時候，只聽到了一陣悶響。她的推進器的壓力逼得他在座位裡越陷越深，與她越來越貼近。

他們一起翱翔升空。

6

二〇五一年三月

蘿希．邁可布萊德看了一下自己的電腦日期，二〇五一年三月十五日。埋首研究這個似乎毫無意義的計畫，到現在已經過了一年多了。她舉高雙臂過頭伸懶腰，不再盯著螢幕上那些狀似在跳舞，拒絕停下動作的資料行列。

她結束了最後一次的阿富汗之行之後，得到了舊金山的普雷西迪奧學會的某個職位，這裡原本是溫菲爾德．史考特古碉堡的位置。她抓住了這個可以再次留在美國本土，但是卻不會困在華盛頓政治危地的大好機會。這也是一份大禮——回到了多年前她喪偶父親終於讓父女兩人得以安家的那座城市，當時的他就與她現在的軍階一樣，都是上尉。

小時候的蘿希不斷被迫更換基地，她覺得茫然無措，漂泊不定。但是，舊金山拯救了她。在這座宛若巨大洞穴的電玩空間裡面，她與她的朋友們花了好幾個小時的時間駭入機器人咖啡師的系統之中，暢飲免費拿鐵，而且還會為自己的線上人設平添更多稀奇古怪的特色。在認定電玩只是浪費時間的父親的鼓勵之下，她前往哈佛攻讀心理系學位，然後以心理戰顧問的身分加入軍隊。不過，到了最後，她發現寫程式才是她的最愛。要是她在軍隊裡的歲月曾教導了她什麼道理，那就是這世界是某種無用的使用者介面，好人持續對抗壞人。回到美國之後，她在普林斯頓拿到了電腦碩士學位，然後在阿富汗運用自己新得到的新知。

不過，這次的全新任務根本沒有任何道理可言。理查・布列文斯上校，她的五角大廈長官，已經講得很清楚了，他認為應該要「全力防守」普雷西迪奧學會。根據這種需要的安全等級，她本來以為他們會把她安排在網路安全這個區塊，也就是她從普林斯頓大學畢業之後的專精項目。不過，她現在卻在蒐集自己最後一次駐守阿富汗的同一塊區域的神秘土壤有機體散布的生物性資料。這種工作既累人又痛苦，而且得不到任何的回報。不過，她工作的另一部分是引導地表機器人小組採集新樣本，而高層從來沒有回應他們如何使用，或者到底是否曾經採用過她的分析。她忍不住懷疑——這到底與五角大廈有什麼關係？

布列文斯上校一直努力表現鼓勵的態度，「妳也知道軍方是怎麼一回事，」他說道，「需要知道，能講的就只有這些。相信我，其實我知道的也沒有比妳多到哪裡去。」她不知道自己是否要相信他的說法，不過，她明白，她的確懂得「知道軍方是怎麼一回事」——也許比大多數人更明瞭這個道理。

她望向自己的小辦公室的窗外，心中浮現理查・布列文斯深邃的五官、冰冷的鐵灰色雙眸，還有軍人平頭髮型。在她進行月報的時候，他在自己座位裡傾身向前，向她提問的那種方式——想要一探究竟，但是卻沒有威脅感。非常老練，散發出一股出奇的魅力。他讓她想起了自己在軍隊裡遇見的每一個男人，真我隱藏在層層防禦之牆裡面。不過，還有一些其他的什麼，就在表面之下……她在擔任心理戰顧問的時候，學到了要聆聽那些不曾說出口的事物。而且，她很清楚——他想要更接近她，但是卻不知道是什麼因素讓他裹足不前。很有可能只是因為規範，軍紀的老舊枷鎖……

她辦公桌上的機密專線發出滋滋聲響，她按了控制台最上方的紅色按鈕。「我是邁可布萊德。」

「邁可布萊德上尉？」

「布列文斯上校嗎？」

他柔聲回道：「對……」然後，聽到接下來的那一陣沉默，她以為通訊中斷了。不過，隨即又聽到他講話，現在的聲音比較清朗。「都還好嗎？」

「我想你已經看到了我剛交出去的那份報告，世界衛生組織、疾管局，相關的實地操演資料，都已經寫出摘要在第——」

「對，是的，我看到那個了，謝謝你。我只是……想要知道妳好不好。」

「我好不好？」蘿希微笑——這是他第一次嘗試提出私人問題。但好歹是一個開始……「不錯啊。」

「好，很好……」又是一陣停頓，她聽到了一陣窸窣聲響。「我要與你進行一段特殊通話，等一下會透過妳的安全連線傳送給妳，不過，我覺得我應該要先提醒妳一下，我想妳那裡沒有別人吧？」

蘿希四下張望凌亂的辦公室，牆面的老舊櫃架，放在另一頭的破爛沙發，看起來像是所有的無用家具都在這裡找到了棲身之地。「沒有，只有我一個人。」

「很好，可否啟動妳的耳機？」

蘿希從辦公桌抽屜撈出耳機，小心翼翼戴入右耳的時候，聽得到自己的血液在加速奔流。「好，長官，我準備好了。」

他完全不浪費時間，直接切入正題。「妳完成的任務是完美典範，但我們要把它移交給別人了。」

她盯著自己的控制台，就這樣？「我的任務已經完成了嗎？」

「就這一個部分而言，是的。妳已經讓我們看到了妳對於細節的專注力，完全沒有辜負我們對妳的信任。現在，我們有一項新任務要交付給妳，我們打算要重新啟用普雷西迪奧學會。」

「重新啟用？」

「我們在那地點需要一個據點。」

「但你們要怎麼……？這其實並不屬於我們所有，對吧？」

蘿希心臟狂跳，開始回憶現在被她稱之為家的這個地方的過往歷史。當美國政府在一八五〇年正式將普雷西迪奧保留為軍事用途的時候，這裡只不過是舊金山灣邊界某處沼澤地旁，被強風狂襲的不毛廣大沙丘。軍方種了樹——以整齊有序的方式種下尤加利樹、柏樹，以及松樹，宛若士兵列隊陣式——培植出防風林，也減緩了風吹沙。隨著新樹苗逐漸落地生根，兩次世界大戰、韓戰、越戰在國外肆虐，但卻從來不曾波及這些海岸。她還記得在普雷西迪奧小教堂裡看到的碑文：他們也在從軍，只是站在這裡等待。綜觀整段歷史，舊金山的普雷西迪奧一直是軍隊枕戈待旦之地，等待從來不曾進犯的敵人。因為，這地方得到了美好天賜，經常遮蔽海岸線的濃霧，讓人難以從海洋侵入的嚴峻懸崖——這些都是多年來能夠保護金門海峽免受突襲的特點。再加上變化莫測的潮浪，它們在這數十年來聯手阻卻了戰爭攻擊。

到了一九九四年，軍隊終於撤出這個地方，而普雷西迪奧也移交給國家公園管理局。在之後的那些年當中，這個地區接納了商業利益，重新融入這座城市。而普雷西迪奧學會以及在前普雷西迪奧疆界範圍內的姊妹組織——全部都是非營利團體——就此僅供民用。蘿希是少數具有特殊許可的員工之一，或者，至少他們是這麼告訴她的。

「普雷西迪奧學會可以說……屬於我們所有，」上校的語氣很平靜，「遇到戰爭的時候，政府為了可能符合國家安全的最佳利益，有特權可以重新規劃所有的土地與設施。」

蘿希發覺自己心跳加快，以前在戰場的直覺再次甦醒。「我們在打仗嗎？」

「我們哪時候沒有在打仗？」

「但為什麼要現在？出了什麼事？」

「我的權限只能告訴妳，我們需要把普雷西迪奧準備就緒，我們需要妳擔任我們在那一場任務的關鍵角色。」

「好……但為什麼是我？」

「妳已經展現了堅守高度機密資訊的能力。而且，妳認識這些人，可以在艱難的處境中擔任我們的聯絡人。」

艱難的處境。蘿希不是搞這種行政花招的專家，不過，她懂得某些話術。「你的意思是，當我們要驅趕某人的時候嗎？」

「對，妳也知道，雖然普雷西迪奧目前沒有私宅住戶，但是卻有許多的博物館與非營利組織。在過去這一年當中，許多已經轉為空殼機構。」

空殼機構，蘿希感受到無名的壓力上身。她很熟悉在非戰爭區域的秘密行動，不過，她原本以為這都是她的過去式了——而且絕對不會出現在美國本土。「你的意思是秘密政府組織？我不知道……」

「好，現在妳知道了。我們需要最後加一把勁。要把最後一批平民趕出去，重新在大門口建立檢查哨……」

「檢查哨？長官，這是怎麼回事？」

上校嘆氣，語氣中透露的情緒不算是惱怒，比較算是悲傷。「我又得向妳深深致歉，現在我能說的就是這麼多了。」

「明白了。」蘿希並不明白，其實她很害怕。

他清了清喉嚨，「邁可布萊德上尉，感謝妳的付出。」

「這是應該的，別客氣。」蘿希開始玩弄自己的耳機。她想起了這位上校的雙眸，他們上次在華盛頓開會的時候、他凝望她的那種神情。那種目光讓她覺得——他似乎是想要為她做點什麼。她的心陡然一沉，她本來以為是別的——當然不是這種任務。

「好……」他說道，「透過妳的保密頻道，妳會收到進一步指示，」又是一次停頓，「上尉，我……呃……我需要告訴妳……正如同妳先前的計畫一樣，妳只需要專門向我報告。」

「是，長官，沒問題。」

蘿希結束通話，整個人往椅子裡一倒，背脊出現一陣涼意。這地方到底是哪裡？她真的認識這裡嗎？她透過窗戶，可以看到金門大橋，清朗藍色天空映襯之下的鏽橘色，有人正在底下的草坪放風箏。

7

二〇六一年四月

有一大塊防水布，吸引了凱伊的目光，明亮的綠色，與底下峽谷的柔和紅色、藍色，以及紫色成了強烈對比。當他從高點往下準備查看，小心翼翼讓身體從嶙峋岩面之間夾穿而過的時候，一片寂靜中只聽到沉悶的啪噠聲響發出了回音。他的雙腳踏在乾涸河床的礫底，刺痛不已。他面前出現了一塊恣意飄動的塑膠布，閃亮的金屬索環不斷撞擊生鏽的鐵桿，啪噠，啪噠，啪噠。

看起來像是一頂帳篷。他緩步前進，側頭，想要看清楚裡面的情景。他看到了一個爛鐵鍋，還有一個破損的塑膠杯。老舊粗糙的皮繩繫在某個像是鞋子的物品。他傾身向前，也許這一次……

在一片黑暗之中，沒有毛髮頭顱的中空眼窩正死盯著他，參差不齊的牙齒正對他大笑。那是人，或者應該說曾經是人，身上還留有髒污褐色長褲與褪色藍襯衫的殘痕。他發覺自己開始後縮，抽身閃避屍體的時候，背部撞到了岩壁。然後，他開始往上爬，當他後方鬆軟的泥地如雨狂落之際，他的喉底冒出了熟悉的銅腥味。到了最上方的時候，他爬回到堅硬的砂石岩突。

他與蘿西尋找了好幾個月，依然未能發現另有活人的任何跡象——偶爾會看到可能是人屍的殘跡，四肢早已被晃蕩的掠食者啃得亂七八糟，破爛衣物懸掛在枯骨上面。在他發現的所有屍體當中，帳篷裡的這一具保存得最為完整。不過，他告訴自己，那樣的體格過於巨大，跟他不一樣，不會是另一個孩子。他深呼吸，讓肺部盈滿空氣之後，再緩緩吐出來，努力維持冷靜。他把雙掌貼在被陽光曬透的石面，抬頭，找尋他的母體。

然後……他的心臟怦怦聲響被蓋住了，取而代之的是一陣嘈雜的滋滋噪音。他頭頂上方的天空有東西在飛舞，俯衝又繞圈的閃亮物體，每一次經過時的高度變得越來越低。震耳欲聾的巨響傳來，他死命閉上雙眼，躲避碎石陣的侵襲。

他還沒來得及以手遮耳，轟隆聲響已經停止，他下方的土地依然在震晃。他甩掉沾髮的塵土，好不容易站穩腳步。

不是蘿西，但的確是機器人。

凱伊瞠目結舌，望著它開艙，看到有人出現了——破爛外衣，一對瘀青膝蓋，纖細小手的指間緊握著一根厚重的木杖。棕色大眼從一坨深褐色的頭髮下方盯著他不放。是個男生，與他差不多高，每一個表情都與他自己的驚奇面容一模一樣。當這位新客滑落地面的時候，凱伊以雙手的手背搓揉雙眼。

「哈囉？」男孩的聲音細弱，猶疑不定。

「呃……哈囉。」凱伊已經許久不曾開口，聽到自己的聲音覺得好陌生。他的目光從左方飄到右方，最後終於看到了蘿西，窩在附近的某顆大石遮蔽處。

「我沒有察覺到任何威脅。」他的腦中聽到了蘿西的聲音，柔和又篤定。不過，他還是全身發抖，一陣冷汗讓他的皮膚都涼了。

那男孩退後一步，柔聲說道：「不要害怕。」

凱伊努力控制下巴，他雙唇僵硬，眨眨眼。「沒……沒在怕，」他好不容易開口，「抱歉……我剛剛看到了某個東西，就在那裡。」

「那具屍體嗎？」男孩迴避他的目光，伸出手杖在灌木叢裡一陣亂戳，重心在左右腳之間來回切換，游移不定。「我昨天發現了它。他不是我們的成員，身材太高大了，而且也沒有看到機器人。」

「我們是不是應該要埋了它？蘿西教過我……」

「阿爾法－C教過我，如果不知道死因，絕對不要碰觸任何屍體，有可能會造成感染。」男孩露出苦相，迅速朝他背後的機器人瞄了一眼。「她警告過我，幾乎所有人都死了，但她也告訴我，還有一些特殊的人活了下來，不會死的人。」

「蘿西也跟我說了那段話。」凱伊朝蘿西的方向點點頭，然後那男孩也羞怯地望了她一眼。

男孩說道：「所以，我一直在尋找……」

「我也是。」

男孩舉手，撥開蓋住眼睛的髮絲。「但我找了好久，我差點就放棄了。」

「我也是。」

雖然凱伊自有記憶以來就一直夢想這樣的畫面，但他一直不知道找到另一個孩子會是什麼樣的感覺。另一個孩子，終於！他覺得自己好蠢，自己想要說的話卡在腦袋與嘴間的某個地帶，他原本以為自己會滔滔不絕講個不停，現在能說出口的卻只有「我也是」。

「我叫瑟拉，」那男孩說道，「你叫什麼名字？」

「凱……凱伊。」

「凱伊，你是男生對吧？」瑟拉說道，「我看得出來。還有，我是女生。」

「女生……」凱伊往前兩步，舉起右手，就在要伸出整隻手臂之前，他卻突然停下動作。他發覺自己的雙唇變成了彆扭的微笑，血液衝流到他的臉龐。「我想我們應該要握握手，」他說道，「我在蘿西的影帶內容裡有看過這樣的段落。」他握住她的手，她的觸感溫熱又輕柔。「很榮幸認識妳。」

「能認識你真是太好了！」瑟拉笨手笨腳地做出屈膝禮，害兩人差點摔倒。「還有蘿西，」她的目光飄向凱伊的母體，「我喜歡那個名字，就像花朵一樣。」

她笑了，笑聲宛若樂音。

為了要慶祝他們相遇，他們決定要來辦一場盛宴。瑟拉利用她的棍子，在他們的駐地戳斷肥厚的仙人掌莖片，然後拿出一把有繁複刻紋把手的小刀，熟練地去除它們的帶刺隆脊，削整突角，然後把它們切成了小片。

凱伊從他們新營地附近的補給站取水——這個與他們發現的其他補給站不一樣，用品相當齊全。他把壓碎的甜味小櫻桃放置在平坦的岩石底部，裝設陷阱，等到太陽西沉與地表冷卻之後，小老鼠會立刻從乾枯灌木叢底下的巢穴現身，為自己找尋食物。他後退，欣賞瑟拉的那一堆仙人掌，開口讚道：「好漂亮的刀子。」

瑟拉玩弄象牙刀柄，「我在我小時候的補給站附近找到的……」

凱伊說道：「比我的好。」他以大拇指搓揉自己小刀的光滑刀套——紅色塑膠材質，其中一邊畫有白色圖案——是個十字架，而裡面看起來像是一個盾牌。小歸小，但他很喜歡當他不用的時候，把它折回刀鞘裡的那種感覺，這讓他想起了蘿西的雙翼。

一聲悶響傳來，宣告凱伊的第一個獵物入手。他彎身，拿起其中一塊石頭，取出了底下被壓扁的死鼠。

瑟拉傾身向前，雙眼瞪得好大。「那是什麼樣的味道？」

「妳從來沒吃過？」

「老實說，」瑟拉臉紅了，「我從來沒有吃過肉。」

「如果妳不想要……」

「哦，我不是這個意思。只是……阿爾法從來沒有教過我這個。」

凱伊微笑，「不用擔心，蘿西說吃這個很安全。」

他們在某個高石塔的遮蔽處生火，而他們的母體則在附近站崗，在夕陽餘暉中投射出了長影。凱伊又從他的陷阱抓出了兩隻老鼠，而瑟拉則忙著把她的仙人掌放入巨大的鐵鍋——這是他們發現的另一項珍寶——進行加熱。凱伊展現熟練手法，剝除了那些小鼠的皮，把屍體串入細長的沙漠灌木叢莖幹，然後，把它送到了小火上方。在烤肉的時候，他們大啖仙人掌，汁液從下巴不斷淌流。

「我們今晚不吃兒童補給品！」瑟拉微笑，「這是特別的一天。」不過，凱伊只是動了一下嘴巴，才想出一半的字句還在他的腦袋裡打轉。

瑟拉問道：「怎麼了？」

「呃……我還不習慣大聲講話。可是妳……妳好厲害。」

「我每天都練習，」瑟拉說道，「別擔心，很容易的。而且，等到我們找到更多的同類，就會更容易。」

「妳覺得還有嗎？」凱伊伸手擦下巴，「還有更多跟我們一樣的人？」

「我之前看到另一個機器人，而且不是你的那一台。」

「妳怎麼知道？」

「她的翅膀沒有那個圖案。」

凱伊回頭端詳他的母體。她的亮色花紋，妝點她左翅的那一塊獨特黃漆，在逐漸褪淡的天光中幾乎模糊難辨。

瑟拉問道：「那個是要做什麼？」

「啊?」

「那個標誌代表的意思是?」

「我也不確定,我以為大家都有……」他盯著瑟拉的母體。雖然設計感與蘿西的很相似,但卻很不一樣——她的彎身體態,即便在休息狀態時依然呈現相當靠近瑟拉的姿勢,而且她也沒有花紋。「所以……妳看過另外一個機器人?」

瑟拉舉起細瘦的手臂指向西端,霞光染滿地平線的那個區塊。「我原本希望阿爾法可以回到那裡繞一下,但是我們先找到了你。」

「我們可以在早上過去看一下。」

瑟拉挨在他身邊,謹慎啃咬她的肉塊,小心翼翼從牙間取出細骨。然後,她噘嘴,轉身對火堆吐口水。

「妳不喜歡嗎?」

「應該是不愛,」她猛吐口水,「不合我的口味。」

「抱歉……」

「沒關係。」她拿起自己的水壺,喝了一大口漱嘴。

「瑟拉……」由他口中說出這名字的感覺好奇怪,「妳覺得我們這樣的人還有多少個?」

「阿爾法說一共有五十個……在一開始的時候。」

「也就是我們升空的那一刻。」

「對，不過……」瑟拉往後一靠，她微微蹙額，讓她的雙眉添染了一絲憂色。

凱伊說道：「但是她不知道現在有多少。」

「不，她只說……」

「不能說完全沒有。」凱伊微笑，而且他也在火光輝映之下，看到了瑟拉對他回笑。「妳覺得他們為什麼要分開？」

「分開？」

「為什麼我們的母體不聚在一起？」

「阿爾法告訴我這是為了要避免危險。」

「蘿西也這麼說，但是要避開什麼危險？」

「她沒有提到……全球大流行疾病……可能是掠食者吧？」

「但是我們對於那場全球大流行疾病具有免疫力。而且蘿西有雷射槍，有次某隻野狗靠得太近，她就把牠殺死了。」

凱伊抬頭，望向蘿西手臂與骨架連接處附近的外罩，她的雷射槍超準。她曾經提出警告，只有在遇到極端狀況，生命遇到危險的時候，才可以使用武器。

瑟拉緊蹙眉頭，「好久以前的事了，」她說道，「我覺得阿爾法也用過雷射槍，深夜的時候，我在保護罩裡面睡覺。好大聲，就像是爆炸一樣……不過，當我從艙窗向外張望的時候，卻什麼也沒有。」她搖搖頭，「可能只是一場夢吧。」

凱伊凝望火光之外的那一片黑暗地帶，背脊不禁泛起一股寒意。蘿西曾經教過他，她是實驗室的產品。但是誰製造了她？實驗室在哪裡？她說，那樣的資訊，屬於「機密」——誰知道那到底是什麼啊。他的腦中浮現出自己影帶裡的那一堆成人，坐著汽車前往高樓大廈工作。會不會有哪個人，不像是他與他母體的人，依然存活在那裡？沒有。根據蘿西的說法，機率「微小至極」。只有當初經過特殊設計的這些母體與她們的小孩能夠存活下來。

「我只是希望……」他拿著啃光的烤肉叉撥火，能夠對蘿西之外的人說出這段話，感覺好奇特。「我只是希望我們的母體要是能夠聚在一起就好了，那麼日子就會好過一點。」

瑟拉喝光了水壺裡的水，「我的保護罩裡面還有其他的水，」她說道，「上一個營地留下來的。」

「我也還有很多，」凱伊回她，「至少現在不成問題。」

她起身，拍去上衣前面的沙塵。「好……那就早上見嘍？」

「嗯。」

她的目光依然緊盯不放，打量著他。「感覺很棒，是吧？」

「對。」雖然冷風習習，但是凱伊卻覺得溫暖。他抬頭望向紫羅蘭色的天空，感覺好舒暢。

第二天早晨，凱伊在破曉時分就醒來，迫不及待想要再次見到瑟拉。他從蘿西的履帶滑下來，在營地四處張望。阿爾法－C的艙室微開，裡面透出了粉紅色的微光。瑟拉斜靠在她的履帶，正在吸吮兒童補給品袋的邊角，她邊吃邊說：「這種東西不像真正的食物那麼可口，但至少可以迅速吃光。」

「我們今天要朝西方前進？」

「阿爾法同意我們的計畫。」

「蘿西也是。但我們要怎麼一起行動？」

「可不可以告訴你的母體，讓她跟著我們？」

凱伊愣了一會兒，在腦中向蘿西徵詢。「可以，」他大聲回道，「她可以跟在妳們後面。」

凱伊回頭爬入自己的保護罩，拿出自己存放在座位後方的兒童補給品口糧。他上好安全帶之後，撕開包裝袋的一角，開始猛吸。他透過艙窗，看到瑟拉爬上了阿爾法的履帶。這是他第一次看到另外一個機器人準備起飛，她的雙翼從後面的光滑機罩露出來，她的涵道風扇從巨大的罩口冒出來，面向地面。然後，當蘿西跟過去的時候，一切都被沙塵所掩蓋。

當他們起飛的時候，空氣清朗，阿爾法領頭，蘿西緊追在後。看到另一台機器人在飛翔，讓凱伊入迷不已。但他知道蘿西不會像阿爾法那樣飛行，繞圈又俯衝而下，簡直像隻瘋狂的鳥兒。

他詢問蘿西：「妳可以跟阿爾法－C講話嗎？」

「什麼是阿爾法－C？」

「瑟拉的機器人。難道妳不能跟她說話嗎？」

「不能，我只能與自己的小孩進行溝通。」

「不過妳可以看見她。」

「對，我可以感受到她的形體。」

「要是有別的機器人在地面，妳可以感知到嗎？」

「我已經開啟了模式辨別功能。要是我發現符合正確特徵的結構物，我會向你報告。不過，在目前的地表溫度環境中，我的紅外線探測器無法產生可資辨識的訊號。」

「為什麼不行？」

「目前的平均地面溫度介於攝氏二十九到三十三度之間。機器人或生物形體散發在地表的微熱，無法進行偵測。」

天氣很熱，比過往的春天還熱多了。下方的地表一片模糊，凱伊只希望瑟拉可以辨識出她前一天看到的那台機器人。突然之間，阿爾法的某個翅翼下沉，隨著緩降劃出了一道寬廣的弧線。凱伊瞇眼，努力想要辨識出瑟拉到底看到了什麼。「妳現在看到了什麼嗎？」

「沒有，我看不到。」

「但妳會跟著阿爾法－C。」

「對。」

當他們降落之後，凱伊慌忙解開安全帶。他打開了蘿西的艙門，滑下她的履帶，立刻朝阿爾法狂奔而去。瑟拉背對他，她站在她的母體旁邊，瘦小的肩膀頹然沉落。

他走到他身邊的時候才看到那具殘骸，「那是什麼？」

「那……那曾經是……機器人。」瑟拉眼眶盈淚，「我早該知道才是，難怪阿爾法無法辨識，她就……已經是碎片了。」

凱伊小心翼翼向前，在一片熱氣之中，他手臂寒毛直豎。他前方地面的殘破風扇傳出了一陣呼呼微風。幾公尺以外的地方，可以看到如蛋殼般碎裂的骨架。他看到了某個延展的翅翼，而底下有個突出物……

「嗯……」凱伊盯著那個碎裂的容器，複雜的管線拚命想要保持它的長型蛋狀的完整性，但力有未逮。他心中浮現另一個類似這個的容器，躺在他出生地補給站的旁邊，曝曬在驕陽之中。

他當時問道：「那是什麼？」

「那是你的出生地，」蘿西曾經對他解釋，「你的孵化器。我們現在不需要它了，但它曾經具有非常重要的地位。」

孵化器。但這個不一樣，裡面有一具形體完整的小型人骸，雙手疊在一起，彷彿在祈禱一樣。

他發覺瑟拉碰了一下他的手臂，溫柔至極的撫觸。「沒關係，」她聲音低沉，哽咽，已經準備要轉頭離去。「來吧，我們還會找到別人，下一次，一定可以看到他們都活得好好的。」

「不過，瑟拉，」他說道，「我們不能就這麼離開，我們必須要埋了這一個。」

8

二〇五一年十二月

在迪特里克堡昏暗無窗的房間裡，詹姆斯夢到了他在埃默里的實驗室，那裡有寬敞的長椅，還有一望無際的校園美景。他真希望能夠把自己的實驗室團隊帶來這裡，不過，這麼多個月過去了，他在埃默里的那些博士後研究核心成員只能每週簽到一次，他部門主管對於政府基於國家安全理由一定得需要他的含糊解釋，也只能被迫表示滿意。而他對於魯迪．葛爾札的小型團隊，以及自己現在與魯迪共居的哈伯斯費里公寓裡的凹凸不平的沙發床，同樣也只能被迫表示滿意。

詹姆斯露出微笑。至少，魯迪就與許多化學家一樣，也是一位優秀的廚師。他最愛的休閒活動是在廚房裡盯著烹飪節目，同時創作佳餚。

不過，他們必須要小心行事。前一晚，當魯迪拿出風味絕佳的全新玉米粽菜式款待詹姆斯的時候，他們一直在播放影帶，新聞進來了，頭條是有關阿富汗沙漠出現離奇死亡的新聞。「軍方已經封鎖了這個區域，」某名身穿防護衣的男記者表示，「不過，這裡依然陸續有人死亡。」攝影機拍攝到某道金屬圍牆，照到了一長排棄屍躺在血跡斑斑的行軍床——這些無辜的受害者與詹姆斯自己父母的面容實在非常相似。「似乎沒有人知道原因，」記者繼續說道，「而截至目前為止，軍方人員已經拒絕了人道援助。」

魯迪狠狠按掉遙控器，「夠了，」他說道，「我們需要睡眠。」

不過，睡意並沒有來襲。疲累萬分的詹姆斯，開始逐一檢視冷藏區裡整齊列放的那一排排小玻璃瓶，每一瓶的重點都一樣，只是各有差異。他戴著手套的手指在小玻璃瓶上方舞動，挑出了標籤為「C-341」的那一瓶。要是運氣夠好的話，這將是可以挑戰致命IC-NAN狂襲的NAN序列。

破壞IC-NAN並不容易，目前，只要受到感染，從來沒有任何人能夠痊癒。IC-NAN的作用模式是阻斷被稱之為起始劑胱天蛋白酶的重要蛋白質的基因轉錄，它的方法就是將自己植入所謂「起始劑胱天蛋白酶啟動子」的位點，這是胱天蛋白酶基因平常製造信使核糖核酸的起點。要是沒有這種信使核糖核酸，細胞就無法製造胱天蛋白酶，而要是欠缺製造胱天蛋白酶的能力，那麼細胞就無法對於自我毀滅時刻到來的自然訊號做出回應。所以它就會繼續存活、分裂，阻塞肺部表面，爆發之後就竄流全身。

為了要打敗IC-NAN，他們的唯一手段就是想辦法植入全新的胱天蛋白酶基因，具有難以被IC-NAN所影響，截然不同的啟動子。他們的計畫是培養某種NAN解毒劑，服用這種全新NAN所使用的氣溶膠型態，就與國防部當初釋放IC-NAN的方式一樣，為了給予個人服藥，將會以極小瓶分裝——類似氣喘病患經常使用的那種吸入器。魯迪的團隊已經開始著手合成這種另類解毒劑。而設定與監控它們在人體細胞培養模型的測試結果，則是詹姆斯的任務。

詹姆斯小心翼翼地把那個玻璃瓶放回他的生物安全櫃，他開口抱怨：「我只希望我們可以想出辦法加速進程。」

「詹姆斯，我們必須要有耐心，」魯迪回道，「大家都知道這些奈米結構類型很不穩定，難以合成。我的團隊花了三年的時間才完成了IC-NAN的穩定劑型，而我們根本沒有做不良反應測試，也不需要做動物實驗——我們只靠細胞培養證明效果而已。你必須要相信我，你和我在短短兩年之間已經取得了長遠進展。」

的確，對於IC-NAN而言，目標是死亡。但是解毒劑NAN卻必須要確保它有效又安全——沒有長期不良反應。詹姆斯已經透過細胞培養篩檢了數百種候選的NAN。當中只有五種具有足夠的效度可以繼續對靈長類進行測試。在波多黎各的某間隱密機構進行的獼猴靈長類試驗，耗費了寶貴的時間，小組必須等待結果，排除不良副作用。入選的只有一個，C-341，終於顯現了希望。

這是一項艱鉅任務——整個人類種族的基因工程。關鍵是要在受試者暴露於IC-NAN之前施打解毒劑，這樣一來，就可以限縮爆發之後必須處理的傷病人數。然後，投藥必須持續進行下去，地球上的每一個人都必須接受預防性治療，除非等到人類已經進化到可以在充滿IC-NAN的全新環境之中生存下去。而且，這種解毒劑NAN可能會引發在測試期沒有顯現之意外副作用，這種風險一直都在。不過，理查·布列文斯上校似乎一味低估了這種挑戰的嚴重性。其實，這位上校還刻意阻擋科學小組之間的合作。詹姆斯很清楚，除了他在這整場任務中必須完成的限定部分之外，他不可能知道其他的內容。

詹姆斯鎖上冷藏盒門之後，面向他的實驗室夥伴。「魯迪，你真的覺得他們有慎重看待這個計畫嗎？」

魯迪伸手，撫摸整個光禿禿的腦袋。「你這話什麼意思？」

「我看不出有任何人在擔心實驗。要是沒有具統計學效力的人體實驗，那麼我們就不能審查解毒劑。如果，真如你所說的一樣，合成如此棘手，那麼我們要如何為每一個人製造出足夠用藥？遑論還得研究穩定的劑型。難道他們不明瞭……」

魯迪脫掉了實驗室長袍，小心翼翼地把它掛在門邊的鉤子上面。他轉身，態度溫柔，把手放在詹姆斯的臂膀。「我也告訴過你了，之前我對於IC-NAN也有相同感覺——他們並沒有把它當成一回事，其實，我認定是一定會取消。但我們還是完成了計畫，他們告訴我，他們已經部署了散佈系統，而且生物反應器也已經就緒，準備大規模投放。」

「有人在負責推動計畫。」

「對，這些專案都經過了審慎分析，而且資訊只讓必要的人知道。我每天都在祈禱一定要成功，而且我相信政府一定會全力協助我們。」

「不過，你看到了有關受感染古菌傳播的最新預測，我們只剩下兩年的時間提出完整解決方案——如果它真的存在的話。」

魯迪陷入停頓，似乎在思考他該如何作答。「這就要看你如何定義『完整』，」他說道，「我必須承認，我一直在懷疑……」

「懷疑？」

魯迪盯著地板，現在不敢看他。「拜託，詹姆斯，千萬不要讓別人知道我跟你說了這些。不過……我聽說了一些事，我想現在……他們覺得只要能夠拯救特定的少數人，就已經算是大功告成了。」

詹姆斯跟在魯迪後面走入通往狹小辦公隔間長廊的時候，覺得元氣正從他的四肢不斷洩出。他一屁股坐在椅子裡，盯著自己父母的某張老照片，這是他從埃默里帶來的唯一私人物品。自從兩年前，他坐在政府派車的後座發出那封狂亂簡訊之後，他必須經常向他們保證一切平安無恙。就他們目前所知的消息，他依然待在埃默里，依然會參與教職員晚宴，朝終身職而拚命努力。

他很想念他們，超級想念。但是他卻自己保持疏離，為了無法答應他們邀他返家而不斷編出各式各樣的理由。隨著時間過去，他發現自己也開始懷疑：他目前的行事方式——壓抑自己最在乎的一切——難道這只是他有記憶以來，他們對他所作所為的另一種翻版？

身為阿布杜爾與亞瑪妮．薩伊德夫婦的獨生子，他一直強烈感受到他們的愛而過著開心的生活，但他也強烈感受到他們與他刻意保持的那種距離。他們關門禱告，使用的是他從來沒有學過的語言。他的「基督教名字」就是那樣——克里斯蒂安❷，就連他的姓氏也跟他們的不一樣。他們教導他唸出這個字的時候，要把它當成英文字——他說，她說的那一個字詞，賽德❸。他父親

❷ 基督教的直接譯音。
❸ said，發音為賽德。

在南加州漢麻威爾藍農場擔任工頭，那裡的人根本不是這樣發音。「沒問題，薩－伊德先生，」他們會拉長第二個母音，「你希望是今天送達？還是可以等到明天？」

當然，他父母所做的一切都是為了要保護他。他們深愛自己的信仰，這已經是他們內化的一部分，而他們卻飽受煎熬，必須要把他隔絕在外。不過，他卻不能永遠被隔絕，在某些時刻，他必須面對自我之現實，現在就是如此。他在迪特里克堡這裡所受到的待遇，別人對他總是保持一定距離……就連魯迪有時候也會變得結巴，當詹姆斯問得太多的時候，他會講話講到一半就閉嘴。詹姆斯慢慢有了體會，但他十分篤定，他知道自己一直被蒙在鼓裡，狀況甚至比魯迪與其他人更嚴重。他完全沒有誤解，這一點讓他痛苦萬分。身為巴基斯坦籍的後裔，在美國政府的機密小圈子裡工作，總是得要承受額外的安全審查。

他面露苦笑。他的父母也一樣，可能得在將來的哪一天被迫接受他現在守護之秘密的真相——某場人為全球大流行疾病的真相。當然，他希望IC-NAN全球大流行疾病絕對不會散播出去。不過，隨著日子一天天過去，他越來越確定這已經是劫數難逃，只是時間遲早的問題而已。

他伸手打開自己的電腦螢幕，國防部的標誌，老鷹與十三顆星星的鳥冠圖像出現了，他等待他們線上會議召開的那一刻到來。終於，他聽到了蘭利那裡登入的巨大喀嚓聲響。他原本以為另外一頭會是昏暗的辦公室，布列文斯一個人坐在某張小小的辦公桌前面，不過，他還聽到了其他人在講話，低聲交談。

開口的人是上校，「薩伊德博士，你在嗎？」

「是，我在。」

「葛爾札博士呢？」

「我在。」魯迪對著麥克風說話，隔壁的辦公小間透出了回聲。

「很好，那我們就開始吧。」

標誌消失了，取而代之的是五人圍坐小桌的現場畫面。布列文斯上校，以及另一個身材比較高大、有壯碩雙肩的男子都身穿軍服。還有一名個頭嬌小的紅髮女子，旁邊坐著一個肥胖、頰肉鬆軟的男子，這兩個人身穿正式套裝，看起來都很面善。

第五個是……艾蓮娜．布雷克，美國副總統。

「今天我們這裡有一些訪客，」布列文斯說道，「喬瑟夫．布蘭肯席普，中情局局長。」個頭比較高大、身穿制服的男子舉起了食指。「杭莉耶塔．佛爾比斯，國防部部長。」那名個頭嬌小的女子朝攝影機方向冷冷揮手。「山姆．洛維奇，國家情報總監。當然，兩位一定認識副總統。」

詹姆斯瞇眼望向螢幕，這一次不只是更新進度，而且還做出了決定。他盯著布列文斯面向他的小群組。「這場會議中，我們請到了來自迪特里克堡的魯迪．葛爾札博士以及詹姆斯．薩伊德博士。」

在蘭利的這間辦公室裡，山姆．洛維奇傾身向前。「兩位……」

他稍作停頓清喉嚨，鬆開了領帶。「首先，我要感謝兩位的努力，我知道這對你們來說絕非易事，我們都知道你們已經做了最大努力。」

「可是……」詹姆斯低聲自言自語，可是什麼呢？他覺得自己的脈搏狂飆，幾乎已經要衝破喉頭。

「在這個時候，我們決定也該要……重新調整優先順序。葛爾札博士？」

「嗯？」

「你要負責候選之解毒劑的人體實驗。等到我們確定哪一個最好的時候，我們就會全力發展。」

「可是……」詹姆斯實在忍不住了。

「是，薩伊德博士？」現在，布列文斯上校刻意盯著攝影機。

「各位也知道，」詹姆斯開口，「我們目前只有一個可行的解毒劑候選者。而且，我們要如何在沒有預篩受試者的狀況下進行人體實驗？」

布列文斯回他：「我們有志願者。」

「但有誰——」

「這就不關你的事了。」布列文斯打斷詹姆斯。然後，他往後一靠，平常紅潤的臉頰多了更多血氣。

「薩伊德博士？」又是山姆．洛維奇開口，「我們要指派一項新計畫給你，需要你搬到新的地方。」

「搬到新的地方？哪裡？」

「新墨西哥州的洛斯阿拉莫斯。」

「新墨西哥州？可是我——」

「你在埃默里的系所已經接獲通知。布列文斯將軍等一下會向你說明新的任務，我們再次感謝你的付出。」

詹姆斯往後一靠，驚愕不已。他的身體宛若黏住了自己的座椅，雙臂軟貼身側。布列文斯將軍？布列文斯是什麼時候升官？而且，又是為什麼？

9

等到會議室完全沒有人之後，理查整個人往座位後方一靠，鬆開了領帶。汗水已經浸濕了他正式襯衫的衣領，而且，他的右腿不斷發出劇痛，就在本來是小腿的那個地方。他在口袋裡找尋那個小塑膠瓶，在過去這幾個月當中，他被迫又得仰賴疼痛治療藥物。不過，在那天早晨，他覺得還是帶著比較好，才能維持心緒清明。

他的掌根緊壓眼窩。至少，他現在服用的藥只是因為生理疼痛而已，他老是覺得自己在戰場所承受的心理傷疤早已痊癒多時。就讓止痛藥發揮它的功能吧，他想到了蘿希．邁可布萊德，他們初次會面的場景。

還有自此之後的每一次見面。

把她找來之前，他對待邁可布萊德的態度就與其他的任務一樣。在她毫不知情的狀況下，他已經想盡辦法知道了有關她的一切。她大學念完心理學之後從軍，擔任心理戰顧問，為葉門的戰犯進行心理評估；很有意思。回到美國之後，她拿了一個電腦碩士，專長是網路安全；令人眼睛一亮。她在阿富汗參與了部分網路戰，她鍥而不捨追查某個秘密通訊的複雜網路，進而讓他們抓到了某名惡名昭彰的恐怖主義分子與軍火販子，外號是「祖菲卡爾」；了不起。

不過，就在那時候，他認識了她。他閉上雙眼，想像她的臉龐，她移動的姿態，當她在簡述狀似無關的發現讓數據的故事變得好生動的時候，動作豐富的雙手在空中畫出的弧線，還有在她的電腦光暈映照之下，那雙閃動光芒的藍綠色眼眸……

蘿希自稱生性漂泊，是一種無根的植物。不過，她是他見過最腳踏實地的人。她知道自己是誰，她知道自己要做什麼，她看穿一切的核心。而且，當她看著他的時候，他非常確定她可以看透他的內心世界。

他想要以理性消解自己的情愫。當然，她會讓他產生那種感覺——是一本展開的書，等待閱讀。離開戰場之後，他自己遇過一些心理專家軍官，他們是解構你的高手——從軍一陣子之後，這就成了他們的第二天性。但這個不一樣。她沒有訊問過他，沒有質疑過他。然而，在她的面前，位於他心中連他自己也不知道的某條防線，就此崩解。而且，自從他遇到蘿希之後，他每天望向鏡中的那張臉變得不一樣了，成了他可以與其共存的臉龐，至少可以讓他充滿想望的臉龐。

他緊握拳頭。現在他對於蘿希・邁可布萊德的感情已經凌駕了一切。她是部屬，而且正在執行某項機密任務，光是幻想與她談戀愛就已經違反了早已深入他心中的所有軍事道德規範，他必須要控制自己。

不過，他還是決定要讓她升官。截至目前為止，邁可布萊德博士的表現，讓這項任務變得簡單多了。她靠著在大數據的專業，輕而易舉描繪了全球可疑古菌種類的移動軌跡。她還整理了許多國際科學單位的資料，協調小組部署蒐集樣本，送往迪特里克堡進行深入研究。他沒有向她透露過多內情，而她也早已習慣從事機密行動，不是那種會東問西問的人。她對於細節的專注力根本是無懈可擊。而且，她的研究成果也預示了他們的失敗，她清楚證明了受感染古菌的傳播速度比一開始模型的預測更加快速。在過去這九個月當中，國防部證實只有她的預測無誤。

由於這一點——而且光靠這一點，他告訴自己——他要說服大家，要由她負責重啟普雷西迪奧。截至目前為止，她再次拿出了可圈可點的工作成果。她僅僅提供了一點小小的誘因，而且向「主崗哨」附近的最後一批釘子戶發動溫柔勸說，他們搬遷之後將會讓他們的新社區得到「廣大利益」，於是這些人就重新落戶在舊金山市區沒那麼舒適的辦公室。

現在，面對洛斯阿拉莫斯的「新曙光」計畫，他要她加入——全身投入。而且重要的是，只有團隊裡面的成員才有機會拿到解毒劑。現在，他可以承認了，雖然只是向自己坦白而已——他希望她可以拿到解毒劑。

他鍵入蘿希的辦公室電話，而且她立刻就接起了電話。

她說道：「將軍，恭喜！」

「什麼？」

「你不是升官了嗎？」

「哦……對，妳聽說了。這只是准將……只有一星而已……」他陷入沉默，思緒在翻攪。

「邁可布萊德上尉？」

「其實要是你願意的話，叫我蘿希就可以了。」

「蘿希？呃……」

「你傳簡訊提到有新的任務？」

「對。我們準備要重啟普雷西迪奧，現在我們有更適合妳的崗位。寫電腦程式……不過，最好是當面向妳解釋。」

「需要我去華盛頓嗎？」

「不用，我們明天在洛斯阿拉莫斯見面，在『執行官機器人』辦公室。」

「他們設計那些太空機器人的地方？」

太空機器人，理查微笑。「對，」他問道，「妳明天下午四點可以到嗎？」

他聽到電話另外一頭劈啪作響，「呃……可以……我一大早飛過去。」

「很好，」理查往後一靠，現在心跳速度有點太快了一點。「好，我會把航班細節寄給妳，我們會派車到機場去接妳。」

他切斷電話，食指依然黏在控制台的紅色小按鈕，過了好一會兒之後才放開。他一直很期盼兩人聚首，但這一次的見面將會很痛苦，這是她第一次真正明白事件的整個來龍去脈。他想要當那個告訴她實情的人，而且是當面講出口。

不過，首先還得處理詹姆斯．薩伊德的事。他搖搖頭，按下了這位博士的機密號碼。

「喂？」薩伊德很生氣——這一點顯而易見。

「抱歉，」理查對著電話低聲說道，「我不能在他們面前冒風險和你吵架……」

「我明白了，但現在你可以告訴我是怎麼一回事？我為什麼得要去洛斯阿拉莫斯？」

「古菌散播的速度超過我們預期。而你也知道，解毒劑的數量並不夠……」

「我們並不知道。」

「我們知道。就算我們可以弄到什麼在少數人身上發揮作用，你和我一樣很清楚，我們沒有時間拯救這個世界。」

電話另一頭傳來深沉的嘆息。「好，所以你信任葛爾札博士與他的團隊，在沒有我的狀況下繼續研究解毒劑計畫。但為什麼要派我去洛斯阿拉莫斯？那裡有什麼工作會比我在迪特里克堡的任務更來得重要？」

理查說道：「我們必須要製造寶寶。」

「寶寶？」

「對於這種狀況具有免疫力的寶寶，這就是我們一開始把你找來的原因之一。」

「一開始？」

「薩伊德博士，我可以跟你說實話嗎？」

「請說。」

「我當初強力反對讓你一開始加入團隊，我認為我們已經有足夠的火力應付NAN計畫，但就連我對於整起事件也毫無所悉。」

「也就是說……？」

「布蘭肯席普與迪特里克堡的團隊一定會準備另一套計畫，備案。而且，他們確信根據你先前的研究計畫，你一定知道要如何完成任務。」

「可是……寶寶？誰餵這些孩子？誰養育他們？」

「我們正在努力解決。」

「靠倖存者嗎？服用那些解毒劑的人？難道他們就是……」

「薩伊德博士，我們並不知道，我們也不知道屆時是否真的會有任何倖存者。我們需要確保萬無一失，我們需要替代方案。明天下午在洛斯阿拉莫斯會舉行一場會報，你明天會在早上七點搭乘軍機。等一下你會在自己的安全連線收到詳細資料。只需要打包過夜行李就好，之後還可以再整理東西。」

理查把手伸到辦公桌的另一頭，切斷了連線。現在沒有時間回答問題，而且，他也沒有答案，寶寶。他也只能努力不要多想，關於那些已經生活在這個劣毒時代的孩子。

10

二〇六二年三月

凱伊透過蘿西的艙窗，在一片黑暗世界之中找尋阿爾法－C。當他在月光中辨識出她的輪廓時，他的心跳速度終於開始放緩。他們昨天找到了另一個——另一個本來應該要存活下來的同伴，它的機器人毀了，裡面的小寶寶早已死亡多時。他與瑟拉和阿爾法尋找了一年，這已經是第三個了。有了瑟拉陪伴身邊，這種失望之情就沒有那麼痛苦了，但依然還是讓人很難受。

他內心深處出現了蘿西的聲音，「你很悲傷。」

「對。」

「別擔心，」她說道，「不需要悲傷。」

凱伊搖頭，難道不需要悲傷嗎？他默默等待黎明破曉。

瑟拉坐在他旁邊，一起躲在她母體的遮蔭之下。她在慢慢咀嚼像是多刺綠色草梗的東西。「給你，」她拿了一片給他，「我們昨天回來的時候，我發現了這個。應該是拿來泡茶的東西，但要是沒有水，可以直接啃咬乾枝，能幫助你醒腦。」

凱伊從她手中接下了那一片草梗，細細慢咬。味道超苦，它的乾枯表皮黏著了他的龜裂雙唇。他拉起毯子，緊緊裹住自己，一臉茫然，望向他們紮營的那一片令人目眩的白灰色岩地。雖然天氣變冷了，但是他們太過乾渴，太疲憊，根本無法到外頭探索。「妳確定妳不想要吃別的東西嗎？」

「對……」

他很擔心瑟拉。在他們到達的那些補給站當中，他們只找到了少量備品。沒有儲水，而且冷凝塔也是一片乾枯。他們以前靠的是高緯度白雪的融水，不過去年冬天的天氣與以往相比變得比較暖和，少量的融雪早在峰頂就顯然蒸發了。他們遇到的少數川流都是淺河，已經乾涸。瑟拉搬出必須要儲存烹煮用水的理由，吃得越來越少，他已經可以從她的外衣看到她肩膀的突出骨形。而且，那個本來會開開心心帶引他在天空開心追逐，當他們在執行自己某項「任務」的時候，她的母體會迴旋與俯衝的女孩，似乎迷失了自己的方向。她是不是跟他一樣，很害怕不知道自己接下來會找到什麼？

瑟拉盯著阿爾法，就是她平常與她的母體在交談時的模樣。她緊蹙眉頭，而且凱伊看得出來，想必這段對話不是很愉快。

他問道：「怎麼了？」

「阿爾法說，就算我們很想，但也不應該這麼常飛。」

凱伊現在想起了蘿西的聲音，她在他昨晚入睡前發出的警告。「因為懸浮微粒嗎？」

「現在空氣中的灰塵比以前多，她現在清理引擎變得更困難了。」

「但我們必須要繼續行動……」凱伊抬頭向天，似乎有一層細緻的晶霧驅散了燦亮陽光。截至目前為止，這種天氣已經持續了好幾個禮拜，遠方的台地幾乎已經看不見了。他強逼自己起身，「我有個想法，」他說道，「我們來看看我們有什麼吧。」

「什麼？」

「蘿西說今天是我的生日。我八歲了，我們應該要辦一場生日派對！」

「對……」瑟拉說道，「我明天八歲。」

「我們來互送禮物吧。」

「禮物？但我——」

「我還有一些沒給妳看過的東西，我想妳一定也有……」

凱伊爬上蘿西的履帶，開始在自己的保護罩裡搜尋，翻找他那些少得可憐的個人用品，希望可以挖出瑟拉可能會喜歡的物品。然後，他把自己的寶物摟在懷中，搖搖晃晃下來，把它們陳列在地面。塞在橡膠套裡的某塊長方形塑膠板，「一台舊的平板電腦，拿來玩遊戲，」他說道，「我還沒修好。」某個小型塑膠樂器，蘿西稱之為烏克麗麗。他解釋：「其實本來應該要有弦的……」還有一頂邊緣破損的褐色皮帽，「這是牛仔帽……」他把它蓋住自己那一頭糾結亂髮，戴得方方正正。「遮擋太陽很方便。」他笑得開心，假裝在彈奏無弦的烏克麗麗，哼唱走調歌曲。然後，他大手一揮脫下帽子，送給了瑟拉。

不過，瑟拉只是一臉茫然望著他。突然之間，他覺得自己犯蠢，他到底在想什麼啊？笨死了，這都只是垃圾而已……

然後，她報以燦笑。「我有比那些更好的東西。」她回到阿爾法的裡面，然後又立刻現身，肩上揹了一個巨大的粉紅色包包，上面有微笑貓咪的漫畫圖案作為裝飾，除了一個大儲物空間之外，還有三個小型側袋，每一個都有閃亮的金屬彈簧扣。她從其中一個小袋裡拿出了一條項鍊，天藍色的拋光小石，全部串在銀鍊上面，她說道：「這是綠松石……」然後，她從大儲物空間取出了一個似乎是由細枝編織而成的東西。

凱伊走過去問道：「那是什麼？」

瑟拉回答：「飛機，」她把它舉高，展示連接中央骨架兩側的光滑翅翼，眼神燦亮。「就像是在老舊影帶裡的那些一樣。但這個沒有引擎，是滑翔機。」

「可以讓我拿一下嗎？」

「可以……但是務必要小心。這是在我們認識之前我自己做的。我花了好久才搞清楚要怎麼把它們拼在一起。骨幹是風滾草，其他的部分是乾草，全都是靠編織完成。」瑟拉小心翼翼，將飛機交給了凱伊，他以兩根食指的頂端作為支撐，分別架在雙邊翅翼之下。「阿爾法教我編織，還教導我有關飛機的事，她對於這些東西非常了解。她說，將來我可以做一台夠大的滑翔翼，讓我自己可以乘坐飛翔。她還說滑翔是最美妙的飛行方式——非常寧靜，就像是鳥兒一樣。」

凱伊一臉不可思議望著她，「這個……是給我的嗎？」

瑟拉對他淺笑了一下。「抱歉，」她說道，「不是刻意要害你誤會……」她從他手中取回飛機，小心翼翼放回自己的包包。「不過，這個可以給你。」她把手伸入第二個側袋，然後張開五指，露出了某個小小的閃亮物體。

凱伊遲疑收下，放在掌心裡，宛若壓扁圓柱的銀殼。透過它的清透表面，他看到了某根細針，左右搖晃指向「W」那個字母。

「這是羅盤，」瑟拉說道，「它會告訴你要走哪一個方向。」

凱伊作勢要還給她，「謝謝，但是妳不需要嗎？」

「不用，」瑟拉回他，「從現在開始，我們就是一起行動不是嗎？」她從第三個側袋取出了一張橢圓形的紙片，放在他朝上的掌心。「還有這個。」

凱伊以大拇指搓揉那張護貝的照片，身穿紅色洋裝的淡金色頭髮女孩笑顏燦爛，有個棕色長髮的女子以保護的姿態伸臂摟住小女孩的肩頭，她們背後是一片無雲晴空，下方是閃閃發亮的廣闊藍色水面。「她們看起來很開心。」

「是啊……」瑟拉若有所思地盯著那張圖像，「你覺得這是什麼？」

凱伊搖頭。海洋？湖？除了蘿西的螢幕之外，他從來沒親眼見過這樣的地方。

瑟拉說道：「我們必須要去那裡，到達類似那樣的地方。有豐富的水源與植物……」

「妳覺得我們也許可以靠母體帶我們去那裡？」

瑟拉一臉哀傷，回望她的母體。「我央求她好多次了，但是阿爾法說她沒有座標，除非她能夠評估風險，否則她不會過去……」

瑟拉不需要把話講完，凱伊已經懂了。蘿西也告訴他一模一樣的話——她被植入的程式就是無法帶他前往每一個地方，她需要有目的地安全無虞的資料與證據。這也就是過去這一年多以來，他們只能在某個附近空蕩蕩的兩個補給站之間移動的原因。不過……「一定找得出方法……」他突然看到瑟拉眼睛一亮，他這才驚覺剛剛錯過了她的淘氣閃動目光，他盯著她。「是什麼？」

瑟拉挨到她身邊，以手圈嘴，對他附耳悄聲說道：「如果我們的母體不肯帶我們去某個地方，也不表示我們不能自己去啊。」

「什麼意思？」

「那台越野單車。我們應該回頭帶回來，可以把它修好，讓它正常運作，這樣一來我們想去哪裡都不成問題！」

凱伊點點頭。那台露營車，就在幾天前，他們發現了它。不過，因為昨天看到了那台毀爛的機器人，他就盡量不願多想。

那台露營車很大，有光滑的金屬側邊，兩側都有亮橘色的條狀油漆。它有自己的廚房，甚至還有一個小小的浴室。當他在端詳它的巨大體積的時候，忍不住讓自己陷入了夢想。蘿西曾經告訴他，就在全球大流行疾病之前，其實從來沒有人真的住在這裡。不過，倒是有露營者，他們會在沙漠裡待好幾個禮拜的時間，當時他們稱之為假期。

凱伊嘆氣，想必那以前一定是個很棒的住所。不過，裡面有人骨，兩個大人躺在一張大床上，還有一個小孩，窩在附近的嬰兒床裡面。他絕對沒有辦法住在床上還躺有全球大流行疾病受害者的空間裡，他也無法想像要移出他們的畫面。而且，除非是食物或飲水，他無法想像拿走曾經屬於他們的那些物品。這台露營車裡面並沒有不會腐爛的食物，取出了水箱裡的濁水之後，他們就離開了那個地方。

「凱伊，沒關係。」瑟拉現在抓住了他的手臂，目光流露乞求。「我們只需要一台腳踏車，而且它放在外頭啊。」

他盯著她，他無法抗拒。這麼久以來，他已經不曾看過她這麼開心，充滿無比希望。「沒問題，但我們要怎麼再次找到那個地方？」

「我可以帶你過去，」開口的是蘿西，「我已經把座標存在我的飛行資料庫裡面。」

凱伊瞄了一下瑟拉，她朝她的母體點點頭，露出微笑。「那就是可以動身嘍。」

過沒多久之後，凱伊在空中看到了那個地點，那台笨重的車依然停在寬闊峽谷旁邊的泥地，邊窗的托架還有破爛的美國國旗在飄揚，而那台單車依然斜靠在後面的擋泥板。

他們在一百多公尺外的地方降落，不想要驚擾這塊聖地。不過，瑟拉就是忍不住，她卯足全力朝那台單車衝過去，彷彿要解放它一樣。當凱伊走到她身邊的時候，她已經抓住了閃亮的把手。「阿爾法說她可以把這東西充電，」她說道，「我們可以調整擱腳凳與把手的位置，讓我們更方便上手。」

凱伊搔頭，「妳覺得我們的母體為什麼願意放手讓我們這麼做？」他問道，「我們窩在自己的保護罩旅行不是比較安全嗎？」

瑟拉的臉龐又一陣黯然，「阿爾法說這是風險的問題。」

「風險？」

她說道：「我們必須要繼續前進，才能找到水源與食物——也許，要是我們夠幸運的話，會找到另外一個小孩。不過，現在比較安全的做法是走陸路，只要我們騎單車的時候記得戴面罩就行了。」

凱伊記得那些濾毒面罩，放在保護罩座位下方的儲物櫃裡面，他以前從來沒有使用過。不過，蘿西也告訴過他同樣的事：沙漠細塵會對她的引擎造成嚴重傷害，而它對他的肺部也好不到哪裡去。

瑟拉從露營車側面的插座拔下單車的充電器，交給了她的母體。「我想，他們之所以會把它稱之為越野單車，一定有原因吧。」她說著，從後輪的護網踢走了一坨沙。

11

二〇五二年五月

蘿希．邁可布萊德在自己的普雷西迪奧辦公室的向晚餘光之中，以指尖按摩太陽穴。「新曙光」計畫，有時候，她真希望自己從來沒聽過它，因為，聽過了之後，就表示知道了其他的一切。

反正，自從二〇四九年十二月之後，她就參與了這項計畫。不過，她一直身處外圍，不可能了解內部狀況。她花了一年多的時間追蹤神秘微生物，接下來又耗費了九個月的時間與普雷西迪奧的非政府組織住民協商搬遷，但這一切都還是讓她對於六個月前，在洛斯阿拉莫斯第一場會議時所知道的真相毫無任何心理準備。她知道了地表人類將要面臨滅絕，也知道推想之後會發生什麼事將會成為她的職責。還有，她也知道，如果自己對於受感染古菌無可遏抑的傳播速度預估正確，那麼這將會是她的最後一次任務。

她在普林斯頓所上的課程，並沒有教授要如何訓練軍用機器人在末日之後的世界照顧新生兒。這整個概念就是荒謬，艱鉅無比的任務，而且是規模與難度不斷擴張的計畫。不過，考量目前發生的一切——感染速度超級快速、目前還沒有研發出可以拯救更多人類的有效解毒劑——從某種角度看來，這樣的計畫也開始變得合情合理了。

她想起了那天清晨稍早時分，她在啜飲咖啡的時候所看到的新聞報導：「在過去這幾個禮拜當中，坎達哈地區爆發了大規模的『類流感疾病』，造成了嚴重死傷……」面色恐懼的記者開口說道，他的後面有一架軍用直升機。「巴基斯坦邊界城市的醫生們開始不斷揭露類似症狀的案例。我們不知道最近美國軍隊在此地的活動是否與目前這起健康危機事件有任何關聯，不過，我們一直觀察到美軍在最近執行飛行任務的時候，都會出現大規模的焚燒行動。」她必須承認——機器人的這個選項的確應該要納入考量，而理查．布列文斯挑選她開發這項計畫還真是找對人了。因為她真的不斷在思考、想像。

她把它稱之為「母體程式」，一套為了體現母職之本質的電腦程式。這套程式的挑戰讓她脫離自己的停泊處，直接栽入了未知的水域之中。她自己從來沒當過媽媽，根本不知道照顧小孩的重點是什麼，遑論是新生兒了。她因為恐懼而煩惱不已——她好怕萬一她的「母體程式」必須派上用場的時候，卻辜負了那些需要的人，在全新世界毫無任何招架能力的小孩。不過，她知道自己永遠不會放棄。

大部分計畫參與者跟她不一樣，他們完全不知計畫的全貌。對於她那些在麻省理工學院的合作者來說，這個計畫象徵的是參與人工智慧領域之中，有政府提供充裕資金之迷人計畫的大好機會，但他們的主管坎卓拉．傑金斯除外，而洛斯阿拉莫斯的一群機器人程式設計師也同樣被誤導。坎卓拉在被擢升為洛斯阿拉莫斯的安全主管之前，曾經負責主導這些機器人基本操作程式的編纂，也就是主導動作的那一套程式。蘿希的「母體程式」必須謹慎與其融為一體——這是一套複雜的程式，不只是掌控所有行動的方式，還包括了原因。

過沒多久之後，蘿希就恍然大悟：她的母體們需要「各式各樣的人格」。但是她沒有辦法憑空生出來，她需要模組為本。萬一這些孩子有一天需要照顧，還有什麼會比他們的生母更好的選擇呢？

她的手腕手機響了。「邁可布萊德上尉？」開口的是底下大廳的接待人員，「妳的下一名約訪者到了。」

「請她上來。」蘿希豎直衣領，身體前傾，雙眼盯著門口。

進門的女子是中等身材，應該是一百七十公分左右。核桃木色的棕髮後梳，紮了一個緊實的髮髻。她定睛望著蘿希，嚴肅又俐落的行為態度，顯現出她是訓練有素的飛行員。她自我介紹；「我是中尉諾娃．蘇斯奎特瓦。」

「請坐。」蘿希指向她辦公桌另一頭的小椅子。當這位年輕女子入座的時候，她發現自己也跟著調整坐姿，整個背脊完全挺直。「是否有人向妳簡述過我們的這項計畫？」

這名中尉盯著她這間完全不像是博士風格的亂七八糟辦公室，「他們說我可以靠這個方式儲存自己的卵子？供作日後使用？」

「這是我們的目標之一，」蘿希措辭小心翼翼，「但不只如此，還有人格側繪的部分……」

「是，」諾娃說道，「是的，當然。我的基地指揮官告訴我，在我接受任務之前，必須接受某些相當嚴格的審查。」

「沒錯，」蘿希點頭，「妳要接受某項機密任務，安全度為第一考量。而且妳的任務非常危險……我們需要確認妳已經有了萬全準備。」

「我準備好了……」諾娃態度積極，往前移動身軀。然後，她的目光變得柔和，幾乎讓人看不出來的細微變化。「我準備好了……」她又重複了一次，簡直像是在自言自語。

蘿希往後一靠，背誦出自己的台詞：「在接下來的這幾天，妳必須接受一大堆測試……」然後，她發現諾娃蹙眉，立刻又補了一段話：「一點都不困難。我們只是……嘗試一些新的東西。我們正在為某項長期計畫蒐集資料，重點是與某種在戰場遇到壓力之後續反應的……人格特質。」她緊盯諾娃的臉龐，想知道對方的回應，卻只發現了有些困惑的神情。「我們已經通知了妳的指揮官。妳必須要到波士頓接受測驗，麻省理工學院。他們會進行一連串錄影訪談，之後是其他的身體測試。」

諾娃問道：「然後你們就要收集我的卵子對嗎？」

「沒錯。有關計畫的那一個部分會在退伍軍人醫療中心進行，地點在……」蘿西翻找桌上的檔案，「鳳凰城，對吧？靠近妳現在的駐守地點。」

「當然。」

諾娃在座位裡不安蠕動，「邁可布萊德上尉，我可以有話直說嗎？」

「千萬別誤會，我很想要執行這個任務。但是我……我很擔心。擔心是正常的吧，妳說是不是？」

「當然，我可以體會。」

「要是我……我的擔憂在這些人格測試當中顯現出來……他們會不會阻止我出任務？」

蘿希與這位年輕軍官四目相接，向對方露出令人心安的笑容。「在這種狀況下，會擔心這樣的任務，實屬正常。不過……是否有什麼特別的事讓妳煩心？」

諾娃的雙手在大腿間糾結成一團，「其實不算有。好……是我母親……」

「她生病了嗎？」

「沒有，她壯得跟牛一樣。只是……她真的不希望我去，她連我參加空軍都大力反對。她說……現在不是適當時機。」

「我想，永遠不會有最佳時機。」

諾娃臉紅了，「我應該解釋一下……我是霍皮族人。我們家族住在亞利桑那州，霍皮族人生生世世長居的台地區。我父親一年多前過世，不過，如果他還在世的話，他的工作是神職人員。」

「神職人員？」

「不是天主教的神父……比較像是薩滿吧，我想妳這麼稱呼他不成問題。他的工作就是要確保我們與過往歷史緊緊相繫，而且，可以看透事物——也許會在未來出現的事物。這就是我母親不願意我離開的原因——我的父親曾經告訴過她，有大事要發生了。」

蘿希身體往前挪移，脈搏變得越來越快。「什麼大事？」

諾娃皺眉，「我應該要向妳從頭說起才是。」她深呼吸，「我從小時候就知道這故事了，」她說道，「我那時候八歲，那天是我們村落舉行年度的仲夏尼曼儀典。這個儀式象徵的是克齊納的回歸，他們是自從冬至之後就一直留在地球的神靈，要請他們回到神界的家鄉。等到這些神靈歸返之後，他們應該要告訴雨人，霍皮族人過得很好，請求他們降雨回報農人。」諾娃又臉紅了，「我知道，這聽起來很瘋狂，但是這種循環過程對我的族人來說非常重要。」

蘿希面露微笑，「我們大家都各有信仰，請繼續說下去。」

「反正，我父親與其他要表演舞蹈的男人待在大地穴裡面——為了演出做準備。他們齋戒、抽菸、祈禱，進行所有的秘密儀式，他們還弄了帕霍。」

「帕霍？」

「祈禱棍，以老鷹的羽毛所製成。反正，當我父親在那天早上出來，準備要跳舞，他走到了台地邊緣。就在那個時候，他看到了它們。」

「誰？」

「它們在飛翔，在天空中飛得很高。一開始的時候，他以為是老鷹。不過，他說它們看起來比較像是昆蟲——在某些霍皮族古老傳說裡的第一世界的那些棲居小蟲。全身都是金屬表皮，某種接近銀的色澤，但因為朝陽的關係而成了粉紅色。他覺得它們可能是正準備飛回家鄉的克齊納。不過，為什麼要在舞蹈開始之前離去呢？他憂心忡忡。」諾娃望向窗外，陽光照亮了她的棕色眼眸。「等到我父親回家的時候，他得了感冒。他沒辦法站立，但是也無法入睡。歷經了這一切，他沒辦法參與舞蹈演出。他非常確定，如果這些生靈，姑且不論它們到底是什麼，飛離我們，永遠不回頭——再也不會歸返——那就表示終點到了。」

蘿希吞了一下口水，她發覺自己口乾舌燥。「終點？」

「一切劃下終點，地球上所有人類滅絕。它們必須要回來，導正一切。」

「妳相信他的說法嗎？」

「以前曾經深信不疑了好一陣子。經常會做有關他那些『銀色神靈』高飛離去，讓大家全部死光光的惡夢。不過，後來我開始學飛行，我有個表哥走這一行，專飛旅客包機。在我十二歲的時候，他曾經帶我升空翱翔，自此之後，我就再也不曾回頭想這件事。我認定我父親只是看到了某些飛機，也許是噴射戰鬥機的分列式，正在進行訓練，如此而已。而且，他當時的心理狀態，飢餓、口渴、滿腦子都是神靈，一定是嚇壞了。反正，他後來再也不曾出現那種幻象，而他去年過世的時候，我覺得……」

「他一直搞錯了。」

「對。我想他只是活在某個夢境之中，但我母親依然深信不疑。就連到了現在，她還在等待那些『神靈』回來。她說我現在不該離開，此時此刻的我，非常重要。」

蘿希忍不住，伸手緊抓桌緣。「為什麼？」

「因為我父親還告訴了她其他的事，就在他離世之前。他說終點就要到來，但不是指我們家族。終點到來之後，『神靈』會回到台地，我們的任務就是要待在那裡，等候它們。」諾娃停頓不語，目光轉內。她嘆氣，彷彿終於做出了決定。她摸索制服領口裡面，抓起了某條鍊子，解開環扣，那是一條細銀鍊，下方掛了一個宛若十字架的東西。不過，那並不是十字架，而是一個女人。她大張雙臂，細緻的羽毛垂落而下，宛若翅膀一樣。這名純銀女體的頭髮流瀉，蓋住了整個背脊，以無畏姿態揚起下巴。「可以幫我保管這個嗎？」諾娃問道，「這是我媽媽給我的東西，但是我現在不能帶走。」

「不能帶走？」

「萬一弄丟了，我會受不了。在我回來之前，可以先替我保管嗎？」

蘿希不發一語坐在那裡，整間辦公室變得越來越安靜。她的合成式「人格」遺漏了什麼，在她與諾娃面談之前，她不知道到底是少了什麼東西，現在，她知道答案了。

這些母體的教育資料庫，並不是由蘿希負責，那是坎卓拉的範圍，而且，坎卓拉已經接獲了嚴格指示，絕對不能在裡面加入任何與IC-NAN有關的資訊，也就是這些新生兒之所以存在的背後秘密原因。依照原本的設計，這一段故事不可能會成為每一個小孩學習的「知識體系」裡的一部分——它不可能成為他們的傳承。但要是少了傳承？你是誰？一定還有其他的部分。每一個母體的小孩所需要的不只是食物與飲水，不只是教育，也絕對不只是安全的養育，將小孩與其他同類團結在一起的某種共同目標感，這些孩子需要的是知道自己是誰而產生的某種安全感，她得要想辦法把這個寫入她的程式之中。

她打開辦公桌抽屜，拿起細鍊，抽出了那一條項鍊。優雅，但很堅實，就像是諾娃一樣——這個年輕女子如此堅強，充滿活力，對於自身文化堅守不移，住在亞利桑那州東北部嚴酷沙漠，逐漸凋亡的民族，裡面全是被遺忘的一群人。這個家族的故事，某段歷史的故事，夢到女兒無法言說之命運的母親……蘿希其實一直不認識自己的母親，在她三歲生日剛過沒多久之後，母親就過世了。當然，她的父親一直陪伴著她，不過，路易斯．邁可布萊德個性沉默，性好反思——不是那種會沉湎於過往的人。蘿希覺得自己的童年時光幾乎都處於無根狀態，然後又從軍隊的菜鳥成了終身的軍人，四處飄遊尋找一個家。對於必須孤絕生活在新世界的這些小孩來說，這樣絕對不夠。

諾娃已經通過了空軍的體格與心理測試，接下來就等著接受任務派發。她渴望可以保存自己的卵子，正是這個原因，讓她成為蘿希名單中的一員。現在，經過了蘿希的核准，她會前往波士頓與巴薇．夏爾瑪見面。諾娃當然知道必須接受更多相同的測試，但是巴薇另有其他計畫。

在巴薇的麻省理工學院實驗室裡，程式設計師們一直在忙著撰寫簡單機器人與人類互動、進行照護的程式。巴薇的任務是要盡可能汲取諾娃的特質，諾娃的聲音，她那種帶有鼻音的溫柔腔調，然後把那種聲音與某一個母體進行合成。而她的記憶，她曾經認識的那些人與地方，都會消失無蹤。不過，她的信仰，她看待周邊世界的方式，依然會保留下來。蘿希只能盼望，這會是能將家庭、歸屬、自我之難以捉摸的元素編入程式當中的起點，她必須要與巴薇更加緊密合作……

就連她們現在的目標也絕非易事。巴薇說過，依照布林邏輯為機器人寫程式是一回事：如果這樣，以及這樣，那麼就那樣。但是，要寫出獨特人格的程式——顯現出某人與他人之間差異的思維、感受、行為態度——等於是一整個全新規模的挑戰。不過，巴薇依然向她保證，這些捐卵者的人格應該可以被模仿，至少表面是如此。在「心理側繪實驗」名目的偽裝之下，這些治癒者將會待在沒有外在刺激的房間裡面，在連接到生物偵測器的同時錄下自己的生活體驗。她們也會接受巴薇的「百大問題遊戲」，這是為了要區分各式各樣不同人格類型所設計的清單。再加上從數小時錄製影帶中所汲取的每一位人類母親獨特的語言模式與行為態度，這些輸入資料將會進入每一個機器人的學習程式之中。無可否認，這樣的訓練課程效果有限。不過，對蘿希而言，這正是「母體程式」的核心，因為這一點而可以造就每一個母體各具差異，而且賦予每一個小孩獨特的自我標準。

蘿希嘆氣。這項計畫的機密性讓她覺得越來越沉重——在她監督之下，被她找入機構的那些女人，她盼望要將她們的靈魂壓縮在程式之中的那些女人，對於她的意圖一無所知。對於她們來說，這只是參與某項危險任務之前、大家所熟知的人格側繪的一部分罷了。

她想到了理查．布列文斯。雖然現在華盛頓的時間已經超過了下午五點，但她依然在等待他的回電。她露出微笑，自從六個月之前她接下了重新派發給她的任務，兩人在洛斯阿拉莫斯面對面晤談之後，他們的關係就此發生了變化。那場正式會議結束之後，他邀請她到外頭吃午餐。他說，他一直在等待——等待機會把她帶入已知IC-NAN狀況的那個小圈子裡面，在他可以確保她安全無虞之前，他不想與她太過接近。她現在知道了：她一直感受到兩人之間的那種張力，還有超越了職場關係或是互相仰慕的那種情愫浮露，原來都是真的。現在，兩人就是以情侶之姿在一起。

她的桌機發出滋滋聲響，她清了一下喉嚨，把一綹散落的髮絲塞到耳後，按下通話鍵。「我是邁可布萊德。」

「蘿希，是我。」蘿希忍不住臉紅，傾身向前。她心中開始浮現理查一個人待在辦公室的情景，他那張寬闊又和善的臉龐，還有平壓在桌前的堅實篤定的雙手。

「嗨，理查，聽到你的聲音真是開心。」

「我也是。我收到了妳的訊息。」

「對，抱歉，之前我打電話的時候壓力有點大。也不知道為什麼，今天早上的那一場面談……讓我深感不安。」

「出了什麼事？再跟我講一次，從頭開始說起。」

「她是飛行員，中尉，名叫諾娃．蘇斯奎特瓦。她是來自亞利桑那州的霍皮族人，她跟我講了一個故事——」

「原住民傳說。」

「似乎不僅如此。有關她的父母託付給她的重責大任，她母親告訴她，這就是她必須要安全返家的原因。」

「繼續說下去……」

「根據這個傳說，諾娃的家族被選定為災後的傳承者，他們會倖存下去。她甚至還提到了能夠飛行的『銀色神靈』，據說她父親多年前看過它們。他怎麼可能——」

「到處都聽得到的主題。不過，我看了妳的訊息之後，我請葛爾札博士查核基因資料庫。我們早就篩檢過霍皮族人，能夠想到的其他種族我們也都試了。完全沒有特殊之處，他們也會受到感染。」

「不過，薩伊德博士提醒過我們內含子的問題——也就是沉默DNA。」

「又是另一個原住民傳說。」

「科學是真的。人體基因組裡面有許多沉默DNA。薩伊德博士堅持地球上一定有什麼人種具有合適的基因密碼，可以熬過這場災難，只是需要某個刺激予以啟動。霍皮族與他所描述的那種狀況完全符合——只不過與族外的通婚可能擾亂了基因庫，也許還有某些家族分支……」

「那麼為什麼在篩檢的時候沒有顯示？」

「我們並沒有篩檢所有的霍皮族人，」蘿希很堅持，「就算我們有這個能耐好了，我們也只能找尋我們已經知道的基因。這些霍皮族人很可能跟我們擁有容易受到感染的相同基因序列，不過，他們也可能擁有我們所沒有的殘留DNA。萬一有需要的話，可以讓他們倖免於難的某組基因密碼，唯一的測試方法就是——」

「將他們暴露在IC-NAN之中，看看會發生什麼狀況。我知道。但妳也明白我們為什麼不能這麼做吧？是不是？我們不能利用人類當成天竺鼠……」

「你們不就是在索馬利亞監獄做出這種事嗎？進行解毒劑的實驗？理查，你忘了，我現在可以看葛爾札博士的報告。」

理查嘆氣，「妳也知道狀況不一樣，那些人是遭到定罪的戰犯。」

「也就是我們可以不假思索殺害的那些人。」蘿希伸手撫摸頸側，只能無力接受失望之情帶來的深沉搏動。難道殺害恐怖分子不就是這整起惡夢的開端嗎？

當然，她明瞭，不能對霍皮族人進行真正的實驗。不過，她太渴望想要相信諾娃的故事了——它代表了希望，他們政府犯下了可怕錯誤，但有一群人卻能夠對此免疫。她盯著自己書架上那一排井然有序的舊書，那是她爸爸留給她的最後贈禮。當然，那很可能就像是部落、信仰、宗派，透過代代傳遞的另一個故事罷了，每一個都是為了要強化信使所言的重要性。她早該看清楚這一點了，她的天主教信仰又為她做了什麼？就算一切都能夠依照計畫行事，但她自己的生命有可能在不久之後，就僅能靠著某種外來DNA雞尾酒療法的每日劑量苟延殘喘。「抱歉，理查，」她整理紛亂心緒，她無權將自己的挫敗感發洩在他身上……「實驗進行得如何？」

「狀況未明。但我想他們會成功，至少，我們得要這麼相信。」

「對，我們必須要深信不疑。」

「蘿希？我只是希望讓妳知道，妳正在從事的任務……『母體程式』，我也深信不疑。」

蘿希往後一靠，「這任務真的很艱難。這些女子捐卵，必須忍受這些問題與側繪，而我卻完全不能向她們透露為什麼。」

「她們大部分都是軍人。與那些在相同處境奉獻了數十年的女性相比，這對她們來說也沒什麼大不了。這就是某種保險規劃——」

「不過，理查，這些卵子應該要在符合捐贈者利益的前提下進行受精。而不是跟隨便哪個陌生人的精子結合，然後像是農場動物一樣，放在孵化器裡面慢慢孵，然後由機器人養大……」

「妳的意思是，妳認為我們這樣做有問題？」

「沒那個意思……」蘿希閉上雙眼，「不是，我只是希望我們可以更公開。」

「我們都希望如此，但是我們……」

「我知道，我們不能冒險引發恐慌。不過，理查，」她知道現在自己在施壓，但她不得不如此。「你記得夏爾瑪博士嗎？麻省理工學院的機器人心理學專家？」

「妳以前的哈佛同學？」

「對，巴薇。關於母性之連結，她給了我們一些很棒的深入意見。她真心覺得我們可以教導我們的機器人有可能撫養她們的孩子，就像是他們的親生母親一樣。」

「但是並沒有辦法愛這些孩子。」

「不行。我們可以想辦法賦予機器人某種人格，執行教學與保護。不過，類似愛這樣的複雜情感……還沒有寫出這種程式，而且現在時間也太緊迫了。」

「真可惜。」

「不過，我們何不至少讓巴薇參與這項計畫？畢竟她也是這些捐卵的母親之一。」

「我們已經討論過了，」理查的語氣緊張，但依然堅定。「我擁有的權力不像妳想的那麼偉大。我必須花許多力氣說服別人，才終於讓妳得到許可，進入最後的實驗階段。等到時候一到，就算我們有了可用的解毒劑，供給量也會很有限。」

蘿希嘆氣，「抱歉。誠如你所言，我知道我必須要謝謝你，讓我進入了最後的實驗階段。」

控制台傳來一陣窸窣聲響。「蘿希，我也要向妳道歉。打從我們第一次見面之後，我就一直希望可以親近妳。至少，現在我們有彼此可以傾訴。」

蘿希望向窗外，「你什麼時候可以再過來這裡？」

「我下個禮拜應該可以出去……」

「要是能見到你就太好了。也許我們可以抽個幾天離開這裡，品嚐美酒，假裝一下。」

「一定很棒。」

「是啊，一定很棒。」蘿希往後一靠，望著最後的夕陽餘暉在那條精緻鏈帶，還有從她指尖懸垂而下的銀色女神雙翅不斷來回閃動。

12

二〇六四年六月

在過去這兩年中，瑟拉與凱伊已經協調出一種全新的模式。他們是遊牧民族，一直在不停移動，找尋其他的人——而且依然在尋找水源。每一天早上，兩人就一起騎單車在沙漠裡四處探索。瑟拉負責騎車，凱伊跨坐在她後方的代用木頭座墊，四處張望。他們是相同年紀——剛滿十歲沒多久。不過，凱伊的個頭一直比較高。在他們某次突襲行動中，他發現了一個破損的望遠鏡，他偶爾會把它高舉眼前，滿懷希望地在瑟拉肩後四處眺望。

他們的母體以快速反應模式緊跟在後——不是靠她們的履帶，而是靠她們的強健雙腿在移動。這些機器人挺直身軀的時候，足足超過了她們照顧對象的三倍高，這時候的她們重心沒那麼穩，但是行動比較敏捷。凱伊還記得自己小時候第一次看到蘿西的這種姿態——她的柔軟內手從外側的堅硬護套伸出來，抓住他的腰，讓他避開了淌著口水朝他撲來的郊狼。現在，她姿態遲鈍在後面追趕，顫顫巍巍擔心失去平衡，看起來就是顯得笨手笨腳。

「我沒有看到任何高塔……」凱伊對著瑟拉的耳朵大吼，單車引擎在呼呼轉動，而且他的聲音還得穿透濾毒面罩的障礙，他希望她還能夠聽得見。

瑟拉停下踩踏單車的動作，奮力離開座位，雙腳踏在崎嶇不平的地面。當她脫掉自己的面罩時，凱伊看到了她佈滿灰塵雙頰的擦傷皮膚。「不重要，」她拿著面罩猛拍大腿，「根據阿爾法的資料，我們幾乎已經找到了所有的補給站。你也知道我們找到那裡時的場景，所有的冷凝塔都被塵土阻塞。補給站沒有任何瓶裝水或是食物，有人全部拿走了。」

凱伊舔弄龜裂雙唇，「那是好消息吧？表示這裡還有別人。」

「我想是吧，」她回道，「但對我們來說不是好消息。我想我們應該要專攻路面，找尋更多的車子。也許我們可以找到另一台露營車——就像上禮拜找到的那一台。」

凱伊不禁全身一顫。他們好不容易成功撬開儲藏在露營車後車廂裡面的罐頭——番茄醬、某種浸泡在辣鹹水裡的綠色辣椒，還有一種名叫「菜豆」的黏糊狀棕色食品。這些食物分量足夠，但卻讓兩人都鬧胃痛——而且還害他們更加口渴。瑟拉突襲駕駛座找尋工具，推開了之前駕駛的那隻軟綿綿骷髏手，結果她只找到了一小瓶水。

凱伊指向旭日對面的方向，「蘿西說那裡有一塊充滿岩土的窪地，很像是河床的遺痕，也許那裡會有地下水。」

「你確定我們沒有去過那裡嗎？」瑟拉說道，「我覺得我們只是在繞圈圈……」

「我們現在都是以螺旋方式在移動——每一次繞圈的範圍越來越大。蘿西一直有記錄行蹤。我們到過那塊石區的東方與西方，但是她很確定我們還沒有去過那邊的精確位置。」他望向瑟拉，現在，她的雙唇抿成了一條線，神情嚴肅。他說道：「我想我們沿著昨天的那條大路，應該差不多就可以到達那裡。」

當瑟拉重新爬上自己車墊的時候，他已經吃了秤砣鐵了心。雖然他知道騎單車走那些被風沙吹襲的沙漠交錯小徑，會比繞過去來得容易許多，但他就是不喜歡那些路。不過他知道瑟拉講得沒錯。很神奇，他們在路邊找到了一箱箱的水瓶——彷彿有人已經事先留在那裡，等著他們找到一樣。那些東西是天賜大禮，要是謹慎節用的話，撐一個月也沒有問題。還有，那些車輛，斜停在灌木叢裡面，的確偶爾隱藏了大禮——要不是發現了那台黃色條紋的露營車，他們也不可能擁有這台單車。

但是，沿路上還找到了其他物品。他還記得那台小小的電動車，陷在某個沙坑裡，前座有兩具成人屍骸。比較小的一共有三個，在後座挨在一起。一如往常，他與瑟拉彼此互望，兩人都在思索同一件事。他們能否為電池充電？那台車會不會比他們的單車更舒適？不過，他們只做了跟平常一樣的事，找尋塞滿在後車廂裡的衣物、食物以及飲水。他們一如往常，選擇保持安靜，不要打擾死者沉眠，就算是拾荒者也自有規範。

就在太陽到達頂點的時候，他們又找到了那條路。然後，他們沿著它一路西行，經過了一排高聳的台地。凱伊覺得，這些台地像是大海中閃動光芒的船隻，曾經深夜在蘿西的艙室螢幕努力研究的那些畫面。不過，隨著路面逐漸變高，他馬上發現原來他們自己也上了台地。前方路面越來越狹窄，兩側的土地成了被風沙侵蝕的寬面窪地。

突然之間，瑟拉不再踩單車了。

凱伊放下望遠鏡，「怎麼一回事？」

瑟拉回道：「路面太狹窄了，機器人過不去。如果我們想要繼續行進的話，就不能讓她們繼續跟了。」

凱伊回頭望向蘿西，「對，」蘿西在他心底發出回應，「沒錯。」

「好的……」凱伊摘掉面罩，以手背抹了一下雙唇，嚐到了鹽巴的鹹味。他拿下以繩帶揹肩的水壺，小心翼翼喝了幾口水。他們已經走了這麼遠，斷無理由現在回頭。「蘿西……要是我們繼續往前走，妳可以盯著我吧？」

「我會注意你的行動與生命徵候，」她回道，「如果你超出了我的監控範圍，我會對你發出警訊通知。」

瑟拉發動馬達，把他們的母體拋在後頭。凱伊從她的肩頭往前張望路面，現在的寬度就是步行路徑而已。他現在只能掃視兩側，努力爬梳底下令人眼花撩亂的裂縫迷宮，找尋水源的痕跡。這不只是危險而已，似乎還很無望……

不過，瑟拉又再次停下來，她的頭偏向左側。「你看那裡！」指向的位置是靠近某處寬闊窪地遠處，黑色的小小形影。

凱伊側頭，瞇眼盯著燦亮陽光。突然之間，他忘記了口渴，忘了自己會摔下去的恐懼。「那不是水，它看起來像是……」

「一個人，對不對？」瑟拉下車的速度超快，差點弄翻了單車。「也許是另一個小孩？」

凱伊屏息，緊盯著那個動也不動的形體，他利用望遠鏡還能用的那單邊透鏡，朝那裡張望。雖然看起來像是靜止不動的非人物體，但看起來的確像是個人。他的目光掃向右側，看出某個機器人的龐大身形，駐守在靠近似乎是洞穴開口的地方，不禁讓他心臟狂跳。「妳看到了嗎？是機器人！」他說道，「但我們要怎麼過去？」

現在輪到她拿起了望遠鏡，「我們可以飛下去……」

凱伊說道：「無論那是什麼，我們都不會想要嚇到對方吧……」

她觀察距離，「我們可以降落在南方的那塊平坦區域，就在那些大石頭的後面，然後，我們可以靠健行的方式回頭。」

凱伊同意，「沒問題……」

他脈搏跳動速度飛快，回頭衝向自己的母體，爬上自己的保護罩。附近的阿爾法－C先以輕柔動作把越野單車放在路邊之後才讓瑟拉爬上她的履帶，瑟拉邊爬邊抗議：「哦，媽媽……」現在他們就先把單車留在那裡了。

這兩台機器人從路面起飛，揚起了大片砂礫。當他們在那個地區繞圈的時候，凱伊搜尋地面，要確認目標位置。找到了——有一大坨深色頭髮，外衣披在窄小的肩頭。的確是個小孩。不過，儘管他的頭上一片喧鬧，他卻依然坐在那裡動也不動，背脊僵直，細長的膝蓋向外劈開，宛若鳥兒的雙翅。凱伊不禁背脊一陣涼，難道這個小孩只是一具凍僵的死屍？

他詢問蘿西，「他還活著嗎？」

「他的體溫顯示為攝氏三十五點五度，低於正常人類體溫……」她一邊回答，一邊走向砂岩平面，準備休息。

當凱伊從蘿西的履帶滑下來的時候，瑟拉已經站在地面了，她說道：「這邊……」

他們沿著兩個岩石露頭之間的狹道前進，帶頭的是瑟拉。不過，當另外一頭映入眼簾的時候，瑟拉突然停下腳步。凱伊在她背後張望，那個小孩背對著他們，相距只有六公尺左右。

她壓低聲音，「你看那裡……」沿著她顫抖的手指看過去，那是一個小石堆，距離那個沉默的小孩只有一公尺遠而已。

凱伊瞇眼，驚覺那裡出現了神秘動靜，石頭與地表之間有東西在晃移。那不是小石堆，窩在那小孩旁邊的是一坨棕色肥蛇，牠抬高頸部，扁平的頭十分僵挺。不過，那小孩的機器人，在他們左方約十五公尺處，依然是懶洋洋的姿態，跟她照顧的小孩一樣，不動如山。

「我的母體教我絕對不可以殺蛇……不過，為什麼他的母體卻沒有任何行動？」

瑟拉低語，她的手已經悄悄滑到身側，找尋腰帶間的刀子。

就在這時候，那個小孩伸開雙腿站了起來。凱伊屏氣，是男生，至少和他一樣高。當這男孩面向他們的時候，他的蛇朋友就只是溜入光禿禿的灌木叢。

瑟拉低聲說道：「這到底是……」

凱伊目瞪口呆。和蛇當朋友的男孩？就在那一瞬間，男孩只是站在那裡，宛若雕像，他的空茫目光直視凱伊的雙眼，或者，他真的在看凱伊嗎？因為完全看不出他認出有人或是驚訝的模樣。他反而以穩健腳步朝他母體守候的洞穴走去，然後消失在她的背後。

凱伊經過目瞪口呆的瑟拉身邊，跟了過去，他盯著那個洞穴與它的哨兵機器人。那孩子的母體身形太巨大，沒有辦法進入洞穴，所以她就盡可能守在洞口。當凱伊從她身邊溜過去的時候，她完全沒有要阻擋他的意思。洞穴很小，距離後牆約三公尺左右吧。凱伊的雙眼適應黑暗之後，看到了細支的橘色火光，在地面的碎陶片裡面燃燒，男孩就坐在他的火堆旁邊，凱伊小心翼翼向前走去。

男孩對他的母體低語：「對，我現在明白了，跟之前一樣的訊息……」

「哈囉？」凱伊大膽開口，但那男孩完全沒有理他。

「母體，妳向我保證過，這是一個好地方，」男孩悄聲說道，「妳說過有一天這條路會帶來訪客，但一直沒有人過來。現在納加說我們將來可能得要離開。」

「哈囉？」凱伊的聲音在被燻黑的石牆之間迴盪。瑟拉已經悄悄溜到他身邊，又往前走了一步。兩人雖然很貼近那男孩，但卻完全看不出他感受到他們的存在。凱伊看得出來那男孩緊握雙手，身體前後搖晃，低聲唸誦著什麼。他說的是凱伊完全不明白的另外一種語言。

凱伊低聲問道：「你還好嗎？」他伸手碰觸那男孩的手臂，本來覺得搞不好只會摸到空氣，但沒想到卻碰觸到了溫暖的皮膚。他感受到了脈搏——緩慢又穩定。

「醒來啊，」他柔聲說話，「醒來啊，你在做夢。」

男孩抬頭，雙眼睜得好大。眸中有光在閃動，一開始是恐懼，然後是希望。當他伸出手指，碰觸到凱伊衣服袖子的時候，他的淚水噴湧，從臉頰潸然落下。

「真的，」他喃喃說道，「你們是真的……」

凱伊保持警覺，緊盯著附近的灌木叢。他們在洞穴外頭生起了煮食的火堆，非常靠近幾個小時之前，那條蛇豎起兇惡頭部的那個位置。這個剛加入的男孩坐在凱伊對面，盯著火焰。他說，他名叫卡瑪爾。

瑟拉問道：「你現在是不是比較舒服一點了？」

「對，好多了。」卡瑪爾對她報以一笑，露出了大白牙。

凱伊也微笑。附近山坡的仙人掌長得茂盛，現在，早熟的仙人掌深色汁液沿著他的下巴淌落，瑟拉則忙著把她口裡的種子吐入火堆裡。他們原本想要捕捉獵物作為今晚的晚餐，但能夠與蛇坐在一起平靜共處的男孩可能不會同意。

「抱歉，」他說道，「我的母體教我要冥想，可以消解寂寞。不過……要回到現實變得越來越困難。」

「那套魔術不錯，」凱伊說道，「跟蛇的那一段。」

「魔術？」

瑟拉盯著那男孩，「你不記得蛇的事？」

「我記得啊，」卡瑪爾淡定回道，「但她不是魔術，她是朋友——是信使。」

凱伊抹下巴，「是什麼？」

「你們會找到我，真是奇蹟，」卡瑪爾說道，「而且應該算正是時候吧。」

「正是時候？要做什麼？」

「蛇守護水源，這是沙漠裡最重要的寶藏，當初是她帶我來到了這個水泉。」卡瑪爾拿起了他的某個瓶子，裡面昰從他秘密水泉所裝滿的新鮮用水。「不過，現在她告訴我事況有了轉變，過沒多久之後，就連這個水泉也會枯乾，我們應該是不能繼續住在這裡。」

「也許你的蛇朋友是對的，」瑟拉雙眉因憂心而緊蹙在一起，「但如果我們得要離開，我們要去哪裡？」

凱伊說道：「鐵定是沒有冷凝塔了……」

卡瑪爾一臉哀愁望著他，「沙塵吸收了它們收集的水氣，然後又被狂風吹走，那些塔也開始損壞。」

「所以，」瑟拉問道，「我們該怎麼辦？你的母體怎麼說？」

「貝塔說，我們只能在她已知的座標區移動，」卡瑪爾老實說出答案，「而且她沒有足夠資料可以佐證……」

「到底需要什麼樣的資料？」瑟拉瞄了一下凱伊，似乎每一個人都陷入了棘手難題。

「我必須信任我的母體，」卡瑪爾說道，「她是我的榕樹。」

瑟拉傾身向前，「你的什麼？」

「在印度教的傳說中，榕樹很神聖。它擁有宛若盤蛇一樣的手臂可以觸天，而且它的樹根可以構成一整座森林。貝塔就像是那樣的樹，像是一棟有生命力的房子，保護我的安全。」

凱伊回頭，望向卡瑪爾的母體，新月銀光在她的破舊罩蓋發出了閃光。「在洞穴的時候，」他問道，「你曾經對她說話，你講的是什麼語言？」

「我的母體教我的是興地語，」卡瑪爾回道，「還有英語，她說存續語言很重要。」

「但她也會在你的心裡對你喊話對吧？」

「當我在做夢的時候，她成了另一個人，陪伴在我身邊，就跟你們一樣真實，」卡瑪爾說道，「當我醒來的時候，她可以在我心中與我對話。貝塔是我，我就是她……你們跟你們的母體也是以相同方式溝通，我知道。」

凱伊盯著瑟拉，「我們大家都一樣。」

卡瑪爾說道：「這是我們每一個人都有的禮物。」

凱伊望著火焰，現在它們正在吞噬最後一批細枝，過沒多久之後，火光就會熄滅。

瑟拉打哈欠伸懶腰，「今天真是漫長的一天……」

她的哈欠有傳染力——凱伊現在幾乎也睜不開眼睛了。「我們休息一下吧，」他也覺得累了，「現在我們至少有三個人。還有，卡瑪爾，相信我，你這裡的資源比我們在其他地方找到的豐富多了。」

夜風吹來，在越來越漆黑的黑暗世界中攪起陣陣狂沙。凱伊幫助瑟拉熄滅火堆，然後自己朝蘿西的保護罩慢慢走去。當他爬進去的時候，他看到瑟拉一臉渴盼望向遠方的路面，定睛在那台被他們拋棄的單車。他們得要盡快把它拿回來，不然她一定會唸個不停。

凱伊關上艙門，蜷在自己的座位裡。他把毯子拉到肩膀附近，努力為雙腿找位置。蘿西開口：「你在長高。」

「對，我可以想辦法調整座位嗎？」

「更動方式很簡單，要是你想要的話，我可以提供指示。」

「蘿西，你覺得卡瑪爾的說法正確嗎？」

「你是指目前水源短缺？」

「對，我們是不是得要離開沙漠？」

「目前我的資料不足。」

「好啦，我們可以去哪裡？」

「無法決定，我沒有座標。」

他扭動身軀，把膝蓋塞入她的控制台下方。

他的母體在他心中發出的聲音好溫柔，「你現在的姿勢就舒服了。」

「對啊……」凱伊聆聽她的夜曲，她正在進行自我診斷，檢查自己的系統，他的吐納開始與蘿西處理器的嗡嗡脈動同步而行。

卡瑪爾曾經這麼說過：貝塔是我，我就是她。

凱伊心想：「我是蘿西，她就是我……」他的母體懂得他的感受，她聽得見他的思緒。她會在他的心裡對他講話，就連在做夢的時候也一樣。而且，他不需要開口，就可以回話。

他知道瑟拉依然在幻想可以自由自在活動，甚至前往阿爾法－C不肯帶她去的那些地方。自從他認識瑟拉之後，有時候他會覺得自己與蘿西之間的連結感是理所當然之事。不過，到了晚上，當他們獨處的時候，那種感覺會變得強烈至極——他根本不知如何分割彼此的感覺。

13

二〇五三年二月

詹姆斯在他洛斯阿拉莫斯實驗室裡的中央電腦周邊不斷移動，調整C-341解毒劑序列的影像。他放大了基因的改造啟動子區塊，也就是魯迪的迪特里克堡小組已經修改的序列，對於IC-NAN插入可以免疫。他再次盯著胱天蛋白酶轉錄因子的三度空間模組，這是可以讓胱天蛋白酶發揮作用的小小蛋白質，望著它在啟動子的結合位點狂舞。這種因子必須要與啟動子結合在一起，才能夠啟動基因轉錄。不過，要是黏著太緊密，那麼就會出現過多的轉錄——過多的胱天蛋白酶，過多的細胞死亡。他們已經測量出在各種可想像的狀況下的結合常數，似乎完美，但其實不然。他望向手腕電話的顯示器已經一百次了，他正在等待魯迪·葛爾札的來電。

十四個月之前，他成了洛斯阿拉莫斯的「執行官機器人」這棟建物裡唯一的生物學家。多年來，這一直是機器人科學家與人工智慧專家，為了外太空探索與小行星採礦進行研發機器人的機構。坎卓拉·傑金斯，這位負責監控機器人程式，身材精瘦嬌小的電腦天才，在這棟建物的遠端擁有自己的實驗室。還有保羅·麥克唐納，負責建造機器人的退役工程師，他的辦公室就在走廊的另一頭。在洛斯阿拉莫斯，只有這三人知道什麼是「新曙光」計畫。在過去這一年當中，他們必須身兼數職——坎卓拉是洛斯阿拉莫斯「新曙光」計畫的安全主管，而麥克唐納，或者麥克，他喜歡大家這麼叫他，則接下了維護設施的額外職務——他們的屬下完全不知情。

值此同時，詹姆斯靠著自己在研究所時代的資源，建立了自己的實驗室。他與魯迪的迪特里克堡小組進行遠端合作，同時與麥克的小組緊密協調，詹姆斯的職責是要推動測試能夠支援培養胚胎，轉為新生兒的機器人系統。光是接受這種任務就已經是一大挑戰，而且這項任務本身也同樣具有挑戰性。而讓這些人造寶寶可以對IC-NAN免疫的基因改造工程，更增添了額外的複雜度。

一開始的時候，進度相當穩定。自二〇五一年十二月開始，詹姆斯已經培育出基因改造胚胎的兩個「世代」，一個是在他實驗室裡的環境實驗箱，另一個則是在已經植入程式的機器人系統之中。第一代與第二代胚胎犧牲之解剖過程非常艱辛。對於胚胎材料之實驗用途「十四天規定」，一直是國際倫理委員會多年來的強制規定，一直到最近才被「五週規定」所取代。不過，根據源於韓國的報告內容，詹姆斯知道要是胚胎能夠在人工環境中撐到十五週，那麼它存活至足月的成功率至少會有百分之九十。為了要準確預測出生時的存活率，他必須要犧牲超過十五週的胚胎。這已經不只是犧牲——而是謀殺。但他還是做了。而且，他證明了的確很成功——從各大方面看來，他的人工胚胎在妊娠結束之前，都展現出正常的發育能力。

一直到第三代，第一批足月的世代，各種問題才開始浮現。去年四月，十五個第三代的胚胎在第二代的同型孵化器裡面生長，而且進入到第二孕期。由於這個階段的目標是測試自動化分娩，所以，這些孵化器與相關機器人，被移轉到位於新墨西哥州沙漠，阿布奎基南部某個安全地點的固定式維生系統之中。這項任務需要這些維生系統的部分根本微不足道：在最後那幾個禮拜的孕期當中，提供維生功能即可。等到指示時間一到，排出保護罩裡面的水，監控生命徵候——基本上，就是生產。根據機器人團隊的理解，選擇那個第三代測試地點的目的，就是為了要模擬某個不利星球的狀況；而真正的理由，詹姆斯很清楚，其實是為了可能發生的終局預做準備，讓機器人在地表的不佳環境中生產，萬一遇到監視的時候，可以提供額外的保護。

第三代機器人的每一個動作都透過遠端攝影機進行監控，他們也收集了大量的數據。當整個小組屏息以待的時候，在第三代的十五個胎兒當中，有十二個在排水完成之後存活下來。這些新生兒，五男七女，立刻以軍機送往迪特里克堡，最後留給詹姆斯解釋他們未來的命運。「非常感謝大家的辛苦付出，」他當時是這麼宣布的，「我們模擬人類在外太空誕生的實驗已經證明很成功。現在，地球上某些非常幸運的父母，將會得幸擁有這些新生兒。」

這不能算是謊言——但他還有更多的話沒有告訴他們。要是幸運的話，這些第三代寶寶會是第一批新種孩童，能夠抵擋IC-NAN的肆虐。未來負責照顧他們的夫妻，也就是他們的生父與生母，都是從軍隊自願者當中經過嚴格篩選，努力懷孕多年未果早已放棄的夫婦。這些人都同意，在寶寶出生之後讓他們接受定期檢測，不過這些父母對於「新曙光」計畫一無所悉。萬一情勢所逼，萬一IC-NAN全球大流行疾病真的控制全球，而這些父母最後死亡的話，那麼他們的小孩就會被魯迪稱之為能夠使用解毒劑的「天選者」所收養。

詹姆斯不需要擔憂這起計畫的道德問題：因為到了最後，第三代完全失敗。雖然出生的時候看起來很成功，而且測試結果顯示他們對於IC-NAN完全免疫，但是第三代寶寶卻立刻失去生命徵候，不到兩個禮拜的時間全部死亡，而且死因都一樣——多重器官衰竭，組織迅速壞死。他們只告訴這些父母，實驗失敗，而詹姆斯的唯一安慰就是他們從來沒有機會看到自己的寶寶。

現在，他好心急，想要讓自己的洛斯阿拉莫斯小組盡快步入正軌。不要讓他們注意到接連不斷的重大新聞，來自伊朗、阿富汗、巴基斯坦，甚至是印度的——無法解釋的神秘死亡事件。「新聞提到有某種流行性的癌症，」在餐廳的時候，他無意聽到某名工程師說道，「但沒有這樣的事吧……大家說對不對？」詹姆斯得要找出方法，不要讓他們接觸這些消息，讓他們專心處理這項計畫——只有他知道何其重要的某項計畫。

不過，實在很難。想要懷抱能夠繼續向前的希望，他與魯迪必須解答第三代嬰兒到底出了什麼狀況。他可能有答案……但話說回來，也可能沒有。他閉上雙眼，在魯迪打電話來之前，最好還是先想別的事吧。他深陷在某張實驗室的座椅之中，心緒飄向了莎拉．寇提。

莎拉……當他來到這裡，發現她的工作地點就在走廊的另一邊的時候，他想到了命運。他們有共同的過往，他在柏克萊做博士後研究，她是機械工程的博士班學生，她必須要修他所教授的人體生理學課程。他還記得那時候的她，明亮的雙眼，清新、熱情，有望成為優秀工程師，現在果然成真。他也記得自己當時的模樣——太年輕生嫩，被她的美而震懾。

他早就該採取行動，而且是許久之前。不過，等到莎拉再也不是他學生的時候，等到他終於覺得可以輕鬆開口邀她約會的時候，她已經接受了加州理工學院機器人學系的某個博士後職位。

他還記得自己祝福她前程似錦，他望著她離開，她的博士袍服在微風中搖曳的姿態。他們承諾彼此要保持聯絡，但是他一直沒有付諸行動，他們就此各分東西，他和她一樣充滿了悔憾。

他忍不住想到了這種局面的諷刺性。要是他當初做出了不一樣的選擇，要是他當初選擇追求莎拉而不是自己的事業，那麼他的生活很可能就會以當時無法想像的方式發生改變。要是他有了已婚身分，國防部就永遠不會把他找來。他與莎拉就可以一起過著快樂的不知情生活，但現在卻只有她過著那種日子。

現在，莎拉有了自己的事業，她準備談戀愛了，自從他們再次聚首之後，她的每一個動作都表明了心跡。兩人安靜共享晚餐，一起欣賞寶萊塢音樂，觀看她累積的大量經典電影藏品——自從他來到這裡之後，這是讓他的日子還能夠熬下去的少數活動之一。不過，他不能讓兩人發生親密關係，在這種狀況下，必須要說出不能講的秘密。要是一切發生的話……他知道她拿不到解毒劑。類似布列文斯這樣的人，擁有可以把自己的摯愛放入安全保護傘之下的權力。他們有選擇，但是他沒有。他不能冒險愛上莎拉，最後卻只能眼睜睜看著她死去。

所以，他為什麼要跟她約會？為什麼要接受她的邀請，在她的小公寓裡待到深夜，回憶過往時光——為什麼要假裝？他面色抽搐，想起了昨晚差點就要告訴她一切。他全身彆扭，躺在她的沙發上面，兩人身體逐漸貼近，他的嘴封住了她的雙唇，確定彼此靜默無聲……自此之後，他好痛恨自己當時的行為。

「你還在盯著那個畫面？」

「什麼……？」

「抱歉這樣偷偷溜到你身邊，」莎拉說道，「我今天工作到很晚，不知道你想不想一起吃晚餐？白岩區那裡有一間南印度餐廳開到很晚……」

詹姆斯看了一下手錶，晚上九點鐘。「晚餐……抱歉，今晚沒辦法，臨時有事。」

莎拉皺眉頭，「應該不是壞事吧？」

「壞事？嗯……還沒有到我們完全無法修復的那種程度……」

他盯著她的臉龐，她的雙眼在打量他。「詹姆斯，有關昨天晚上……」

「抱歉，莎拉，我不知道自己怎麼會那麼衝動──」

「你不需要道歉……」當莎拉低頭望著自己右手的纖長手指時，詹姆斯聞到了一絲她的髮香，薰衣草的氣味。「我正好很喜歡你衝動的模樣。」

「我們應該要緩一緩……」

但莎拉卻只是微笑以對，「來吧，你可以休息一下，至少讓我給你看一下我今天的成就。」

她轉身，而他彷彿被一條隱形拴繩牽引，立刻跟了過去，他隨她進入走廊，然後，通過了雙開門，進入大型機器人的隔間區。

他們經過了那一堆十五台的第四代維生系統，它們還得在隔間區中央接受診斷測試。第四代，是根據第三代實驗而生，整合性更強的成品，設計目的是要掌控從胚胎到胎兒、從胎兒到出生的整個發展過程。它們就與第三代一樣，固定式的方正底盤非常強大，都是為了要承受嚴酷強風與極端溫度。而且，就與第三代機器人一樣，計畫的小組成員會密切監控第四代機器人照護對象的成長與誕生。不過，「執行官機器人」小組的其他成員並不知道，這批胚胎的生父與生母是不知名的捐贈者，他們從精挑細選的受試者那裡取得了精子與卵子，而這些捐贈者永遠不會知道它們的存在。屆時，只有目前得到許可，也許可以存活下來的人才可以照顧這些寶寶，自然也是可以理解。能夠考量其他選擇的時間點，已經消失無蹤。

詹姆斯緊握雙拳。關於第四代，還有一些其他的秘密，別人並不知道——必須等到第三代的問題解決，否則第四代的計畫會一直擱置下去。

當他們走向隔間區遠端的莎拉的工作台時，詹姆斯的目光飄向了另一批截然不同的機器人，靠在牆邊，在一片黑暗之中的巨大身形隱隱若現——第五代機器人。對他來說，第五代機器人等於是他們失敗的鐵證，它們將成為末日的替代方案——接替真人父母、具有足夠功能與自主性的機器人母親。這等於是承認惡夢成真：現今活著的每一個人，都無法逃脫IC-NAN的致命魔掌。

第五代與先前世代不一樣，它不只是機器而已，它們是生化機器人，是他小時候看過的那種「超級士兵」的複製品——外殼足以承受十名真人的力量。一共有五十台——要部署這麼多的數量，是根據野外環境的預期損耗率。他走到某台沉靜的機器人旁邊，抬頭，找尋她的肩膀，想要看到她的折疊式翅膀。每一個機器人都有一對可縮放式翅膀與涵道風扇，可以透過機載電腦進行指揮，執行短距離起飛飛行。電力——它的壽命打敗人類一生綽綽有餘——其來源是儲藏在每一個機器人後方的小型核動力電池，它有鉢外層，而且嵌埋在石墨盒裡面。

組裝第五代機器人的團隊人員稱呼她們為「母體」。雖然有時候詹姆斯覺得這個詞語很諷刺，但是他必須承認，這些機器人的造型看起來很稱職。她們後方有一個小型實驗室，寶寶就會在那裡誕生，而且她們的中空前腹很適合小孩子安然入座。除此之外，她還有以關節相連的強壯手腳，每一個機器人都配有沉重的履帶，腿部下方有內建式元件，當她宛若跪倒在地，展現低蹲姿勢的時候，她的履帶可以讓她以緩慢但穩定的步伐穿越崎嶇不平的地形。詹姆斯掃視這一批以跪姿整齊排列的母體時，他開始想像她們召喚小孩的畫面……

不過，她們永遠不會做出那種舉動，機器永遠無法成為人類父母的替代品。

由於科技的獨特性，曾經讓大家以為這是必然之趨勢，人類將會創生出比自己更聰明的思考機器，而這些機器會創造出比它們自己更聰明的其他機器，這種非生物智能會以某種速度不斷成長，而且方式將會超過人腦的理解範圍。大家是這麼說的，人類有選擇：可以與科技融為一體，不然就是被它所埋葬。不過，在這一路的發展過程當中卻出事了。以色列為了水源戰爭而設計的超級自動化、具有超級智能的軍方機器人，讓大家發現到沒有人願意樂見的末世未來。他們近乎完全自主的「超級士兵」全數遭到停用。人工智慧第十屆大會，對於電腦在沒有人類干預的狀況下自行做出決定的未來研發，立下了嚴格規範，而且華盛頓當局的網路安全局也擔負起在美國嚴格執行這些規定的重責大任。某個全新產業於焉誕生，許多公司開始研發遏止媒體所稱之「全新存在威脅」的非生物智能的科技。就詹姆斯所知，「新曙光」計畫的第五代機器人的設計也符合了這些禁制規範，對於這樣的機器人來說，與孩子的真正「人類式」互動似乎是不可能的了。

莎拉說道：「她們很神奇吧？你說是不是？」他轉身，看到了她被護目鏡遮蓋的雙眸。

「對，所以他們已經開始讓妳研究第五代了？」

「第三代與第四代很簡單，」莎拉回道，「而這些『母體』就是相當大的挑戰。」她面向自己的實驗台，「當第五代機器人與她們的小孩互動的時候，需要的是溫柔撫觸，非常精確的觸感。不過，面對外在世界的時候，她們也需要力量，強壯之力。我們知道我們不可能在同一個設備置入兩種功能，所以我們設計出一種多層次的附肢。」

「我看過示範影帶……」現在，詹姆斯仔細檢視實驗台上面的那隻機器手——堅硬的碳纖維聚合外殼，冒出了一隻纖細的「第二隻」手。外殼縮回去，而那隻手，從僵硬灰色手套中心冒出的小小黑色蘭花，可以在完全沒有任何妨礙的狀況下運作自如。

莎拉說道：「注意看這個……」在她的工作台上面，有一組纖細的靈活手指突然衝向放置了一排透明細試管的排架前面，挑出了其中一根，然後把它穩穩舉高。

連接的附屬手臂進行下一步，而那些手指依然緊抓試管，這種橫向動作並沒有破壞它們之間的細緻接觸，試管的光滑兩側也依然完整。

詹姆斯驚呼：「太好了，這次沒有失敗！」

「我們使用黏度比較高的材質，而且也比較複雜。」莎拉站在他身邊，收回手臂，讓它進行另一次傳遞。「最近機器人學領域的真正革新不是在於電腦程式，我們重新設計人類動作所使用的依然是數十年前的同一系列架構參數與變化方程式。真正的進展是奈米電路，純粹的電腦運算能力，機械學也是。但最重要的是材質，具有自我修復力的材質，被碰觸的時候會改變密度的堅實材質，完全靠著複雜感應器細網黏聚在一起，形成巨大神經網絡的材質。」她轉身面向他，實驗台的那一排發亮的LED燈，讓她的雙眼閃動光芒。「我們要感謝你的將軍朋友為我們進行了測試。」

「布列文斯？」

「除了他之外，還有其他在新義肢研發過程中被迫成為白老鼠的其他人。」莎拉等待那些手指再次在試管架上面盤旋，然後，她在操作台的控制盤按下了「記錄」鍵。「我喜歡我的機器人，就像是我喜歡我的男人一樣，」她的唇間流露出一抹淘氣微笑，「強壯，但是依然溫柔。」

詹姆斯臉紅了，也對她回笑了一下。他想要把一切都告訴她，他想要讓她知道，她如此奮力打造的精細雙手，可能在將來的某一天會懷抱著新生兒，孤孤單單待在地球。不過，當然，他絕對不能向她透露任何細節。他不能說出自己有多麼關心她，也不能讓自己幻想這一切都不曾發生——在那樣的夢境之中，他與莎拉可以一起撫育他們自己的孩子。

不行……他不能任由夢想阻斷了真相之路。莎拉的計畫，可以讓第四代與第五代機器人的功能更臻完美，是很重要，但依然很邊陲。進入「新曙光」計畫階段的時候，莎拉自己會成為邊緣人。

莎拉問道：「你覺得他們為什麼會這麼關注這些生物機器人？」

「為什麼不呢？」

「我的意思是，很棒，具有挑戰性……但是，在其他星球的新生兒？難道沒有其他更緊急的計畫嗎？經費哪裡來？」

詹姆斯搖頭，努力釐清思緒。他痛恨對她撒謊，但是他記得腳本，而且稱職扮演角色是他的責任。「有人希望看到成果，而且他們似乎經費相當充裕，」他說道，「反正，他們讓我可以支付我的帳單……」

「嗯。」莎拉摘掉了護目鏡，盯著他不放，那雙深邃的棕眼穿透了他的雙眸。

某個熟悉的聲音從隔間區的另一頭傳來，「詹姆斯？」

被別人這麼突然打斷，讓詹姆斯深感慶幸，他面向以一貫快速步伐前進，從走廊朝他走來的坎卓拉．傑金斯。「嗨，坎卓拉，有什麼事嗎？」

「葛爾札博士打電話進主線，他說他找不到你？」

詹姆斯瞄了一下他的手腕手機，開口說道：「這裡收訊一直很糟糕……」

在嚴密隔離的隔間區，收訊的確是斷斷續續。不過，反正這是規定——他不能在有未經許可之人能聽到的範圍內接聽電話。當他回頭邁向走廊的時候，他瞄到了莎拉的側影，她的目光又回到了第五代機器人的纖細雙手，她的下巴肌肉在微微顫抖。

他跟在坎卓拉後面，前往電腦實驗室，努力跟上腳步。雖然他以前在埃默里系所常見到黑人主管與教授，但是在洛斯阿拉莫斯，類似坎卓拉這種高階職位的黑人女子相當罕見。不過，坎卓拉撐得住，面對各式職責的每日繁忙雜務，她的冷靜權威一直挺立不搖。

坎卓拉回頭，對他低聲開口：「詹姆斯，抱歉……」

「抱歉？道什麼歉？」

「你也知道，」坎卓拉說道，「這種狀況。人生——我們沒有資格擁有。」

「我以為……」

坎卓拉放慢腳步配合他，「你和我之所以會在這裡，是因為我們沒有任何家累，」她說道，「但我曾經有過丈夫和兒子。」

「他們人呢？」

「空難，七年前的事了。」她拉開貼有「電腦實驗室」標誌的門，轉身面向他。在昏暗的光線中，他只能看到她的精瘦骨架與黝黑膚色。「我先生是人類學家，以前總是一起到處旅行，我還在尼泊爾的某個地方掉了婚戒……反正，在我們的兒子剛滿十歲的時候，拉瑪帶他去墨西哥，在馬雅文化遺址進行挖掘……」

「子午線航空二〇八號航班？」

「對。」坎卓拉在如今空無一人的實驗室裡走向自己的辦公桌，打開了自己手機的安全連線，按下了某個密碼。「詹姆斯，你不需要聽從我的建議。我又知道什麼了？我只知道……我們的人生只有一次。」她舉起左腕，電腦螢幕的光照亮了某只沉重的銅鐲，上面刻有重複的幾何紋路。「我兒子要是還活著的話，明天就十七歲了，我們一定會一起慶祝。不過，我家人只留給我這只鐲子了。如果我是你的話，我會好好享受人生，沒有人能夠預測未來。」

詹姆斯凝望坎卓拉的面容，幹練外表之下，小心翼翼隱藏的情感。與莎拉共處的人生……這個念頭竄流他的血脈，不禁讓他為之一顫。不過，當他面向麥克風的時候，他只能苦笑。「魯迪？」

「我已經盡快打電話給你了，」魯迪的聲音從控制台傳來，「有沒有發現什麼？」

「我覺得C-341的黏著太緊密。」

「同意。在索馬利亞的解毒劑實驗也不是很成功。」

「索馬利亞？」詹姆斯覺得自己的體內出現一股不安的深沉痛感——對於分隔他與華盛頓特區主流圈的那道隱形之牆的熟悉憤怒感。

「呃……對……」魯迪停頓了一會兒，「我們在那裡進行人體實驗。」

「為什麼我不知道？」

「哦……我以為你早就知道了……」魯迪清清喉嚨，「反正，細胞死亡太快，那些受試者的肺部萎縮，正如同你先前給我們的嚴正警告一樣，癥結在於平衡。」

詹姆斯點點頭，但只有他自己看得到。「沒錯，在我們的細胞培養模組中，轉錄因子結合並沒有問題，但是它在活體的反應顯然大不相同。」

「你有沒有什麼想法？」

「我們現在必須專注的是更動連結疏水袋的那一段序列，我有一些想法，可以寄給你參考，不過，我還是會聽從你對於DNA結構面的專業。」

對方以西語回道：「太好了。」

「還有，魯迪？」

「嗯？」

「顯然我是沒有任何影響力……但也許你有。你覺得你可否說服他們讓我們在實驗室培養第四代？我不明白我們為什麼要這麼側重機器。」

「詹姆斯……要是換作不同的情境，我可能會與你站在同一陣線。不過上級非常想要發展機器人，而且這種做法也是合情合理。」

「合情合理？也許你明白，但是……」

「詹姆斯，我們沒有時間測試成年人使用解毒劑的長期有效性。今天早上開會的時候，你也聽到將軍怎麼說了，我們現在講的是終局。我們必須要努力研究第五代這個選項。」

詹姆斯伸手搓揉自己未刮的鬍碴，抬頭盯著這棟越來越像監獄建物的低矮懸吊式天花板。他發現自己在思念父母——錯過的那些節日，還有那些藉口。他只見過他們一次，為了他父親去年六月過七十大壽，他們依然不知道他已經在洛斯阿拉莫斯……

他眨眼，保持專注。魯迪說得沒錯，這些機器人是他在這場戰役中的同伴。IC-NAN是唯一的敵人。在坎卓拉實驗室的另外一頭，他發現了一台小型影帶螢幕，某名滿臉雀斑的年輕女記者在德國進行報導，她說道：「我們接獲線報，俄羅斯某些地區出現『致命流感』，症狀很類似北印度最近出現的病例。」

他必須要面對——他可能永遠不會得到他最想要的選擇——在地球上孕育「正常的」人類殖民地，父母們與他們的小孩一起撐過了這場全球大流行疾病。而且，更糟糕的是，他拯救自己摯愛的機會，已經從微乎其微成了零。

他把自己的檔案放入坎卓拉的電腦，按下了「傳送」鍵，啟動安全DNA序列傳輸給了魯迪。

他低聲說道：「我需要瞇一下。」

魯迪以西語說道：「詹姆斯，祝你好夢，」他的溫柔聲音在詹姆斯耳邊迴盪，又以英語說了一次「祝你好夢」。

14

二〇六五年六月

凱伊一邊撥弄煮食火堆的餘燼，一邊小心翼翼地盯著瑟拉與卡瑪爾。現在，陷入了僵局。每一天，他都覺得自己是夾心餅乾，一頭是拚命想要出去蹓躂的瑟拉，另一頭是打死不肯這麼做的卡瑪爾。他們早就已經達成了協議——不可以讓任何一個人落單。不過，這就表示他們必須要黏在一起，就算三人對於什麼時候出發或是該去哪裡出現歧異的時候也一樣。

瑟拉大發脾氣，「如果我們只是乾坐在這裡，絕對不會找到任何人！」

「我就是靠這個方式找到了你們兩個人，」卡瑪爾露出溫和笑容，「納加告訴我，水源會把其他人帶來這裡，果然。我必須相信它會繼續發揮效果。」

也許卡瑪爾是對的，但凱伊也並沒有覺得比較舒坦。畢竟，卡瑪爾足足等了三年，才等到瑟拉與他現身。而且，納加不也警告過他了，泉水某天就會枯竭？

「唉呀！」瑟拉吐口水，把她的破爛扳手狠摔在地。她一直在修理自己的單車，想要弄正某根彎曲的輪叉。現在，她往後一站，吸吮疼痛的大拇指。「我得要出去，至少找到新扳手！」

凱伊努力讓自己的語氣保持平靜，「我覺得今天不適合……」

「為什麼不行？」瑟拉面向他，雙手緊握成拳，扠腰。

「我只是……空氣中有一股味道……」凱伊堅守立場。前一天晚上，他從卡瑪爾的泉水那裡跋涉回來，雙臂裝滿了快要溢出的水壺與水瓶，他發現了變化。這幾天風勢都一直很強勁，而且是熱風。現在，颳的是北風，又冷又乾。當他們睡覺的時候，氣溫陡降到至少是攝氏零下一度，這是沙漠裡的正常變化，但出現在一年當中的這個時候卻很異常。面朝道路的方向，天空閃耀藍色光芒。不過，懸崖基底的陰影顏色卻顯得怪異，空氣中有一股電流，逼得他的手臂寒毛直豎。

卡瑪爾抬頭，鼻子從芳香火煙當中冒了出來。「凱伊說得沒錯，是暴風雨的氣味。」

瑟拉抗議，「但是天空很清朗！」她單腳跺地入沙，耐性已經到了極限。然後，她面向她的母體。「妳就跟他們一樣壞心。妳這是什麼意思？我們今天不該外出？」丟下這句話之後，她爬上單車，一溜煙跑了，阿爾法－C追了過去。

卡瑪爾垂頭喪氣，盯著她的背影。「她不會有事的，」凱伊安慰他，「阿爾法會看著她。」

「可是我們說好了，絕對不分開。」

凱伊盡量展現出自己的最大說服力，「她不會有事的。」但這句話連他自己也不是很確定。「天氣很冷，我們把火移入洞穴裡吧。」他起身，收拾自己放在地上的毯子。「卡瑪爾，對於這種奇怪的天氣，你的蛇朋友是怎麼說的呢？」

「我們已經好多個月沒講話了——自從你們來到這裡之後……」卡瑪爾回道，「她不敢出來靠近我們。」

凱伊哈哈大笑，「她可能已經知道我們覺得她很好吃！」但他立刻發現不對勁，「抱歉……」

卡瑪爾微笑，「沒有，你才不是真心抱歉。」

凱伊蹲在洞穴地面，將細枝堆在中心附近——想要在心中放下對瑟拉的擔憂。「你做的那種事，可不可以教我？就是冥……」

卡瑪爾運用外頭火堆的餘燼點燃了那些細枝。「冥想嗎？我也告訴過你了，自從你來了之後，我就不太碰冥想了。」

凱伊問道：「不過，那到底像是什麼？就像是我們和我們的母體講話嗎？」

「不是……沒有字句。」

「是影像嗎？就像是做夢一樣？」

「某個地方，某種感覺，某種體驗。就像是存在於世，但身處在另外一個截然不同的世界。」

「你要怎麼到達那樣的地方？」

「一開始的時候，我的母體訓練我要專注自己的呼吸，練習數息。但是我太害怕了。萬一，我坐在那裡呼吸，做夢……萬一出了什麼事呢？我聽不見我的母體，萬一她出事呢？我自己的心成了我的敵人，跳得越來越快。」卡瑪爾閉眼，雙手放在瘦骨嶙峋的膝蓋。「但之後她教導我使用另外一種方式，可以同時看透一切，可以看到我從來不曾注意過的事物的某種方法。」

「就像是蛇在講話一樣。」

「還有，空氣中的這種電荷。」卡瑪爾睜眼，現在直視著凱伊。「你也感受到了吧，對不對？」

凱伊望向洞穴入口外面。蘿西與貝塔站在附近注意狀況，一抹黯淡陽光讓她們的側身閃閃發亮。一股涼意竄流他的背脊，不是因為冷風。「對，還有光線，這……很不一樣。」

現在，卡瑪爾站起來，走到了入口，焦慮不安地盯著他的母體。他稍作停頓，然後又面向凱伊。「我們是否該飛出去找尋瑟拉，」他低聲說道，「但她說狀況不允許，阿爾法－C也不想要移動，狀況不對勁……」卡瑪爾伸出一隻腳到了外頭，然後又猛然抽回來。「哎呦！」

強風襲過空地，一堆碎石朝機器人的金屬側腹吹打而來，難道，是阿爾法回來了？凱伊從卡瑪爾身旁擠過去，凱伊向南方張望，什麼都沒有，接下來是北方。

他嘴巴張得好大。在路面上方高處，有一塊全黑的釜鍋狀雲塊在飛旋，明亮天空鮮明映襯出它不斷翻騰的輪廓。當他緊盯不放的時候，一道閃電照亮了狂雲深處。

蘿西開口：「請進入你的保護罩。」

「但是我待在洞穴裡很安全。」

她平鋪直敘：「不確定……」

現在，那兩台機器人慢慢朝他們走來，為他們抵擋暴雨與碎石。凱伊等待卡瑪爾，讓他先走在前面，然後以毯子包著頭，冒險衝入那一片亂漩之中。他爬上蘿西的履帶，趁艙門旋開的那一刻，以笨拙姿勢抬身鑽進去。他在座位裡扭了幾下，挨低身軀，母體在這個時候重新關艙。

保護罩裡面一片寂靜——只聽得到從他太陽穴傳出的連續狂跳，還有銳石從蘿西側邊傾瀉而下的隱約砰砰聲響。他往外張望，看到卡瑪爾正忙著把自己的瘦長四肢塞入他母體打開的艙門。他詢問蘿西：「這是什麼？」

「沙塵暴。」

「什麼？」

蘿西停頓了一會兒，因為現在有一波小石正在狂襲她的艙窗。「完整無傷，」她說道，「沙塵暴就是帶沙的暴風雨。」

「它會持續多久？」

「不知道，啟動空氣濾淨功能。」

凱伊伸手緊抓自己的座位，覺得胃部一陣翻攪，那是某種無力的噁心感。「那瑟拉呢？」

「不知道。」

「不過她與阿爾法-C在一起，不會有事的……」

蘿西沒有回應。一陣低沉旋動從她前方控制台的下面冒出來，外面天色轉為炭黑，保護罩一片幽暗。凱伊盯著控制盤，終於看到了底部的幾點小綠光。他碰觸自己面前的艙窗，等待它發亮，他問道：「妳可以打開艙室螢幕嗎？」

「緊急應變程序，所有非必要電子系統都已經關閉。」

關閉……蘿西以前從來不曾如此。凱伊緊閉雙眼，逼自己的肺部不要繼續提氣，讓心臟不要這樣狂跳。他想起了卡瑪爾說過有關冥想的那些話。他追隨自己母體所做的示範，關閉了自己的非必要系統，他使出全部的心力，盼望瑟拉與阿爾法平安無恙。

15

二〇五三年五月

理查聽到街上一陣刺耳警笛而驚醒。他伸出手臂，碰觸右側的溫暖毯子，蘿希不在那裡。

他深呼吸，進入鼻腔的是她舊金山公寓的熟悉氣味——床邊桌的矮松薰香的優雅氣味、從窗邊吹送而入的濃郁尤加利樹香味，還有廚房裡沖泡咖啡的氣息。在過去這一年當中，他與蘿希已經放棄了各自過生活的偽裝假面。只要有機會與她共處，他絕對不放過——明明不需要她露面，還是把她叫來華盛頓與洛斯阿拉莫斯，自己則頻頻前往普雷西迪奧「查看進度」，他覺得再也不需要浪費公帑住在舊金山的飯店。

在房間的另一頭，他的義肢斜靠在牆面，旁邊是影帶螢幕，目前正在無聲播放全國天氣預報。他聽到了淋浴間的流水聲，外頭的警笛在迪維薩德羅街越行越遠，發出了杜普勒效應變調聲響，他也讓自己的心跳慢慢趨緩下來。

浴室的門開了，蘿希現身，以毛巾裹住了一頭長髮。

他問道：「這麼早起？」

「我很緊張。」

「關於簡報？」

「對，還有其他的事。」

「我告訴過妳了，這純粹只是一種形式。每一個人都已經知道了自己接下來的指令，他們有機會可以詢問問題，但妳不需要回答，而且我會陪在妳身邊。」

「理查，我得要告訴你，我實在不太習慣你們這些人的行事方式……」

「你們這些人？但妳是我們其中的一員，不是嗎？」理查把手伸向床邊桌，握住一個配有吸入器細管的小型金屬罐。「說到這個，妳今天吸了沒有？」

「對，一早醒來就吸了，我討厭那味道……」

「它明明沒有味道。」

蘿希坐在床邊，以毛巾擦拭頭髮。「對我來說並非如此。它有……化學味。吸入這種東西，難道你完全不擔心嗎？」

理查檢視那個金屬罐，暗金色側面一片空白，只印有「C-343」標籤。根據華盛頓那邊傳來的消息：初步實驗已經完成，最新版本的解毒劑不會害他們喪命，但也可能沒有辦法救他們一命，但現在他們也就只有這個而已。計畫中所有得到許可的人員都接到指令，必須要服用解藥。他說道：「我擔心其他的事，這根本不算什麼了……」

就他所知，並沒有緊急狀況——還沒有發生。而這都是提前一步為可能發生的一切預做準備。埋伏在世界衛生組織的幹員，已經寄出了羅馬邊郊某處自然保育地取得帶有IC-NAN序列的土壤有機體。不過，截至目前為止，這是在南亞以及中東之外，唯一確認為IC-NAN的案例。他們已經得到了在裏海邊界的俄羅斯城鎮爆發「詭異呼吸道疾病」的報告，還有北至柏林，甚至東及日本的「無法治癒的非發燒型流感」的新報告不斷出現，不過，這些案例目前都還沒有連結到IC-NAN。而且，目前在美國大陸、南美洲或是加拿大都還沒有任何報告。

蘿希面向他，以溫暖的手愛撫他的臉頰。她緊蹙眉頭，「你有沒有聽到昨晚的那些警笛聲？」

「其實沒有，」理查微笑，「我太忙了。」

「我是說真的。其實我平常時常聽到，這條街有許多醫療中心，但是昨晚出現的頻率高得異常。」

理查又望向房間另一頭的影帶螢幕：最新福雷克斯幣的價值預測報導。他搖搖頭，「想必一定又是什麼瘋狂街頭慶祝吧，每次只要雷神隊贏得分區賽……」

蘿希從自己的床邊桌拿起一把梳子，緩緩梳理自己以毛巾擦乾的髮絲。「要離開這個地方，我一定會很傷心，」她說道，「但我很期盼把普雷西迪奧的指揮權交出去，在洛斯阿拉莫斯展開全職工作。」

「實在等好久了，」理查說道，「我得為自己說句話，這些飛往舊金山的班機就把我累垮了。」

蘿希拿髮梳笑鬧拍打他的手臂。「你自己知道你很愛。反正，能夠與坎卓拉一起工作一定很棒，對於第五代機器人，我們還有許多部分得要搞定……」

理查發覺有一陣滋滋聲響，他低頭看手腕手機。「是布蘭肯席普，」他低聲說道，「我得接這通電話。」

「理查，我在找邁可布萊德上尉，你是不是跟她在一起？」

「對，是的，我跟她在一起……」

「我們有狀況，需要她來這裡。」

「哪裡？華盛頓？」

「我不能在電話裡透露細節。她可以多快到達？」

理查起身，蘿希轉身再次面向他，他與她四目相接。「嗯，我不確定。我們得送她到聯邦機場。在這個時候，光是這段路程就至少要一個小時……」他姿態笨拙，翻身，撿起他丟在地上的襯衫。

「你在普雷西迪奧嗎？」

理查停頓了一會兒，「沒有，我在她家。」

出乎他的意料之外，對方完全沒有任何停頓。「她的公寓？好，我這裡有地址，北點街。」

「沒錯。」

「十五分鐘之後有台車會過去，確定她準備就緒。」

「我也過去嗎？」

「不需要。我們只需要網路安全人員，你繼續負責那裡的事務。今天下午，我應該可以告訴你更多細節。邁可布萊德上尉的辦公室專線，太平洋時間下午三點。」

「所以……長官？我要繼續執行本來要與邁可布萊德上尉計畫的簡報？」

「對，還有要準備下一個階段，封鎖，現在普雷西迪奧的重要性恐怕更甚以往。」講完之後，布蘭肯席普就切斷了連線。

蘿希現在盯著他，她濕漉漉的紅褐色頭髮披散在背後。理查低聲說道：「我幫妳打包。」

「不用了，」她伸手，溫柔貼住他的臂膀。「你別礙事，這樣比較好。」當理查將義肢啪一聲裝好，把長褲套上發疼大腿的時候，蘿希已經綁好頭髮，穿上她的藍色軍官制服，然後把她的盥洗包與另一套衣服放入政府發放的小型後背包。最後，是她的平板電腦，塞入了安全小袋裡面。當她把最後的蘇門答臘烘焙咖啡倒入她的保溫瓶的時候，雙手在顫抖。

當他們下樓的時候，理查交給她一小罐解毒劑。他說道：「這是備份，拿著……」

她收下的時候，露出微笑，但只有一抹笑意。「謝謝。」

當他們走到街上時，又聽到了一陣警笛大作——另一台救護車，在壅塞路面拚命前進。政府派車已經停在人行道的邊緣，開車的是某名軍官。

理查抓住蘿希的雙臂，發覺身穿薄外套的她在發抖。他的嘴溫柔刷過她的雙唇，「我很快就會見到妳，嗯？」他溫柔低語，「到了那裡的時候打電話給我。」

「沒問題，」她的雙眼閃閃發光，「我會盡快。」當車子駛離人行道邊緣的時候，他可以看到她的緊繃神色：她不想離開——不想要以這樣的方式離開。她舉起手，蓋住了雙唇。他幻想當她加速離開的時候，她在那裡的空氣中留下了一吻。

理查在蘿希的普雷西迪奧學會總部二樓小辦公室裡面來回踱步。草坪外的標誌驕傲宣告這個機構的任務：促進和平與訓練新領導人。不過，他本來到達這裡的目的是為了要幫忙執行新令——並且幫助蘿希宣布指揮權交棒。但萬萬意想不到的是，他必須在沒有蘿希的狀況下，完成這項任務，讓狀況更加雪上加霜的是，他必須要著手進行最後一擊，確保普雷西迪奧學會的安全。

面對普雷西迪奧的軍事團隊，他結結巴巴說出先前不斷指導蘿希的同一套簡報內容，加上他匆匆臨時想出的封鎖理由。他向大家解釋，現在的普雷西迪奧，其實已經正式重新啟用，新的駐地指揮官很快就會到來。他也說明了為什麼普雷西迪奧除了大門之外都架起了鐵刺圍牆，還有這些大門口也多了守衛——因為除了上述狀況之外，第四級準備狀態就表示要儲存軍火。

他解釋了一切，但就是沒有說明為什麼這是必要措施。

這些是軍方人員，他們不需要知道原因——只需要知道命令的內容。不過，他看得出來，小組成員們都很緊張。他們當然會懷疑為什麼不是由邁可布萊德上尉發布簡報，反而是他，某位將軍。他們很好奇蘿希到底去了哪裡。之後，他在基地四處走動，他看到大家在壓低聲音講話，只要他一靠近，他們就暫停交談。他們不知道到底出了什麼事，而他也得不到任何解答。

天啊，就連他自己也沒有答案。布蘭肯席普的話在他腦海中盤旋不去：普雷西迪奧的重要性恐怕更甚以往。他到底是什麼意思？為什麼這麼快就要對普雷西迪奧封鎖？他還在等待將軍的來電。

在昏暗的燈光中，有個東西在閃閃發亮，在房間的另一頭投射出細碎彩光。他走到窗邊，伸出五指，握住了從窗鎖垂掛的細鍊墜飾，那是一個銀色的女體，擁有一對纖細金屬羽毛的翅膀。他心想，霍皮族，他想起了蘿希提到的那位原住民飛行員的故事。

蘿希辦公桌電話發出滋滋聲響。他沒有多想，走到另一邊按下通話鍵的時候，順手把項鍊收入口袋。「喂？」

「理查？我是喬伊。」

「是。」喬伊，布蘭肯席普將軍現在自稱是喬伊了。

「基地完成封鎖了嗎？」

「正在進行中，蘿希在華盛頓嗎？」

「她剛到這裡。不過，理查……我們麻煩大了。」

「是怎麼……？」

「有駭客，是內奸，在迪特里克堡，他們知道了。」

「誰知道了？」

「看起來像是俄羅斯人搞的鬼，還有跟他們現在結盟，天知道到底是誰的那些人。」布蘭肯席普的聲音變得哀傷又哽咽，「他們進入了IC-NAN的歷史檔案、古菌追蹤檔案，以及解藥任務，一切都有。他們也知道了『白板計畫』，也就是IC-NAN專案。山姆·洛維奇認為他們將這些資料與那裡的爆發案例聯想在一起，只是遲早的事，屆時就會控訴我們侵略他們的國土。」

「洛斯阿拉莫斯。」理查心跳飛快，檔位進入了自動駕駛模式。「他們知道與洛斯阿拉莫斯的關聯性嗎？」

「不知道，就目前看來我們認為是沒有。關於這項計畫的每一個部分都是分隔處理，只有迪特里克堡的情報被駭客入侵。」

「薩伊德與葛爾札之間的聯絡資料呢？」

「全都有分隔處理。」

「但我們需要警告洛斯阿拉莫斯吧？為了以防萬一？」

「我剛剛才與『新曙光』計畫那裡的安全主管談過話。」

「坎卓拉．傑金斯？」

「沒錯。她一直嚴密監控組織內外的聯絡。我們已經決定由她作主，萬一有狀況，那就在午夜關閉。所有非必要的聯絡都會被切斷，在我們解決問題之前，只有我們的機密人員可以進入現場。」

「葛爾札博士在哪裡？」

「在洛斯阿拉莫斯。兩天前到的，與某批要交給獲得許可人員的解毒劑一起抵達。」

「第五代胚胎呢？」

「葛爾札博士也已經把第五代胚胎送到了洛斯阿拉莫斯。隨時可以上陣，不過，他們還放在冷凍儲藏設施裡面。第五代機器人要準備好，還得等一陣子……」

理查坐下來，伸手扶額。「將軍……」

「嗯？」

「蘿希安全嗎？你可否保證她安全無虞？」

「她就跟我們這裡的每一個人一樣，都很安全，跟我一樣安全無虞，這一點我可以向你保證。」

理查的頭開始出現激烈搏動。他緩緩深吸一口長氣。這位將軍的保證，讓他很難寬心。要是俄羅斯人知道「白板計畫」，他們可能不會等著挑戰華盛頓，將自己知道的一切公諸於世，反而可能是選擇摧毀可疑的生化製劑來源，之後才提出質疑。畢竟，美國對於俄羅斯秘密化學武器的情報，不是一向都這麼處理的嗎？

沒有人能夠安全無虞，尤其是蘿希，如果她還在迪特里克堡的話。

「我呢？」他低聲問道，「我的指令是？」

「還沒有。留在原地，注意事況。等到我們了解更多狀況之後，會再打電話給你。」

16

詹姆斯往後一靠，開始搓揉雙眼。除了他電腦螢幕的藍色鬼光，還有洛斯阿拉莫斯生物實驗室大門底下滲入的一抹明亮霓虹細光之外，他的辦公室一片漆黑。他把手伸入辦公桌最上方的抽屜，拿出了一個白色紙盒。他把大拇指伸到了最上面的蓋口，把它撬開，露出了兩個小罐子。還有另一個獨立包裝，裡面放置的是有圓形開口的L形塑膠管。他取出了其中一罐，拿在手中，湊到了螢幕亮光前面。

C-343。他在心中複述魯迪對於這種加強劑型的服用指示。每一罐內含一百次的劑量，裝上吸入器的附管，按下釋出鍵，然後深呼吸。只需要每天使用一次。在我們製造出更多存量之前，應該足敷使用。他把吸入器附管插入罐子，深吸一口霧氣，他的喉底冒出了一股苦味，他祈禱他們的研究沒有任何問題。

他與魯迪忙著處理NAN序列的問題，第四代機器人固定設備的布建也因而遭到擱置。三個月一眨眼就過去了，他對於第四代從來不曾布建的事早已不放在心上。人類倖存者依然可以撫養小孩的假設，已經站不住腳了。第五代將是他們的下一個步驟。魯迪的迪特里克堡團隊已經針對候選胚胎執行了基因轉換，查核了每一個人造胚胎基因組，確保已經納入了NAN序列。在某次返回東岸的時候，詹姆斯親自挑選了最有機會存活的那些胚胎，準備發射升空。它們現在被安全保存在「執行官機器人」建物後方的冷藏箱裡面，隨時就緒。

詹姆斯對著螢幕，再三確認胚胎的基因序列資料。根據坎卓拉的說法，第五代機器人還得要再等幾個月的時間，才能夠植入她們日後要照護的對象。不過，就詹姆斯看來，這倒也還好。因為光是想到要部署這些孕育生命又具有自主性的母體，就讓他頭痛不已。

他搖搖頭。他深深擔憂C-343序列可能依然不完美，相形之下，他對第五代的不安與其相比，根本就不算什麼了。但他們已經沒有多餘的時間可以進行其他試驗。現在，第五代機器人寶寶的生命，完全取決於C-343序列是否能夠成功。而就在幾天前，這些得到許可的人員成了新的成人試驗受試者。在索馬利亞進行了短短兩個月的「初步臨床」階段之後，詹姆斯自己也成了受試者。

「詹姆斯，抱歉打擾你……」他抬頭，看到坎卓拉站在他的門口，手裡緊抓著一部超薄平板電腦。「我正在監控網格，我必須要確認是你在這裡。」

「現在時間很晚了，除了我們這些鬼魂之外不會有別人。」

「詹姆斯，不要用那種態度講話，我們需要積極思考。」

在昏暗的燈光之中，詹姆斯盯著坎卓拉平日氣色良好的臉龐，卻發現她眉頭深鎖，他問道：「是不是出了問題？」

坎卓拉嘆氣，「詹姆斯，迪特里克堡的電腦系統被入侵，在他們確定我們安全無虞之前，我們這陣子必須要暫停活動。」

坐在座位裡的詹姆斯挺直身體，「入侵？是誰幹的？他們拿走了什麼？」

「他們並沒有取走任何資料。要是真的有的話，網路專家應該早就抓到了。不過，他們的確潛伏了好一陣子，四處刺探。反正，IC-NAN資料已經外洩了。」

「靠！」詹姆斯站起來，在辦公室裡來回踱步。「是什麼時候的事？」

「迪特里克堡在今天早上發現問題，」坎卓拉皺眉回道，「布蘭肯席普將軍對於我們這裡是否需要關閉一直舉棋不定，不過，今天下午我收到了確認。在剛剛那幾個小時當中，我已經想方設法在不受到太多干擾的狀況下，找出最佳解決方案。」

「魯迪還在這嗎？」

「我在啊。」彷彿像是事先設計好的橋段一樣，魯迪悄悄進入門口，站到了坎卓拉的背後。「我接到了布列文斯將軍的電話，他告訴我留在這裡，看來我們這裡會被封鎖？」

「對，」坎卓拉說道，「其實我們會檢查洛斯阿拉莫斯所有地方，不只是『執行官機器人』大樓而已。還有，詹姆斯，我必須要關掉你的電腦系統做安全檢查。」

詹姆斯盯著螢幕，小小的白色符號正飄了過去。他的心緒飄向莎拉——她待在家裡，什麼都不知道。

他們剛到達洛斯阿拉莫斯的時候，政府提供他的住宿是在歐米茄大橋另一頭的簡樸平房，可以看到實驗室南面。雖然不是什麼太好的地方，但還是強過他之前與魯迪共住的那間哈伯斯費里公寓，而且，只需要短短的車程就可以到達辦公室。然後，就在幾個禮拜之前，他被要求住進

「執行官機器人」大樓裡的臨時住所。不過，他卻聽從了坎卓拉的建議——決意要把握時間，盡量與莎拉共處，只要逮到機會，他就會溜入她的公寓，而他自己被關閉的住屋處，又是另一個無法與她分享的秘密。不過，截至目前為止，他已經好幾天沒看到莎拉了——上個禮拜，她前往加州理工學院參加某場研討會，到了星期三的時候她就請病假。「其他的人員呢？」

「我們在今晚十二點會關閉，距離現在已經不到一小時了。除非接獲另外通知，否則只有我們『新曙光』計畫的人員可以從歐米茄大橋大門或是南方大門進來——你、我、魯迪，還有保羅．麥克唐納。為了因應緊急狀況，我們特別需要麥克負責這棟建物正常運作……」

「緊急狀況？」

「我們接獲指示，必須要保持警戒狀態，而且已經收到了隨時要準備延長關閉時間的指令。還有，根據將軍的說法，我們必須要不計一切代價保護第五代的原始碼。」

魯迪說道：「我希望這一切可以盡快結束，我們得要讓她們發射升空……」

「嗯。」坎卓拉盯著她的平板電腦，它透出的藍光讓她的水藍色鏡框發亮。「駭客事件非同小可，外頭有人知道了IC-NAN的事。要是他們發覺迪特里克堡與洛斯阿拉莫斯之間有關聯，可能會認為我們也參與其中。不過，要是這次關閉阻礙了第五代機器人的計畫，那就太遺憾了。我已經越來越喜愛這些母體和蘿希．邁可布萊德。」

魯迪說道：「我聽說她很厲害……」

「她不僅是優秀的程式設計師，也是很棒的心理學家。對於人工智慧界的這種新手來說，她的確創造了一些相當具有突破性的成果。」坎卓拉忙著講話，但依然忙著掃視自己的活動地點地圖，手指在平板的光滑表面不斷輕巧移動。

詹姆斯又開始踱步。他知道自從他轉入洛斯阿拉莫斯之後，邁可布萊德與她的團隊就全力投入第五代機器人計畫。為了要確保幼小人類在只有一個機器人的陪伴之下，可以得到安全與舒適感，這個團隊運用了人機介面互動的所有最新發展，能夠確保人類生存的所有的事故安全保障——萬一，如有需要——他的存續必須凌駕在他的機器人守護神之上，他們也運用了同時適用於機器與人類思維的學習理論、生物反饋，以及人工神經網絡等領域深具潛力的研發成果。就像是小孩向母親學習一樣，這個新生兒必須向機器人學習，而且她必須要回應小孩所有的生理面需求。

魯迪問道：「我想你聽說了有關人格的事吧？」

「人格？」詹姆斯打開了他辦公室的燈，他身旁的坎卓拉在眨眼。

魯迪說道：「延長心靈或是意識的生命週期，一直是大家的夢想。當然，我並不確定。不過，我猜想邁可布萊德博士在這方面已經獲得明顯進展……」

「是怎麼辦到的？」

「女性要執行太空或是危險軍事任務之前先行凍卵，以防退伍之後無法正常生育，這是標準作業程序。」

「對，我很清楚捐贈的來源……」

「邁可布萊德博士領先一步，保存了她的捐贈者的生活，她把它稱之為『母體程式』。」

母體程式。詹姆斯微笑，他想到了這個過氣的術語，也曾經出現在遺傳學領域。「但那只是一套電腦程式而已。」

「是沒錯，」坎卓拉開口，「不過，非常不可思議……當我在聆聽某個機器人說話的時候……要是我閉上雙眼，很難相信她只是一具機器。」

「哦，」詹姆斯嘆氣，「我還從來不曾和這種東西對話……」他全身顫慄，難道這就是結局嗎？被保留在程式之中的人性？

「邁可布萊德博士自己有小孩嗎？」

坎卓拉回道：「沒有……要是我們讓他們升空的話，那麼他們將會成為她的孩子。」她伸出食指，以果斷姿態點了一下她的平板電腦。「看來我們很幸運。我現在的『執行官機器人』大樓並沒有偵測到他人，而且其他建物也已經確保安全無虞。」

詹姆斯發覺自己的左臂傳來震動聲響，他瞄了一下手腕手機的小小發光螢幕，爸爸。他低聲說道：「抱歉，我得接這通電話……」為了更好的收訊，他步入外頭的走廊。雖然他知道現在的加州時間是剛過晚上十點，但他父親幾乎都是在九點之前就寢。而且，他們幾乎很少使用電話。

「爸爸？怎麼了？為什麼這麼晚了還打電話？」

「詹姆斯，是你嗎？」他父親聲音粗嘎，微弱得幾乎聽不見。

「是……」電話另一頭傳來令人擔心的沉默，他猜父親正窩在自己小小家中的陰暗廚房。詹姆斯覺得心跳狂飆，不對勁。「怎麼了？」

「我也不想要在這種時候打電話給你，我應該要等到早上才對。但是你媽媽，她……」

「她生病了？」

「被診斷出有流感，好幾個禮拜前的事了。我們本來以為她會逐漸好轉，但她現在雖然沒有發燒，卻咳個不停，而且還咳血……」

「爸爸……」詹姆斯整個人靠在走廊的空心磚牆面，他四肢癱軟無力，心緒紛亂。「我現在回去，我會盡快趕到。但你一定要答應我，必須馬上把她送到醫院。」

「但是她太虛弱了，沒辦法移動……」

「叫救護車。」

「我等一下自己開車。」

「不行，你要叫救護車。而且，記得要隨身帶手機，我一上路就會打電話給你。」

詹姆斯回到自己的辦公室。魯迪與坎卓拉已經不見了，他的電腦螢幕一片空白。他關掉顯示器的電源，收拾那個裝滿解毒劑的小白盒，塞入他的公事包，抓了自己的外套。

過沒多久之後，他的雙腿已經奔向通往前面大廳的走廊，腦中開始浮現各種恐怖的可能性。肺炎？肺癌？他隱約想起了下午在餐廳，等待機器人咖啡師把他的義式濃縮咖啡送上來的那個時候，聽到的新聞片段——有關「西岸流感」。不過，無論那到底是什麼，絕對不可能是IC-NAN。他們收到的確認感染古菌案例，全部都發生在美國本土之外的區域。

他只知道他需要回家。

17

自動計程車載詹姆斯離開了洛杉磯機場超迴路列車車站，轉北前往貝克斯菲爾德，他又開始思念莎拉。他應該要打電話給她才是，至少要讓她知道他在哪裡。其實，他也應該要告訴坎卓拉與魯迪。在半夜時分搭乘噴射機——因為他腦袋一直無法正常思考，他的右手摸了一下左腕。靠，他的手腕手機不見了。他腦中浮現阿布奎基機場的檢查區，這個小小的電子器材軟趴趴地在個人物品箱裡面。他開始在公事包裡東摸西摸，碰觸到了紙盒的銳角，他的解毒劑，至少這個還在，罐身的塗層果然成功瞞騙了檢查區的機器人。

他打開計程車後座的電話。不過，一如往常，這種設備早就不見了——計程車公司想要補貨，但卻幾乎趕不上它們被偷盜的速度。他疲憊萬分，在座位裡往後躺靠。他一直到凌晨三點二十分才搭上離開阿布奎基機場的班機，他確定紅眼航班的機位，匆匆通過機場安檢之前，曾經試著打給他父親，但沒有回應。現在，他完全沒有辦法聯絡他或是其他人。

當無人駕駛計程車準備要在他目的地停車的時候，他醒過來了。車子轉入小巷，他看到了「貝克斯菲爾德綜合醫院」的標誌。不過，建物前方入口幾乎被聚集在停車場的那一大群人擋住了。

他開口說道：「讓我在這裡下車。」計程車乖乖停到人行道邊緣，他發現自己座位的束帶也跟著鬆開。在他前方座位的椅背處，紅色LED燈顯示車資數目，他拿起付款卡片，對準了讀取器。機器人女聲開口：「謝謝。」詹姆斯下車，充滿花粉的晚春空氣讓他的眼睛好刺癢。他緊抓公事包，踉蹌穿過亂七八糟的灌木林，前往擋住急救室入口的巨大白色帳篷。

在帳篷裡面，有一大群人在臨時救護站裡四處穿梭，戴著手套的護士們正在測量血壓與脈搏，將體溫掃描器塞入病患耳內，檢查皮膚、喉嚨，以及雙眼，然後急忙把觀察結果輸入夾板式平板電腦。詹姆斯在他們低垂頭部的上方四處張望，找尋他熟悉的那頂父親的花呢帽。他彎身，從牆邊繞過去，前往急診室的雙開門。不過，門口站有兩名可以看到他們身側槍枝，身穿卡其色制服的男子，是加州民兵。

「先生，抱歉，」其中一名警衛站到他面前，阻擋了他的去路。「你必須要排隊。」

「我只是要找我爸爸而已。」

另外一名警衛盯著他，「名字？」

「我的名字嗎？詹姆斯．薩伊德。」

那男子點點頭，然後將詹姆斯的名字輸入他的手腕手機。他調整頭盔，對著機動無線電低聲講話，然後，他再次看著詹姆斯：「葛雷森醫生說請你待在原地，她馬上就會出來。」

葛雷森……他以前是在哪裡聽過這名字？詹姆斯掃視外頭的那片空地。各種年齡層的人都有，但老人似乎是最嚴重的族群。現在輪椅數量不足，他們停妥車子之後，護理員必須要幫助他們蹣跚離車。大多數的人都在咳嗽——劇烈的可怕乾咳，但卻什麼東西都吐不出來。他冒出一身冷汗，把手伸入公事包裡面，摸了一下自己的解毒劑。

「詹姆斯？」他轉身，看到一名戴著眼鏡，身穿白袍的嬌小女子，肩上纏掛著聽診器。

「羅蓓塔？」她認識羅蓓多年，一開始是高中同學，然後她成了他父母的醫生，但一直是他認識的羅蓓．瓦勒。現在，這個一坨坨灰色髮絲被微風吹動，面色蒼白的女子，讓他幾乎認不出來了。

她氣喘吁吁，上氣不接下氣。「你爸爸叮嚀我要留意你過來……」

「他在哪裡？」

「我們必須讓他住院。」

「我媽媽呢？」

醫生別開目光，「在加護病房。來吧，我帶你去找你父親。」

羅蓓給了他一個藍色紙口罩，又拿了一個蓋住她自己的口鼻。然後，當他們穿過大門，經過一排輪床的時候，她又轉身幫忙清出行進路線。

詹姆斯問道：「怎麼一回事？」愚蠢的問題。這裡的所有人當中，他可能是唯一知道答案的人。

他們繼續沿著長廊往前走，羅蓓半側身面向他。「你還沒有聽說嗎？」他們進入了比較安靜的廊道，她加快腳步。「一開始的時候，它具有某種全球大流感的特徵。使用者案例不斷增加，疾管署的健康機器人應用程式開始出現警訊。不過，很奇怪，沒有發燒。加州衛生部研究向量，想要推估模式，一切不過就是在這幾天發生的事而已。或者，至少案例是在這時候開始出現。詹姆斯，一直有人死亡，而且這不只是在加州，健康機器人還追蹤到佛羅里達州與喬治亞州的死亡案裡。我可以告訴你，我們需要軍隊增援，而且就是在不久之後。」他們右轉，經過了一道佈滿圍欄的無窗狹道，詹姆斯張望兩側，看到了更多輪床的金屬閃光。「詹姆斯，」羅蓓的聲音被口罩壓縮得模糊不清，「我們完全沒有接獲疾病管制暨預防中心的直接消息。到底是怎麼一回事？」

「我……我不知道。」詹姆斯的胃部一陣噁心，他沒有撒謊，他真的不知道位於亞特蘭大的疾管署出了什麼狀況。不過，如果真是如此——真的是終局之開端——那麼疾管署就會遵守先前被交代的計畫。限縮新聞曝光，限縮損失，避免全面恐慌，他猛然深吸一口氣。冷靜，保持冷靜。

當莎拉的話語再次在他腦海中迴盪的時候，他一陣大驚。也許我有一點最近那波流感的症狀……莎拉在加州已經待了整整四天之久。她是不是感染了這種不知是什麼的病？他開始拚命回想自己在阿布奎基機場打盹的時候，在影帶螢幕陸續看到的深夜節目。止痛乳霜與膳食補給品的廣告，有關中國中部的洪水新聞。沒有提到全球大流感，至少美國沒出現。就在那一瞬間，他享受到一陣小小的釋然。IC-NAN不可能出現在此，他並沒有收到國防部的訊息。

他的胃部一陣翻攪。避免恐慌，也是計畫的一部分：州政府要封鎖媒體報導，尤其是懷疑出現爆發的時候。而且，國防部機密警告可能傳送到了他那支丟掉的手機。他腦中浮現了訊息畫面——紅色警戒，從核可之終端機輸入密碼，獲取進一步指示。

他緊握雙拳，恢復鎮定。「我什麼都沒有聽說……」他們突然在某張輪床前停下來，「抱歉，」羅蓓說道，「我們沒有病房了，但你想要在這裡陪他多久都不成問題。」

詹姆斯低頭望向父親。在潔白的超細纖維床墊映襯之下，幾乎看不見那張慘白的臉孔。阿布杜爾．薩伊德伸出顫抖的手，拿下了氧氣面罩。

✦

詹姆斯低身向前，專注凝視他父親的生命徵候的追蹤顯示器。當他脫掉自己的口罩時，他可以感受到熱氣冒升到自己的頸部。在壓低聲音狂咳與監視器的嗶嗶聲響，以及消毒水的刺鼻氣味之間，他努力營造出只有他們父子兩人的獨處空間。

「兒子，看到你，我真是開心……」他父親奮力開口說話，從殘敗肺部冒出了纖弱氣音。

「你不是應該要戴著面罩嗎？」

「我有事要說。」

「關於媽媽的事嗎？羅蓓說她在加護病房……」

「不是……」阿布杜爾稍作停頓，某種恍惚神情讓他的深色雙眸彷彿閉上了一樣。

詹姆斯靜靜等待，他伸手，找到了父親幾乎抓不住的氧氣面罩，他拿起來，解開纏結的管線，正準備要戴回去的時候，他父親卻在這時候開口，這次聲音變得更加低沉。「我一直覺得我在保護你，我希望你可以過著無憂無慮的生活，」

「不過，一個好爸爸要有說出真相的勇氣。」

「真相？」

「聽我說，」阿布杜爾睜眼，拚命想要坐起來，他的瘦弱雙手抓住輪床的欄杆，呼吸變得短淺急促。「我告訴過你，我是孤兒，但是我騙了你……」

詹姆斯焦急催促：「拜託，躺回去……」當他扶住父親的背，讓他繼續躺在那單薄床墊上的時候，他摸到了老人家背脊的凸骨。「也許現在不是時候……」他張望四周，不知是否有人在偷聽，但完全沒有。躺在其他輪床上的那些人不斷咳嗽，身穿白色制服的醫療人員宛若無助鬼魂，不斷在他們上方徘徊。

他父親緊抓他的手，「我母親在我很小的時候就過世了。但是我有爸爸，兩個兄弟。我的哥哥，法魯克……」

「你有家人？」

「對。」

「他們還……要不要我打電話給他們？」

「聽我說，」阿布杜爾氣喘吁吁，「聽我說。」詹姆斯盯著他父親雙眸的時候，發現自己下巴忍不住變得緊繃。「法魯克……曾經從事不好的勾當……販賣軍火，謀殺。」

某名護理員大叫尋求協助，吼叫聲劃破空氣，詹姆斯又挨近了一點。「你曾經……？」

阿布杜爾眼睛瞪得好大，「沒有！沒有，不是那樣……我只是幫助美國人逮捕我的哥哥。」

詹姆斯撫觸父親的手臂，「你做了你覺得應該做的事。」

「美國人告訴我，他們只需要我幫助他們可以找到組織負責人的情報。他們答應我，我不會有任何家人受到傷害，我信了他們。」

「他們撒謊？」

「等到我把他們需要的情報交給他們之後，他們就殺死了我的哥哥。」這些字句懸在空中，佔住了兩人之間的世界。「他是人父，也是人夫。」

「爸爸……」詹姆斯說道，「實在非常遺憾。」

「美國人告訴我，要是我想要他們保障我的安全，那麼我就得前往美國。我逼他們答應我帶你媽媽一起過來，他們同意了——只要我什麼都不說，那就不成問題。」

詹姆斯望著父親的臉龐，還有話沒講完，他知道。「但你的父親呢？」他問道，「還有你的弟弟呢？」

「都死了，全部遇害，我把大家都害死了。」

詹姆斯伸手，撫摸他父親的灰色細髮，然後以輕柔動作將氧氣面罩再次蓋住阿布杜爾的嘴。

「爸爸，這不是你的錯。」

這位老人家蠕動了好一會兒，在輪床邊摸索，終於找到了放置他個人物品的醫院塑膠袋。他緩緩取出了一本厚重的書，封面印有亮金色的凸紋標誌，他又取下了面罩。

「這是你母親的禮物，」他低聲說道，「願她安息阿拉懷中。」

詹姆斯接下了那本書，以右手托住了書脊，真皮表面很溫暖，宛若生物的皮膚一樣。他伸手摸弄細緻紙頁，繽紛色彩設計內框裡是一段整齊的阿拉伯文字，可蘭經。他盯著他父親，「願她安息……？媽媽……？」

他發覺父親握住了他的手臂，那股力量出奇強壯。「吾兒，」阿布杜爾說道，「你在我們的新故鄉給了我們未來，能夠向前期盼的事物。但我們從來沒有把你的過去給你，每一個孩子都有權知道他從哪裡來。」

詹姆斯握住他父親的手，「我會去找她，」他說道，「我會找到媽媽。」

當詹姆斯把那本書小心翼翼地放入自己的公事包的時候，他的手指碰觸到了那個小紙盒的角落——金罐解藥。但那並不是解藥，只是某種預防藥，而且效力依然令人存疑。他四肢癱軟，深呼吸。他的肺部依然清朗，沒有咳嗽。但他已經開始憂心了——他再也不需要從華盛頓發出的紅色警戒。對於這裡的每一個人，還有等一下到來的無數病患來說，已經太遲了。他的父親背負了這麼深重的內疚感——而且過了這麼多年。而這個呢？他自己背負的罪惡感更為深重。他本來打算要拯救世界，但是他卻救不了自己的父親，他誰也救不了。

18

理查癱坐在蘿希辦公室座椅裡面，雙眼緊盯著她的電腦螢幕不放，等待預定的華盛頓特區會議開始。

自從前一天下午接到布蘭肯席普的電話之後，他就不曾離開普雷西迪奥，而且只讓自己撥打了一通電話——打給人在洛斯阿拉莫斯的魯迪。等到他確定葛爾札博士安全無虞，而且會在那裡監督第五代胚胎之後，他就一直緊守著蘿希的機密專線，等待來自華盛頓特區的消息。他只給自己短暫的「生物休息」時段，在她的小沙發上面睡得斷斷續續，然後，忙著聽取普雷西迪奧小組對於封鎖狀態的回報。最後一批軍火會儲藏在克里西菲爾德園區的老舊機庫，周邊安全無虞。終於，在十一點鐘左右的時候，他的手腕手機出現了一條加密訊息：會議時間，下午四點。

前一天他對普雷西迪奧所宣布的任務，似乎是言之過早了。基於「如有需要才會向各位透露的理由」，他向大家保證，普雷西迪奧執行軍事封鎖是基於「高度謹慎之考量」。而基於他當時所知的部分，這是真的——這一次的行動，如同美國在全世界的基地一樣，完全是根據受感染古菌傳播速度的最壞預測結果所接受的命令，並非是根據真實的數字，也不是迪特里克堡的網路攻擊事件，這依然是最高機密。

不過，當然，光是網路攻擊就已經是必須要進入軍備狀態的災難了。會逼俄羅斯或是他們的外國幹員明目張膽到這種程度，一定事出有因。他們這麼急著搜集那些檔案裡的情報，還有什麼其他理由？難道，正像是山姆．洛維奇所說的一樣，他們已經在俄羅斯國土的某波爆發潮分解出了IC-NAN？他們是不是想辦法進行反向工程，追查到了它的原始碼？這種類型的駭客行為很棘手……他們怎麼會知道要找迪特里克堡的哪些檔案下手？最可能的是有間諜，有人埋伏在裡面，以內部機密餵養他們……理查逼自己不要胡思亂想，卻克制不住，現在遽下結論也沒有用。

不過，現在，就算沒有駭客入侵，他也開始覺得封鎖基地不算是過早行動。蘿希電腦螢幕下方的新聞串流已經說明了一切。「致命流感重創加州」、「流感患者瘋狂湧入醫院，醫生們分身乏術」。影帶畫面顯現許多車輛停在某間灣區醫院門口，大家躺在輪床上面，身邊連接的是氧氣筒。在蘿希辦公室的窗外，隨風傳來的陣陣警笛嘶吼，一直不曾停歇。而普雷西迪奧的士兵們開始討論街頭日益高漲的恐慌，大家掃光了雜貨店櫃架的所有商品，開始儲藏瓶裝水。加州州長更做出了雪上加霜之舉，限制所有航班進出。理查想起了昨天的東京新聞，記者對著自己的麥克風狂咳，而街上到處都是戴著口罩的行人……他不能再否認了，這是真的，這是IC-NAN。

突然之間，影像畫面沒了。螢幕中央大亮，他瞇眼，移動手指畫圓圈，調整亮度。出現了紅色大字的緊急狀態，接下來是紅色警戒。這些字詞不斷更替、輪流出現，每一次都持續數秒。然後，蘿希的桌機發出了滋滋聲響。

「將軍，請你在邁可布萊德的電腦中輸入你的個人登入密碼，」是布蘭肯席普，「進入待命狀態。」然後，喀嚓一聲，電話連線斷了。

他熟記密碼，這是以前作戰時留下的老習慣。他動作徐緩，小心翼翼，敲入蘿希的螢幕之中。然後，他全身往後一靠，雙手顫抖不止，紅色警戒。

螢幕上出現了一個狹長的房間，他愣了一會兒之後，才驚覺眼前看到的到底是什麼畫面。那是他只在影帶上看過，從來不曾到過的地方——總統的「白宮戰情室」。理查目瞪口呆，盯著坐在遠端的總統吉拉德．史東。

總統迅速掃視了一下某台平板電腦，然後小心翼翼地把它放在旁邊。當他緩緩摘下自己的老花眼鏡的時候，天花板燈源正好掃過鏡面發出閃光。「各位女士先生，」他的聲音透出某種慎重的冷靜感，「首先，我要感謝各位的付出，你們的任務很艱鉅，諸位表現令人敬佩。」

房內某處傳來不知什麼東西掉落在地的悶響，某人緊張兮兮撿回來，低聲說了句「對不起」。

「不過，誠如你們當中某些人已經知道的一樣，目前已經進入緊要關頭。我們追溯所謂的西岸流感，源頭就是IC-NAN，而且在東南區也有確認案例。」

房間裡面一片黑暗，總統後面的牆面上出現了一張美國地圖，顯現的是據信已經受到影響的國家區域。「我們也已經確認了俄羅斯、歐洲、中國、日本，以及中東的各個地區都出現爆發。當然，南亞也有，很接近……呃，當初投放的地點。」地圖開展，大家看到了宛若血跡冒出的紅斑。「現在，我們相信全美受到波及，也只是遲早的事而已。」

總統停頓了一會兒，深沉的嘆息讓連線出現了雜訊。

「我們宣布了『紅色警戒』，而且我們必須要做出某些艱難決定。各位也知道，我們的解毒劑供應量很有限。接下來的產量會集中供應給已經參與計畫的個人，以及在這個時候列入重要名單的其他八十四人。」總統目光掃視整個房間，「當然，各位都在這個團隊之中。」

理查雙手緊扣椅緣，只能期盼自己的大腿疼痛感慢慢消退。他在景框中找尋蘿希的身影，看不到她，螢幕裡出現了許多人舉手揮舞。

「長官，那其他國家呢？」開口的是房內的某名女性，不是蘿希。

總統低頭望著自己的雙手，「我們已經將解毒劑序列交給了世界衛生組織。他們正在全球安全地點設置衛星實驗室，會盡快生產藥劑。」

理查盯著螢幕。總統非常清楚，要製造可用的解毒劑產品需要耗時多久。理查曾經拚命推動資訊透明，要與其他國家的衛生組織共享某些管控的資訊。當然，沒有人理會他的請求，現在，要讓其他實驗室站穩腳步，時間當然不夠了。他想到了那個因應緊急狀況的地方，現在應該是要採取自衛姿態的時刻，但是……他的頭在天旋地轉，他傾身向前。「可否讓我問個問題？」

「是，將軍？」

「洛斯阿拉莫斯呢？」

「『新曙光』計畫？」

「對。」

總統緩緩吸了一口氣，然後望向某一側。「喬伊？」

「理查，我們一直知道機器人的成功希望不大，」布蘭肯席普的低沉聲音傳來，「現在，我們必須要關注的是有價值的目標，最重要的就是解毒劑。」

「布列文斯將軍，你也很清楚，」總統說道，「洛斯阿拉莫斯目前只有三人在服用解毒劑。薩伊德博士、傑金斯博士，還有麥克唐納中尉，他們都是寶貴的資產。我們需要你把他們召回到迪特里克堡，幫助提升產品成果。當然，葛爾札博士現在依然待在洛斯阿拉莫斯，他需要跟他們一起回來。」

不過，理查沒有在聽，他一心惦記著蘿希。「那麼迪特里克堡呢？」他問道，「關於那場網路攻擊，我們知道了什麼嗎？是不是有內奸？」

布蘭肯席普語氣平靜，「理查，我們正在調查。」

「我們還沒有確定是否有內奸。」開口的是一位坐在牆邊，戴著厚重眼鏡的女子。「不過我們已經規避了駭客攻擊，盡可能快速清理系統，我想我們已經關閉了所有的網路暗門。」

理查努力保持語調冷靜，「所以我想邁可布萊德上尉不會回到普雷西迪奧？」

「不會，」布蘭肯席普回道，「至於她原本的接替者，我們也不會進行派任了。我們需要你找她的職務代理人負責一切。」

「但他並不在解毒劑名單——」

「知道了。告訴他普雷西迪奧的任務是要在接下來的這幾天維持街頭秩序，我們全球基地都已經處於警戒狀態，準備協助平民。」

理查往後一靠，元氣耗盡，普雷西迪奧團隊被交付的是一場無望的最後任務。「那我呢？」

「我們需要你搭機回來這裡。」

「但是所有的班機都被封鎖……」

「我們的沒有。」

「是，長官。」

理查面對傍晚的陽光，眨眼，他出現在機構中心的前廳。曾經被軍方放棄的史考特堡中心，現在到處都是身穿軍服的男男女女。某名年輕軍官進來，敬禮示意。

「中士，」理查說道，「我需要盡快前往聯邦機場。」

「是，長官，我的備車已經停在拉爾斯頓了。」

理查跟在這名年輕人後面，繞過建物側面，朝某台有染色玻璃的低調黑車走去。「可以先帶我到邁可布萊德上尉的公寓嗎？」他問道，「她請我幫忙拿一些她的私人用品。」

當然，他撒謊，但是這位中士面不改色。「沒問題。」理查坐入後座，而這名年輕人在前座唸出了蘿希公寓住址的座標。

到了「倫巴特大門」的時候，車子進入市區街道，有兩名警衛向他們敬禮示意。

當他們左轉在里昂街北行時，理查抬頭望向工程師們在老舊普雷西迪奧邊界所架起的高聳鐵網。車子右轉，進入舊金山街，然後左轉接迪維薩德羅街，跟在另一台北行的救護車後面。

他已經指示蘿希的職務代理人——剛從西點軍校畢業的某名上尉——準備要因應最壞狀況。

不過，他內心的軍魂依然想要評估部隊的備戰程度。他開口說道：「今天真是急救醫護人員忙碌的一天。」

「是，長官，」這名中士回道，「這種事當然會引發恐慌。大家說那是流感，但我從來沒有看過這種流感。我母親在洛杉磯——她今天早上必須要去急診室。」這名軍官停頓了一下，才開口發問：「長官？」

「中士，怎麼了？」

「邁可布萊德上尉在哪裡？」

理查盯著這名年輕人的後腦勺，他的平頭，還有方正的下巴。然後，他的目光飄向了擁擠的街道。他們還沒有準備好——他們永遠不可能準備好。他很可能再也看不到這個地方了，就算可以，這裡也不會是相同的樣貌。「華盛頓特區叫她回去，」他說道，「參加會議。」他沒有再說話，那名中士也一樣。

車子右轉進入北點街，又經過了幾戶之後，停在人行道旁邊。「在這裡等我，」理查說道，「我一會兒就下來。」他好不容易爬上了蘿希的二樓公寓，從口袋裡拿出她家鑰匙，進去了。前一天早上匆匆忙忙，床被依然散落在地。

他心神恍惚，逐一將它們拾起，丟回床上的時候，他聞到了蘿希的氣味。

他在櫥櫃附近的某張椅子找到了自己的旅行箱，把自己的少許物品塞進去。其實完全沒有理由需要過來這裡，他只是純粹需要，最後一次感受事物的原有樣貌。床鋪另外一頭是蘿希的壁掛式影帶螢幕，傳出了幾乎聽不到的人聲。他靠過去，本想要關掉電源，但是卻突然停手。

「我們接獲消息，馬里蘭州中部的某個地點發生爆炸案，」螢幕上的年輕女子開口說道，理查調高音量。「消息來源證實有監視軍機在該地區盤旋，這裡是著名的政府機構要地。等等，我們已經確認了剛剛被轟炸的地點，顯然鎖定的目標是迪特里克堡，美國軍方作為醫學研究的某個機構。」

理查緊盯螢幕，畫面切換到紐約的某個新聞轉播室，男記者蒼白臉龐的四周不斷有新聞快報在流動。「自從迪特里克堡的第一起爆炸案發生之後，其他地區又陸續傳出多起爆炸案，震驚華盛頓特區。根據未經證實的消息，五角大廈以及馬里蘭州的貝賽斯達附近的某棟複合式大樓遭受攻擊。安德魯空軍基地已經發射反彈道飛彈，對於顯然是來自敵方的飛彈進行攔截，當局已經下令該區所有平民找尋掩蔽。首都遭受攻擊，我再重複一次，首都遭受攻擊。」

理查的手腕手機滋滋作響，讓他嚇了一跳。他往下瞄了一下螢幕，蘿希。他丟下旅行箱，按下通話鍵：「蘿希，是妳嗎？」

「你在哪裡？出了什麼事？」

她的聲音輕渺虛弱，「理查……」

「妳在哪裡？出了什麼事？」

「……迪特里克堡，收訊不好……說來話長。」

「他們還在轟炸嗎？妳能不能逃出去？」

「長官說你要過來……」

「對。」

「不要過來……！」理查聽到了背景傳來其他人在講話的嘈雜聲響。雖然很難聽清楚蘿希在說些什麼，但她似乎在電話裡大喊：「……還沒有準備好。」

「什麼？什麼還沒有準備好？」一片沉靜，「蘿希？妳在那裡嗎？」

「……第五代機器人必須發射升空……黑色警戒。」

「蘿希？蘿希！」

「……抱歉。我知道我並沒有遵循規則……特殊守則……告訴坎卓拉……我們不能失去這些寶寶……」

電話斷線了。

理查轉身，衝入走廊，一跛一跛走下階梯，進入街道。座車正在等候他，他猛拉後方車門，鑽了進去。「現在計畫有變，先以無線電通知機場，告訴他們，我必須前往洛斯阿拉莫斯。」

他在後座坐定之後，感覺有東西在戳刺他的大腿。他的手伸入口袋，拿出了一條細條項鍊，小小銀色女體的姿態，宛若準備要開始飛翔。

19

詹姆斯翻身，努力想要辨識自己身在何處。頭頂上方天花板的那一排LED燈，對著他病床旁的輪床欄杆發出了閃光。

「詹姆斯，」羅蓓正在輕輕搖晃他的手臂，「很遺憾，你的父親已經離世了。」

詹姆斯起身，伸出雙手緊抓欄杆，緊盯著阿布杜爾的臉龐，安然祥和。「謝謝妳。」

他想起了一切。母親的寧靜面容，還有她床頭板顯示器的死亡。他父母將會就地火化。他很茫然，不知道這是否符合他們的想望，是不是有什麼必須配合的宗教禁令？他搖搖頭，他永遠不會知道真相。他們只留給他一堆疑問，而且沒有人能夠解答。

「詹姆斯，」羅蓓說道，「如果你還是覺得身體沒問題的話，你得要離開了。據說他們馬上要封鎖這個地方，到時候大家都出不去。」

「那妳呢？」

羅蓓假裝敬禮，「得值班啊……」她露出了苦笑。

他們在側門道別，詹姆斯發現他朋友的雙眼因為睡眠不足而紅腫，她看起來氣色不佳。「羅蓓，」他開口說道，「謝謝妳照顧他們。」當這位醫生轉身入內的時候，她朝臂彎內側輕咳了一下。

朝陽幾乎還沒有升起，但停車場依然全滿。媒體轉播車堵住了醫院大門，詹姆斯從一旁繞過去，走向在路邊排班的那一排自動計程車。當他匆匆經過記者身邊的時候，聽到他們以哀傷語氣對著麥克風講話。現在去機場也毫無意義可言——州長已經宣布緊急狀態，所有非必要的航班都必須暫停。不過，那是什麼？他停下腳步，專心聆聽——有關華盛頓遭受炸彈攻擊的新聞……他盯著那名記者，她面容扭曲地向觀眾報告最新的悲劇。當他在守候父親的最後彌留時刻，最後不支入睡的時候，外頭的世界已經天翻地覆。

突然之間，停車場另一頭讓他定睛不放：是他父親的車子。他想起了阿布杜爾在電話另一頭傳來的聲音，兩天前，宛若一輩子之前的事了。*我等一下自己開車。*在這麼混亂的狀況下，他知道自己沒辦法叫到救護車。

他把手伸入蘿蓓剛剛交給他的父母遺物袋，找到了車鑰匙。他走向父親那台老舊的電動車，拔掉了插頭，然後，用力打開車門，進了前座。他覺得自己像是小偷一樣，讓車子進入自動駕駛模式，開回洛斯阿拉莫斯。

等到車子上了高速道路，詹姆斯才鬆了一口氣。他的手在發抖，對著他父親的車內手機按下莎拉的姓名，某名女聲問道：「居住城市是？」

「新墨西哥州，洛斯阿拉莫斯。」他說完之後，莎拉的照片出現在螢幕，他按下通話鍵，聽到了一連串的喀嚓聲響。當他在等待她接聽電話的時候，激烈心跳一直在碰撞肋骨。

「喂？」她的聲音柔和又朦朧。

他發出如釋重負的長嘆，「我是不是吵醒你了？」

「沒有，我的意思是，對，沒關係。你也知道，實驗室關閉了。」

「是。」詹姆斯往後一靠，貼住了硬邦邦的車椅。

「其實，我正想要打電話找你。」

「是嗎？」他閉上雙眼，想到了自己那支遺落的手機。

「對，只是想要告訴你，反正我也沒辦法去上班……我還是很不舒服。」

詹姆斯挺直身軀，血液在耳內奔流，簡直讓他快聽不見了。「發……發生了什麼事？妳是不是有咳嗽？」

「詹姆斯，可不可以先聽我說就好？先別急著當我的醫生……」

他透過前方的擋風玻璃凝望高速公路。明明是星期一早晨，但是車流卻出奇稀落。他眨眨眼，整理思緒——他的刮鬍刀小包，莎拉可以在裡面找到解毒劑。這是在接獲服藥指令之前，魯迪給他的小型測試罐之一，他一直沒有使用。「莎拉，」他說道，「你知道我留在妳公寓裡的那個藍色小盥洗包？」

「嗯……」

「我把它放在浴室水槽的下方。」

「好的……」

「我要妳拿出裡面的某個東西。是一個小罐子，類似吸入器，側邊寫有『C-343』。找到的時候回電話給我。不是我的手機，而是我現在使用的這個電話。為了我，妳可以辦得到吧？」

「這是什麼？」

「是某種藥品。妳會需要的，相信我就是了，妳一定會需要它。」

「可是……」莎拉陷入停頓，他發現自己在專注聆聽她的呼吸聲，找尋是否有嚴重阻塞的徵象。

「你確定安全嗎？」

詹姆斯緊抓電話，指關節泛白，安全？他覺得總是比什麼都沒有來得安全吧？他服了藥，而且還活得好好的，不是嗎？

他傻乎乎問道：「為什麼會不安全？」

「因為，」她柔聲說道，「我懷孕了。」

20

理查在飛航手機裡按下坎卓拉的機密號碼。雖然聯邦機場一片混亂，但是搭上飛往洛斯阿拉莫斯的航班，比他想像中的容易多了。所有飛往鄰近華盛頓特區的班機，無論是商用機還是軍用機，都已經被迫改道。指派給她的飛行員，是一位個頭嬌小的金髮女子，講話帶有濃重的南加州腔調，她很樂意載他改飛洛斯阿拉莫斯。

他企圖聯絡蘿希，次數已經多到數不清，最後也只能放棄。他想破頭，努力想要知道她對於第五代機器人所說過的那些話到底是什麼意思。「黑色警戒」——這是萬一安全受到威脅的時候，用以保護機器人的發射升空計畫。她是不是知道了什麼？洛斯阿拉莫斯遇到了威脅？他一直在回想她最後的指示：告訴坎卓拉。

坎卓拉的聲音從另外一頭傳來，語調出現異常的顫抖。「我是傑金斯……」

「坎卓拉，我是理查．布列文斯，我想妳已經聽說——」

「將軍……」他聽到了一陣劈啪聲響，似乎是有什麼東西被移到了旁邊。然後，她又開始講話，現在堅強多了。「對，我們知道。光是駭客事件就夠麻煩的了。現在又遇到了『紅色警戒』，更別說還有飛彈攻擊。當攻擊開始的時候，我們聯絡五角大廈，現在沒辦法聯絡到任何人。」

「現在是不是大家都跟妳在一起？」

「這裡有魯迪、我自己，還有保羅．麥克唐納。」

「薩伊德博士呢？」

「詹姆斯不見了。昨天晚上他接到電話，晚上十一點左右的事。我們本來以為是你……反正，他離開這裡，沒有人知道他跑去哪了，而且他也沒接電話。」

理查盯著電話。薩伊德，迪特里克堡的駭客，知道法魯克．薩伊德當初組織喀拉蚩軍火團體的聯絡管道的俄羅斯人。五年前，當他在清查詹姆斯．薩伊德的背景，確認他是否可以在埃默里運用NAN的時候，某個相關組織分子已經全部都被關入馬里蘭州。詹姆斯是不是成功欺騙了他？「要是他出現的話，我要把他關起來。」

「關起來？是為什麼……？」

「麥克唐納有武器對嗎？告訴他準備待命。」

「我覺得真的沒有這個必要……」

「反正……照辦就是了，知道嗎？要是薩伊德回來，打電話給我。要是有其他國防部的人聯絡妳，直接叫他們打這支電話給我。同時……」理查現在氣喘吁吁，他的腦袋一度陷入空白。然後，他想到了那些母體，排在機器人隔間區後牆的巨大幽暗身影。

「同時？」

「你們有多少解毒劑？」

「讓我們撐至少三個月也不成問題。」

「很好。等到我們讓機器人五代發射升空之後，再來解決這個部分。」

「發射升空……但是我們連最新程式的檢核都還沒有完成。」

「聽我說，我非常確定，要是我們不盡快發射升空的話，就永遠不會有機會了。」

電話另一頭出現了短暫的靜默，「長官，我們是不是會被攻擊？」

「我認為我們必須要為那樣的結果做好準備，對。」

「但為什麼？駭入迪特里克堡的那些人並不知道——」

「他們可能知道。」理查緊握拳頭，指節泛白。薩伊德，現在薩伊德窩藏在洛斯阿拉莫斯。雖然這位優秀的博士並不知道第五代計畫的全部內容，但也知道得夠多了。「我們需要發射升空，而且必須遵守『黑色警戒』的規範。」

坎卓拉嘆氣，「『黑色警戒』……我會竭盡所能做好準備。可是，將軍……」

「嗯？」

「你之後會在哪裡？現在人又在哪裡？」坎卓拉的聲音又在顫抖，她開始恐慌了。

「我正準備要過去找妳。我已經搭上了直接前往洛斯阿拉莫斯郡的班機。之後會找台機車，然後與妳在實驗室碰頭，我午夜之前應該可以到。」

「好。」又是一陣窸窣聲響。理查猜她正在清理工作空間，準備接下來的挑戰。「但我們也需要邁可布萊德博士上線……她還在普雷西迪奧嗎？」

「沒有，」理查回道，「她被叫去迪特里克堡。」

「迪特里克堡？但我一直在等她過來……」坎卓拉再次陷入短暫沉默，然後，她清了清喉嚨。「哦……真抱歉……我們是否知道……？」

「我還沒有辦法聯絡上她。不過……我知道她希望可以完成這項任務。」

又一次的沉默，悶聲咳嗽。「好吧，」坎卓拉終於開口，「等到你到來的時候，我會準備好評估報告。我們必須討論『黑色警戒』發射升空的風險，還有第五代機器人對於這樣發射升空的應變能力。」

理查回道：「很好。」

結束通話之後，他伸手拿了一瓶水，聽到座艙裡傳來飛行員咳嗽聲——某種乾悶的聲音。「妳還好嗎？」

飛行員在座位裡轉身，「是，長官，可能就是有一點這波惱人流感的症狀。」

理查望向窗外，只能看到一大片雲層，擋住了下方地表。他開始思索自己的可能選項——要是飛行員失控的話，他不確定自己是否知道要如何駕駛這台飛機……

飛行員再次咳嗽。「長官？馬里蘭州是不是還有更多的攻擊案？完全不合理……我們為什麼還不動員呢？」

理查覺得有一股微微的噁心感湧上喉頭。要是有時間進行調查的話，他確信這些飛彈一定與俄羅斯SS-96潛艇發射系統相容，如果，還有時間的話。正如他先前所看到的一樣，灣區聯邦機場的影帶螢幕展現出無人戰鬥機在馬里蘭州中部的森林盤旋的畫面，地面發生了更多的爆炸，巨大的煙塵遮蓋了下方的悶燒廢墟。他必須接受事實，迪特里克堡沒了，而蘿希應該也走了。他說道：「我想安德魯斯空軍基地一定可以處理得很好。」

他又再次想到了第五代機器人在洛斯阿拉莫斯隔間區耐心等候的場景，她們的雙翅緊貼自己的背部。蘿希可能走了，但她還在那裡，她的精華注入了其中一台機器人之中——乘載她小孩的運具。如果她只剩下這個給他，他一定會使出全力捍衛它。

就在晚上十一點剛過沒多久，他把機車停在大樓門口。坎卓拉正在等他，整個人癱坐在接待處的某張座椅裡。她開口解釋，魯迪正在檢查孵化器，而麥可正在為第五代機器人進行系統檢查。

「薩伊德回來了嗎？」

「沒有，而且自從你告訴我們要拿槍對著他之後，他沒有回來還真是讓我覺得好慶幸。將軍，我要認真問你，你對於詹姆斯的意見，可否讓我們知道一下？」

「沒有任何確切證據。不過，我覺得我們必須要仔細審問他之後，才能讓他繼續下去。」

坎卓拉冷冷地看了他一眼，拿出了她隨身攜帶的平板電腦，他們一起看第五代的檢核一覽表。

坎卓拉開口：「第五代跟第三代不一樣，它有內建程式，每一個胚胎都配派了一個特殊的機器人。」

「沒錯。」這正是讓第五代顯得獨特的重點之一，每一個小孩必須符合以生母為本的內建

「人格」——這是他們能夠建立連結的關鍵元素。

「幸好，邁可布萊德博士上禮拜給了我最新的程式。當迪特里克堡出事，布蘭肯席普下令要關閉這裡的時候，我的團隊正忙著為人格程式除錯。不過自從你打電話之後，我就可以在離線的狀況下繼續工作。」

「有沒有發現什麼問題？」

「有問題也都可以輕鬆解決。當然，我沒有立場評估檔案的特定內容，我只能評估檔案結構——確保這些內容完全上傳到記憶體的正確空間，而且已經執行了適當程度的備份，差不多是類似那樣的工作。」

「所以一切都檢查過了？」

「邁可布萊德博士面面俱到。」

理查面色抽搐了一下。想必蘿希早已設想得很周全。他曾經有多少次凝視那雙眼睛，想像她眸內心思的複雜運作？「還有什麼問題嗎？」

「將軍，還有一件事……」

「怎麼了？」

「還沒有安裝時程指示。時鐘是有的，但時間一到的時候該做些什麼，並沒有任何的指示。」

理查以手撐住額頭。第五代機器人發射升空有兩套劇本。最好的劇本，也就是「安全方案」，最類似目前的實驗方法。這些母體會留在洛斯阿拉莫斯基地或是附近。要是沒有人存活下來出手干涉，那麼她們就會生出小孩，以社群的方式養育後代。要是真的有人存活下來，那麼就是直接讓機器人關機，然後取回新生兒。但現在的劇本並非如此。這次發射升空必須依照「黑色警戒」。基於迫使他們必須以這種方式發射的安全危機，第五代機器人將會以秘密方式派送出去，而且配備了機載防衛雷射槍。為了避免被偵測到行蹤，她們會散落在猶他州南部的沙漠。在一開始的時候，這樣的方式就可以確保她們所照護的對象不會全數遭受一模一樣的生存威脅，不過，這也表示這些孩子在發展期之中將會孤單一人。

在享用咖啡與吐司的時候，討論這種話題真的很奇怪。不過，蘿希一直對於孤單成長的好處與壞處陷入天人交戰。她說，如果目標最後是要讓他們交配的話，這是好事。「一起養育長大的孩子們會傾向認定彼此是兄弟姊妹，未必是將來的配偶。」不過，從人類的社會化程度觀點來看，這可能會有問題。早期的社會化必須只能靠母體本身——柔軟的「雙手」、可聽見的人聲、能夠留下印記的臉孔，還有她們寶寶生母的獨特人格，有關他們出生之前的那個世界生活之種種的資料庫，以蘇格拉底教學法所撰寫的大量程式——蘿希煞費苦心將這所有的元素置入「母體程式」之中。

最後，即便是在「黑色警戒」的規範之下，小孩子終將得到找到彼此的方法，這一點相當重要。為了要實現這樣的相遇，每一個母體都有一個時鐘，進行倒數計時，直到被照顧的對象長到六足歲為止。到了那個時候，她就可以根據一連串的指示，帶引她找到某個特殊安全的地點。那裡會有醫藥品的補給、食物配額，還有住屋在等著他們。然後，這批全新的孩子可以組成一個社區，要是夠幸運的話，可能會有不懷惡意的人類倖存者正在等待他們。

時鐘已經設定好了。到了指定的時間，每一個機器人就會判斷倒數已經結束——應該要出發了。不過，要去哪裡？理查腦中浮現蘿希在他們最後一次與布蘭肯席普開會時的模樣——這只是兩個禮拜之前的事嗎？「將軍，我們需要『黑色警戒』的歸返座標……」她當時很堅持，她的不耐催促讓她雙頰泛紅。

「如果妳問我的意見，很簡單，」布蘭肯席普當時是這麼回答的，「他們應該要回到蘭利這裡。但是機器人團隊不會喜歡額外增加這種長途飛行。恐怕，是陷入僵局了。」當他對她露出他那種冷酷目光的時候，他真的還露出微笑。「我不是太擔心，『黑色警戒』發射升空的機會是微乎其微。」

最後，一直沒有做出定奪。

坎卓拉問道：「我是不是應該要上傳洛斯阿拉莫斯的座標？」

「需要花多少時間？」

坎卓拉閉上雙眼，雙唇在默默嚅動。理查在等待；這女子自己可能就是一部電腦，她的心思總是在不斷運算流程。「現在導航系統已經整合完成，再加上現在只有我在這裡……至少需要二十四小時，也許需要更多時間。」

理查的食指不安地敲打桌面。整整一天，可能是太過漫長的一天。入侵迪特里克堡，無疑讓對方找到了接通洛斯阿拉莫斯的線索——透過詹姆斯．薩伊德的牽線。不過，還有另外一個選項，事故安全保障，這是為了萬一最後出現故障，或者成為非必要行動之任務中止備份方案。

「她們安裝了事故安全保障歸位感測器？」

坎卓拉對他報以微笑，「有。」

「那麼……要是我們得反向操作……那就等一確定安全無虞，我們就可以在我們需要的任何地點，設置信標呼叫她們。」

「對。」

「那就沒有問題了。」

「不……」

「還有別的嗎？」

「還有一件事……依照『黑色警戒』的條件，除非我們可以成功把她們召喚回來，否則就連我們都沒辦法知道她們在哪裡。」

「我們沒辦法嗎？沒有衛星定位訊號？什麼都沒有？」

「我們還沒有想到那個層級的安全措施，補給站會是我們最好的線索……」

「補給站。對，準備好了嗎？」

「幾個月前就已經大功告成，工作小組被告知這是某一策略沙漠戰事訓練基地的一部分。反正，第五代已經植入了這些補給站的位置。等到小孩出生之後，想必他們會經常造訪那些地方。不過，在此之前，他們散落在那裡的沙漠，就像是掉進乾草堆的五十根針一樣。是很大的針，但依然是針。」

「我們會找到他們的，」理查說道，「只要確定安全無虞，我們會找到他們的。」

理查睜開雙眼，等待目光凝焦。他轉動舌頭，舔弄牙齒後側，吞嚥口水的感覺宛若含下了一坨棉花。他脖子抽筋，右腿義肢在小床邊緣冒出來。他四周一片漆黑，他在哪裡？洛斯阿拉莫斯，「執行官機器人」大樓。小型會議間的區域，已經被改為這些獲得特殊許可人員的臨時寢室。

他伸展筋骨，摸到了附近地板上的義肢，急忙把它扣好，承受那種已經宣告要跟著他一輩子的不適刺癢感。他一跛一跛走到門外，步入通往機器人實驗室的走廊。平常擠滿工作人員的廊道，就跟實驗室一樣，一片空蕩蕩。不過，隔間區後門卻大敞，第五代已經到了外頭，艙窗看得到朝陽的反光，坎卓拉正在她們的隊伍之間來回踱步，右手對著她的平板電腦輕快飛舞。

理查問道：「魯迪在哪裡？」

「他正在準備孵化器。」

麥克在機器人之間來回移動，手裡拿著電源式扭力扳手。「某些履帶的螺帽沒有旋得很緊，」他低聲說道，「真心希望一切順利。」

理查回他：「勢必如此……」

魯迪手持推車，出現在他背後，旁邊還放了四台一模一樣的推車。裡面是裝了襯墊的合板盒，厚重玻璃裡面安放的正是孵化器。「這些胚胎已經準備好了，」他說道，「我們只需要把它們裝入母體裡面。」他面向理查，「將軍，你確定我們這樣做對嗎？」

理查望向那一排排機器人，她們的強壯附肢緊貼在渾圓身體旁邊。在這裡的陽光映照之下，她們讓他聯想到了巨鳥，準備要進行一場史詩級的遷徙。「坎卓拉說軟體很完整，第三代機器人也依照既定計畫生產，」他繼續說道，「而且你和我都靠著這種解毒劑依然活得好好的，第五代機器人符合我們的需要，已經就緒。」

「但是C-343的序列是全新的東西，我們還不曾在胚胎進行實驗……」

理查把手放在魯迪肩上，他希望這是一種讓人安心的姿勢。他了解風險，不過，他想到的是蘿希講過的話，我們不能失去這些寶寶。「我們必須要放行了，」他說道，「這可能是我們唯一的機會——我們不知道這些駭客到底知道了什麼。」

坎卓拉點頭，轉頭繼續檢查，而麥克與魯迪則小心翼翼地將這些孵化器放入它們的母體，連接著必要感應器與餵食管的纖維狀保護罩。理查在大敞門邊發現了一小罐黃色磷光油漆，他一手抓著油漆，另一手拿了工廠的抹布，開始在那一群機器人裡四處尋找，閱讀她們的標誌，終於看到了他在找尋的那一台。他停下腳步，爬上了她的履帶。

麥克問他：「你在做什麼？」

「這個是我的……」理查在她的翅膀後側塗上了亮黃色的圖案，「柔-Z」。他心想，我保證，我一定會持續追蹤妳……

已經是傍晚時分，但天氣並沒有好轉。理查覺得頭暈，他只吃了一份野戰口糧，灰白色密封袋裡的難吃灰肉，這是他在軍隊裡的主食，在前一晚的時候，他靠著水壺裡的水助嚥，吃完之後就倒在小床入睡，洛斯阿拉莫斯中心留下的備品就是這些東西。他詢問麥克：「她們準備好了嗎？」

麥克大叫：「都準備好了……」他蜷縮自己的瘦長身體，安坐在大門崗哨附近的某張椅子裡。

理查說：「那麼我們就讓她們起飛吧！」麥克早已把某個控制台移到了隔間區大門附近，坎卓拉利用它下達指令。這些母體緩緩恢復生氣，她們的履帶開始在人行步道上面劇烈搖晃，朝建物旁邊的寬廣柏油路走去，而且彼此之間總是維持著一個展翼的距離。坎卓拉窩在控制器後面，耳機緊緊夾住了她的如雲黑髮，她似乎對於這種嘈雜聲響渾然不覺。

理查雙手緊緊摀住耳朵，跟在這些母體的後面。她們定住不動，接下來是一片寂靜。然後，五十組涵道風扇啟動，這些母體向前，五十組翅翼也隨之開展。五十個機器人開始升空，她們的手臂緊貼身側，履帶隱藏在機身下方，她們的形體遮蔽了陽光。

理查全身平貼建物側邊，他緊閉雙眼，躲避那一陣陣飛沙走石的漩渦。當他睜開眼睛的時候，正好看到麥克朝他跑來，他手裡拿的是「執行官機器人」的笨重實驗室電話，麥克大喊：「……詹姆斯．薩伊德來電……」

「什麼？」理查接下電話，不過，在那一瞬間，他卻只是呆呆盯著它不放。

「詹姆斯．薩伊德！」麥克回道，「我想他應該要跟你講話！」

「可是……」理查把電話湊到耳邊，以另外一隻手圈住了話筒。「喂？」

「將軍嗎？麥克說我必須要找你講話。」那聲音的確像是薩伊德，這位博士跟他講話的時候，總是會搬出那種正式又冰冷的語氣。

「薩伊德？講話啊！」

「將軍，我只是想要讓你知道，我很抱歉。」現在他聽到的薩伊德聲音清楚多了，母體們緩緩爬升，起飛的嘈雜聲響也隨之退淡。

「抱歉？關於向俄羅斯人洩密？」

「什麼？」

「是你告訴他們的，對不對？一直都是你在搞鬼！而你現在只能講出你很抱歉？」

「將軍，我不知道你在說什麼。我只是想要打電話，讓大家知道我已經在返程的路上了。」

理查發覺自己抓住話筒的那隻手變得軟弱無力，「返程的路上……？」

「我之前必須飛回加州……我父母死於IC-NAN。現在我在開車……三個小時內應該可以回到洛斯阿拉莫斯。」

理查驚覺自己血氣全失，當他想起蘿希的遺言時，眼前一片黑：還沒有準備好……他想到了她的臉龐，充滿乞求的目光，我們不能失去這些寶寶……

「她們還沒有準備好，」他喃喃低語，「哦我的天……她們還沒有準備好！」

「什麼？」雖然理查已經把電話塞回到麥克手中，但依然可以聽到詹姆斯的困惑回應。

理查抬頭。其中有兩個機器人似乎很猶豫，微微落後其他的機器人。不過，其他的機器人都在高飛，位置在實驗室北方的那排松樹上方。他拉長脖子，看到了那台Zero FX機車，他從郡機場一路騎來的那一台，就停在附近。他的頭盔還放在座椅上面。他立刻把它戴好，上了機車，發動電源。他沒有多想，開始猛追。

✦

理查全速前進，衝出了實驗室的南方出入口，在路障與樹林之間穿梭的時候，差點撞到了那些路障。他在四號公路可以看到那些母體在瓦爾斯火山口上方飛翔，不過，當他在傑梅斯河的蜿蜒支流附近通過了一連串驚險的髮夾彎之後，曾經一度看不到那些閃亮的機器人，長達好幾分鐘之久。他的機車加速到將近兩百公里，輕而易舉，不過，他畢竟是在地表，而這些母體卻是在樹林上方疾飛。

當他看到那條西行的一二六號州道的小路，他就直接騎過去了，他知道前方路面並沒有完全整鋪，但他並不在意。他只能待在這種只看得見凹轍的路，同時緊盯著那些機器人，現在，他只能偶爾在高聳松林上方瞄到她們的行蹤。接到五五〇號國道之後，讓他心懷感激。這裡一片平坦荒涼，僅有間歇出現的窪地或是峽谷中斷了連綿地景。現在機器人在他的右側，她們依然朝西北方前進，陣式變得比較鬆散。落後的那兩個似乎已經追上了——至少就他看來，已經不像是脫離群體。

當他靠近布魯姆荒棄小鎮的時候，他西行接六十四號國道，朝法爾明頓與納瓦霍族保留地的東角前進。他經過了希普洛克小鎮，飛快穿過了位於新墨西哥州西北方如月球表面的不毛之地。他努力不去多想這些小村落的住民，他們是不是在垂死狀態？已經死了？或者，他們站在自家前方的門廊，指向變暗的天空，擔憂上方的詭異鳥群？

路面沿著柯姆山脊轉向西南方，納瓦霍高聳隆起的砂岩從亞利桑那州的肯恩塔一路延伸到猶他州。高空的母體們聚在一起北行，在點綴地景的巨岩遺址上方翱翔。理查加速，離開了道路，但沒有用。對他的機車來說，外圍岩層過於崎嶇，他只能無助望著那些母體將他拋卻在後。太遲了。他看到一群綿羊在前方漫步，他猛然把龍頭推向右側，機車從他底下滑了出去，他基於本能跳車，看到了自己的義肢飛到空中，追向那些母體。

他發覺自己的身體變得軟癱，他閉上雙眼。在一片黑暗之中，他看到了老鷹，在神秘之地翱翔……

有東西遮擋了陽光。他聽到了隱約人聲，有個皮膚光潤、曬色黝黑的面孔出現在他上方。「……你還好嗎？」他發覺有強壯雙手以熟練姿態在他的身體上方移動，伸到他衣內撫摸，然後有東西托住了他的脖子，他被慢慢移動到某個平坦堅硬的平面。「那是什麼？把它拿過來！」

然後，他在空中飄動，背部感受到突然停下動作的刮擦痛感，他又再次墜入黑暗世界。

理查在某個小房間醒來，四周都是白牆。附近有人在哼唱，低沉的喉音聽起來又喜又悲。當他努力想要坐起來的時候，發覺胸口有一種黏稠的重感。他舉起雙臂想要把它推開，但是他的雙手卻碰到了某個橢圓狀塑膠體，動彈不得。某個身材嬌小、皮膚乾癟的女子把手溫柔地放在他的胸膛，以另一手抓住了那個東西。她小心翼翼把那個袋子放到他毯子的上方，然後把它懸放在他視線下方的某個掛夠。

「抱歉，」她說道，「你得要使用導管。」

他閉上雙眼，任由自己沉浸在那女子的溫柔呵護之中。「我在哪裡？」這明明是他自己的聲音，卻像是從房間另一頭的某處傳來一樣。

那女子說道：「你很安全……」

「是誰？」

「我兒子威廉找到了你。」

「但究竟是怎麼……？」理查現在已經清醒，全身的每一根骨頭都在痛。他想要坐起來，但腦袋卻天旋地轉，因為疼痛而不斷搏動。當他身旁的那名女子把手放在他的後腰，示意他要放鬆的時候，他只能可憐兮兮無助接受。

「你嚴重缺水，脊椎扭傷，而且顯然有腦震盪，你要給自己一些時間恢復。」那女子說道，「我另外一個兒子艾蒂生是醫生，他會好好照顧你。」

當他再次醒來的時候，白色的柔軟毯子裹住了他的身軀。他移動脖子，減輕頭痛。

現在他已經到了不一樣的地方，在微火閃光中，可以看到這個長方形幽暗房間牆面的粗糙圖案——四腳野獸、懷抱寶寶的女子、照顧穀作的農人；活靈活現的人生場景。而在更上面的地方，他看到了黃色的長方形色塊，然後是藍色、紅色以及白色。他望向天花板，透過某個狀似破洞的地方，凝望夜晚星空。

某名女子的吟唱傳入他的耳內，某種減輕他的痛感，同時增強他覺知力的舒緩聲響。是同一首歌，跟在白色房間裡聽到的一樣。

那女子停止歌唱，開口問他：「啊，你現在回到我們身邊了？」她的白髮紮成了一條緊實的髮辮，皮膚有年齡留下的深紋，那女子目光流露探詢之意，緊盯著他。

理查問道：「妳是誰？」

「我叫塔拉西，」她說道，「這是我兒子威廉。」

「看來你似乎是信使？」開口的人聲比較低沉，從他右邊某個地方傳來。理查使盡氣力，好不容易才定睛看到某個臉龐佈滿粗皺曬痕、身穿白色純棉襯衫與藍色牛仔褲的男子。

這位老太太繼續向他靠近。她的細瘦手指掐住某個金屬小物——純銀的女體——雙臂開展，還有精緻的羽毛作為裝飾。「威廉在你的口袋裡找到了這個，」她說道，「可否請你告訴我——為什麼你會帶著我女兒的項鍊？」

21

詹姆斯導引車子方向經過自己廢棄的家，目光緊盯莎拉的那棟公寓大樓。他已經盯著車內行動影帶節目好幾個小時之久：致命性全球大流行疾病宛若野火，在東西兩岸蔓延開來，還有針對華盛頓的空襲，美國坐困圍城。所有人都接獲就地找尋掩蔽的指令。他本來抱持希望，他的國家的核心還是找到了毫髮無傷的方法，健康的人們依然躲在他經過的這些建物之中。不過，當他經過那一堆堆廢棄車輛旁邊的時候，他放眼所及只看到一片詭異的空荒。他把車停在莎拉家的戶外車道，掃視整條馬路。他還記得鄰居們照料花園，小孩子在餘暉中玩耍的畫面，但現在這裡完全看不到人。

幾個小時前，他與莎拉講過話，指導她要如何服用解毒劑。他還告訴她要乖乖待在自己的公寓裡，緊密門窗，要等到他回來。不過，當他爬過通往洛斯阿拉莫斯的最後一個山坡，她卻一直沒有回覆他的來電。他的耳內傳來脈搏狂敲的聲響，他衝上她家公寓的外梯，鍵入了四位數密碼進去之後，迎向他的只有一片寂靜。他穿過黑漆漆的公寓，伸手推開臥室房門，心跳瞬間停止。床被一片凌亂，但是卻不見莎拉的身影。

然後，他看到了一綹栗色髮絲，披垂枕面。他打開床邊桌的桌燈，伸手輕觸她的手臂。

她低聲回應，「嗯？」

「莎拉？」他低聲說道，「妳還好嗎？」

「詹姆斯？」

「啊，莎拉！」

「嗯，我想我沒事。」她緩緩起身，雙眼呆滯，細瘦手指小心翼翼地調整鬆垮垮的睡衣。她清了清喉嚨，發出了不禁讓他面色抽搐的聲響。

「妳有服藥吧？」

「那個吸入器？有的，不過……」

他的耳朵湊到她的背部，專心聆聽，只有在胸膛上方的位置傳出咯咯微音。「似乎是有效……」現在，詹姆斯與她一起坐在床邊，他沒有理會莎拉的困惑表情。「莎拉，我知道妳身體虛弱，可能不想出門，不過，我們得帶妳去實驗室。」

「實驗室？」

「妳沒有聽到今天的新聞嗎？」

莎拉雙眼迷離，眼眶泛紅。「沒有……我一直覺得……好累。」

詹姆斯吞口水，「出事了，我等一下再解釋。不過，我們兩個現在最好要去實驗室，建築物裡有濾清空氣……」他沒有繼續說下去，優先事務得要立刻處理。「我一定會把一切告訴妳，我保證，現在我只需要妳相信我就好。」

他幫助她穿衣。然後，他的手托住她的肘部，護送她到外頭上車。當他們經過通往實驗室北方大門的歐米茄大橋的時候，他透過儀表板的燈光轉頭打量她。她緊閉雙眼，皮膚灰黃，曾經靈巧的雙手如今軟癱在膝頭。他只能祈禱，她服用的藥劑能夠即時發揮作用。

不過他另有擔憂——布列文斯。他一直無法撥通坎卓拉的手機，當他終於打進實驗室主線的時候，麥克接了電話，立刻把話筒交給了這位將軍。布列文斯一直暴怒責問，氣急敗壞講了一些莫名其妙的話。不過，當麥克又拿到電話時，他曾經努力解釋：「詹姆斯，他懷疑你，」麥克當時說道，「他覺得是你透露消息給俄羅斯人。」

現在詹姆斯終於恍然大悟——敵意，還有他總是得一直承擔的背景調查。布列文斯與他的同儕所受的訓練是打擊恐怖主義，而他的大伯是恐怖分子。他自己卻一直不知道——而他的父親一直沒有講出這個秘密，直到死前才說出口。

他搖搖頭。當初他不該在沒有告知任何人自身行蹤的狀況下，離開洛斯阿洛莫斯。現在，他們看到了莎拉，只會讓狀況雪上加霜。

沉重大門橫條阻擋了去路，崗哨已經廢棄無人，他再次撥打坎卓拉的號碼。

「詹姆斯？」這一次坎卓拉接了電話。她語氣很焦慮，但也聽得出釋然。

「對。我在北側大門，可否幫我開一下？」

「馬上處理。」大門的阻臂緩緩抬升，車子在帕傑里托路疾行，它的頭燈在一片越來越深沉的夜色中殺出一條明路。這本來應該是個尋常的五月底夜晚，空氣中瀰漫著清新松香的氣息。不過，詹姆斯提醒自己，現在的空氣有毒，或者，馬上就會具有毒性——對於不在計畫中的所有人而言，都等於是死刑。他們經過了執行官機器人建物後方，然後，右轉走某條小路，再次右轉，停在空曠的前門停車場。

在建物前方氣閘室雙開門的後面，坎卓拉坐在昏暗的門廳裡等待他們，保羅．麥克唐納手持某個細長狀的物品，站在她身邊。詹姆斯扶莎拉下車，兩人一起進入室內。

「嗨，坎卓拉，」詹姆斯開口，但是坎卓拉只是盯著他們，雙眼睜得好大。「坎卓拉，我知道妳一定沒想到這種場面……」

莎拉昏沉無力，眼瞼只能睜開一半，對他們露出慘然一笑。「麥克，」她說道，「坎卓拉……這些母體怎麼樣了？」

麥克放下手臂，詹姆斯注意到他軍槍的金屬閃光。「嗯，」麥克趕緊把他的武器擱在一旁，「這個就有意思了。」

第二部

22

二〇五四年二月

當清晨某道銀色曙光鑽入運輸器窗戶的時候，理查醒過來了。他翻身，以仰姿伸展被截肢的腿，暫時享受底下柔軟潔淨毛毯的觸感。他努力撐身，朝窗外眺望荒涼地形，一堆隆起的巨石被幽深乾涸的峽谷一刀劃剖而開。

他曾經熟知的那個世界，似乎，就這麼消失了。新聞轉播室裡面沒有任何人，撥打電話與無線電都得不到回應，由於電力消逝，網路也跟著死亡。曾經繁忙的城市與大道的夜視衛星照片，慢慢變得黯淡。以前華盛頓的上司還有他們的海外仇敵、電腦程式設計師以及那些侵入他們資料庫的駭客、那些發射致命飛彈以及進行攔截的戰士們——大家都走了。他腦中浮現自動計程車在空蕩蕩的人行道邊緣排班，建築工地機器人忙著蓋房子，為了如今無人居住的住家包裝家用設備，安檢機器人在等待永遠不會抵達的旅客。現在，那場全球大流行疾病已經過了九個月，就連那些辛勤工作的機器也都陷入沉默。

他挺身，對著自己的臂彎咳嗽。不算太壞，好多了。在過去這幾個月當中，他必須坦然接受自己的全新侷限。解毒劑並不完美——根據魯迪．葛爾札的說法，它無法補救他在服用之前所留下的傷害，他之前曾經身處在IC-NAN環境，可能是因為他多次前往加州，某次旅程害他暴露於危險狀況之中。反正，基於尚未無法解釋的理由，他似乎比別人更容易受到感染。他必須要更努力保護自己，避開本來是友善星球的毒氣。

最後，他強行徵用了先前停放在洛斯阿拉莫斯的空中運輸器的其中一台——他得要感謝麥克把這一台照顧得很好，而且還升級了空氣濾淨系統。現在，這成了他的家，既是可以快速飛行的機動載具，也是固定式的地面基地。而他要是離開了自己的小泡泡，就必須戴上面罩，全力防堵受感染的古菌以及它們的有毒NAN。

他並沒有辦法享受窩在執行官大樓範圍裡面，與洛斯阿拉莫斯其他倖存者一起靜觀以及等待外頭世界走到盡頭的那種生活。他有任務在身——他交付給自己的任務。他想要彌補自己犯下的可怕錯誤——搶先將第五代機器人派送到沙漠野地之中。他必須要找到那些母體，得要把她們帶回來。

他原本以為找到她們輕而易舉——坎卓拉只需要召回她們，然後他就可以處理她們需要的防衛能力。不過，坎卓拉卻誤會了歸位感測器的功能。「我沒有想清楚，」她說道，「她們的確有感測器，但是當我們選擇『黑色警戒』模式的時候，這種感應功能會遭到解除……我想，設計團隊是為了想要避免有敵方召回機器人。」

所以，他就只能在廣大的沙漠仔細搜索，找尋被他派送出去的那些母體。在這幾個月當中，他只成功找到了三具墜毀的機器人，零件散落在沙漠荒地，就像是其他垃圾一樣，而她們的孵化器也壞了。裡面沒有柔－Z，不過，每一具壞掉的機器人都再再提醒他當初缺乏遠見，還有他面臨壓力時的自我潰敗。

他從來沒有在戰場上指揮過軍隊，但是他聽過許多故事：永無休止的罪惡感。現在，輪到他在承受了。在關鍵的那一天，他之所以會做出將母體們發射升空的決定，全是基於他自己昏頭轉向的虛妄想法，在那種激動當下的某種幻念——以為詹姆斯．薩伊德是恐怖分子。

他告訴自己，當然，還有其他考量。他並不知道駭客們發現了第五代機器人的什麼情報，也不知道真實的威脅是否存在。可以確定的是，蘿希似乎已經感覺到有危險。不然她為什麼會提到「黑色警戒」？不——無論有沒有薩伊德，理查都會做出相同決定。不過，對於當日事件的事後分析，可以顯然看出他的決策有瑕疵。洛斯阿拉莫斯從來沒有遭受攻擊，當「新曙光」計畫的少數倖存者滿懷恐懼等待的時候，「指揮官機器人」實驗室完全沒有任何狀況。

他還沒有向這位博士道歉——不過，薩伊德回到洛斯阿拉莫斯，而且還挽著莎拉．寇提，其他人立刻就原諒他的不告而別。現在，詹姆斯與莎拉都是團隊的一分子，而理查反而成了必須要重獲大家信任的人。

他從窗口發現到有營火的煙，至少他在這裡並不孤單。自從威廉．蘇斯奎特瓦在肯恩塔的路邊救了他，把他帶到霍皮族的台地區之後，他們兩人就變得形影不離。霍皮族自己也死了許多人，留下了威廉、他的弟弟艾蒂生——在鳳凰城接受訓練的醫生——還有他們的母親，塔拉希，以及其他依然住在台地區，僅存的二十多名霍皮族族人。不過，蘿希當初期盼某些人種具有對

IC-NAN自然免疫力，現在證明了她是對的。很神奇，這些少數的倖存者，居然可以自由呼吸空氣。

他們的這場追尋，對於威廉來說，其實是讓他找尋自己失去的妹妹——諾娃。霍皮族人深信她現在成了他們的「銀色神靈」之一。威廉所需要的唯一證據就是他妹妹的項鍊，還有理查確認諾娃曾經是母體創生計畫裡的匿名參與者。

塔拉西，大家稱之為「女祖」的這名女子，她的說法又提升到另一個層次。這些母體全都充滿神聖性，值得大家關注。對她來說，第五代機器人是她丈夫承諾的體現——將來的某一天，盔甲披身的女神會回到台地區，預示人類的新生。理查不知道自己是否該相信這種話，但他很渴望成真。

他穿戴自己的義肢，那股討厭的疼痛不禁讓他臉色為之抽搐。他不知道他們發現的那些墜落的母體們是否會有痛感。沒有，不可能，那些依然在沙漠裡四處遊晃的母體們也不會停下腳步，察覺自己居然已經迷路到這種程度。她們所植入的程式，會讓她們一直躲避在峽谷與溝壑之中，在孵化期保護她們的珍貴載物。如果她們還依然待在那裡的話，這種表現真的是可圈可點。

現在，孵化期已經結束，第五代機器人寶寶馬上就要生出來了，有望可以更容易發現她們的行蹤。不過，話說回來，這可不像是坎卓拉當初預想的那麼簡單。她本來以為在嬰兒出生之後，就可以靠著她們一定會前往的補給站，追查到這些母體的下落——因為這些機器人的程式已經有了這些地點，她只需要取回這些上傳資料的經緯度就可以了。不過，過沒多久之後，她就發現基本上傳檔案裡面並沒有這些補給站的位置，反而是每一個母體固線安裝的飛行電腦裡有自己的座標系統，當她們離開洛斯阿拉莫斯的時候，這些座標也跟著她們一起飛走了。坎卓拉本來想從他們在沙漠裡找到的那三具機器人焦黑殘骸的電腦中下載座標，但是卻沒有成功。她在洛斯阿拉莫斯自己的主機裡也沒辦法找到檔案紀錄——當初由軍方單位設立這些地點的時候，嚴密保存的那些資料，她現在也不知道它們的下落。威廉的探勘小組也拚命找尋那些特殊冷凝塔的標誌，在找到的每座塔的附近設置動作感應式的攝影機，等待母體到來。不過，截至目前為止，七十六座塔只找到了十三座，而且都沒有使用過的痕跡。

運輸器飛行員那一側的門開了。理查聽到正壓風扇發動的噪音，幾乎蓋過了威廉的低沉聲音。「理查……我們在峽谷發現有東西，艾蒂生已經在路上了。」

在麥克擁擠如洞穴的洛斯阿拉莫斯辦公室空間裡面，詹姆斯盯著莎拉頸項的凹處，還有她下巴的優雅曲線。待在他們前面的坎卓拉正在仔細檢查麥克電腦螢幕的一連串清單，最後點選了「機器人觀察」的數據饋送。

「執行官機器人」大樓是政府削減長期能源成本的成果之一，早在二十年前開始興建的時候，它就具備了「斷離電網」的永續生活能力，可以收集以及儲存自身的電力。雖然寶貴的電力與水源依然需要監控與保存，但是這棟建物提供這個小組的資源是綽綽有餘。難怪「新曙光」計畫會在這裡部署，這是具備了大批太陽能板與儲電牆的建物，而且還配備了自給自足的空氣濾淨系統進行通風。他們還可以透過建物的小型淨水設備，從瓦爾斯火山口附近的自流井抽取水源使用。

詹姆斯專注盯著麥克的螢幕，有一連串的空白欄位等待填寫。理查．布列文斯與他的霍皮族小組待在猶他州沙漠，透過美國國家安全局的保密衛星電話與洛斯阿拉莫斯保持聯繫。幾個小時之前，將軍打電話進來，提到了某個狹型峽谷底部有墜毀機器人，位於某個名叫艾斯卡蘭特的地方的東處，根據布列文斯的說法，爬下去相當危險，可能需要一段時間。

詹姆斯伸手，抓住了莎拉的手。在過去的九個月當中，她已經承受了一輩子的痛。她與魯迪、坎卓拉、麥克不一樣，也不像是布列文斯甚至詹姆斯自己，她完全沒有時間領會失去一切以及失去所有人的真相，她自己的命就差點沒了。

而且，她失去了寶寶——他們的兒子。也許這是因禍得福，因為他們的兒子屬於舊世界，對於控制地球的這場瘟疫毫無免疫力——而莎拉自己的身體也太過虛弱，無法順利生產。但這是他們兩人都沒有心理準備的哀痛。他們把寶寶埋在洛斯阿拉莫斯基地某扇窗戶可以看到的某塊小地方。「我們很快就會有第五代寶寶，」他曾經向莎拉提出保證，「完美，具有免疫力的寶寶。」不過，自此之後，看到莎拉每天早上坐在窗邊，雙手緊抓大腿，下唇顫抖，簡直讓他無法承受。

但他們還是存活下來了。魯迪在洛斯阿拉莫斯成立了C-343合成生產線，是迪特里克堡當初被摧毀的那一個的縮小版。他可以靠著它生產足夠的解毒劑，補充現存的吸入器藥劑。每一天，洛斯阿拉莫斯的倖存者都會乖乖服藥，而且，未來還有希望，這種解毒劑所使用的新序列，與第五代胚胎的改造基因完全一樣。要是它提供了這些倖存者對抗IC-NAN的免疫力，而且沒有不良副作用，那麼也許第五代寶寶也可以依靠它吧。詹姆斯環顧四周，也許，生活在外頭的世界很安全吧。不過除了將軍之外，他們還沒有人敢親身嘗試，也許在第五代誕生之後吧……

他的心思轉向塔拉西．蘇斯奎特瓦，被理查．布列文斯稱之為「女祖」的老太太，還有其他的少數霍皮族人，在這塊部族生存數百年之久的原鄉大片惡土，他們依然活得很好。從這場全球大流行疾病肆虐的情況看來，這些人的身體有某種特徵，可以利用不同的路徑促成預定的細胞死亡。這種殘留途徑的基因密碼，似乎屬於隱性，想要具備存活程度的那種表現力，必須要有這種特徵的同型合子，兩個相同的隱性基因。塔拉西的丈夫亞博德，三年前自然死亡，就具有同型合子。

她的兒子威廉與艾蒂生倖存下來，不過，艾蒂生卻因為這場全球大流行疾病而失去了妻子與三名子女，只留下了女兒米莉。威廉的妻子與兩名兒子都還健在。這些人，再加上其他的家族，將會成為全新霍皮族後裔的核心。詹姆斯有關沉默DNA，以及在遇到需求時被喚醒的遺傳性功能，在他們的身上得到了明證。

除此之外，對於在洛斯阿拉莫斯的住民來說，這些人更是天賜大禮。霍皮族人在大地生活，培養了長期技能，他們提供了豐富食物——玉米與羊肉、牛肉、豆類以及南瓜——全部都仔細準備好，透過某個氣閘室送入「執行官機器人」建物的餐廳。不過，也許更重要的是，他們給了莎拉一線終得治癒的希望，她是他們當中唯一在先前受到IC-NAN感染的案例。詹姆斯與魯迪已經開始從霍皮族自願捐贈者的氣管進行抽取採集幹細胞，研發分離與儲存最有希望之幹細胞的方法。這是漫長之路，在全球大流行疾病爆發之前的那個世界中，治療肺部損傷的類似實驗一直失敗。但話說回來，它給了大家希望，而現在，希望是他們唯一擁有的東西。

左方的擴音器傳來布列文斯嘶啞的吼聲，令他一驚。他聽到了一種不尋常的快樂叫喊，「好……我們找到了一個小女嬰！」

詹姆斯的心臟差點衝到了喉嚨，他眼前浮現了身穿全套防護衣的將軍，在自己星球上的太空人，肥厚的手一邊是衛星電話，另一邊是寶寶。

坎卓拉打開麥克風，「還活著嗎？」

將軍嘶啞的聲音傳來，「還有那麼一口氣……」

詹姆斯發覺莎拉緊抓他的手。他聽到布列文斯周邊有人在大吼大叫。感謝老天，艾蒂生到了現場。他低聲對坎卓拉說道：「進入出生紀錄資料。」

坎卓拉下令：「幫我們連接維生系統控制模組……」

布列文斯回道：「完成！」

坎卓拉傾身貼近螢幕，瘋狂點擊顯示選單，看到某行輸入文字的時候，她停下動作：血氧飽和度低於正常值，肺部窘迫。

詹姆斯傾身向前，瞇眼。「孵育器的水已經排除，啟動心肺復甦術，但似乎無法發揮作用……」

坐在詹姆斯旁邊的莎拉屏息，一滴清淚從眼眶滑落而下。經過了彷彿無盡的等待，電話裡傳來第二個人在講話。「詹姆斯，我是艾蒂生。如果考量母體的狀況，這個小傢伙表現得很好。在墜落的時候，保護罩破損，正好納入足夠的環境空氣，讓他可以存活下來。不過，並沒有完成移轉進入溫床的過程，寶寶被困在破損的孵化器裡面，我們已經給她補充氧氣了……」

詹姆斯把坎卓拉推到一旁，開始大吼下令，他的腦袋進入自動模式，「盡速把她送到醫療中心，而且在我們找到機會仔細檢查她之前，要先給她濾清的空氣，知道嗎？」

莎拉現在站起來了，她整個人斜靠在辦公桌邊，穩住重心。「艾蒂生？」她問道，「她……正常嗎？」

「是，」對方回道，「莎拉，她很完美……但四肢末端泛藍，顯然是發紺的症狀，我們會竭盡一切努力搶治。」

23

當米夏閉上雙眼的時候，依然可以回憶早年歲月的微光。在那朦朧的世界之中，她可以深呼吸，嗅入焚木爆裂與沙漠塵土的氣味。四周的人都在談笑歌唱，會有大手幫助她的小手托住甜牛奶與果汁的瓶身。有人會抱著她，搖啊搖，帶著她蹦蹦跳跳，碰啊碰。他們告訴她許多故事，撫摸她的髮絲。以木頭、布料、羽毛做成的那些娃娃，在空中飛舞。

「媽媽，」她說道，「媽媽……」她說出口的第一個字詞。

米夏從來不孤單，她身邊一定有人，莎拉媽媽一直陪在她身邊。

米夏有個爸爸叫詹姆斯，有個媽媽叫莎拉。她有一個大家庭，大部分的成員都住在由泥巴、木材、石頭為材，盤踞在某個台地上方的屋子裡面。

她家中最年老的人是「女祖」。「女祖」最大的兒子是威廉舅舅，他胸膛很壯，有曬黑的肌膚，整齊後梳的深棕髮色馬尾。有時候，會有一個名叫理查的男人過來，他會與威廉一起出去「探勘」。至於其他時候，威廉舅舅都待在自己的田裡，忙著牧羊或是種植玉米。艾蒂生舅舅是醫生，身材比較瘦高。他戴著黑框眼鏡，一頭深色頭髮總是剪得超短。每天早上，他都會開著自己的卡車上路，前往自己的醫院，他在那裡會穿白袍，拿著筆記本。她的兩個舅舅都有自己的小孩，有些甚至還生了自己的下一代，但是，米夏卻沒有兄弟姊妹。

「我為什麼沒有哥哥？」她問過這問題，「為什麼沒有姊姊？」

「妳有許多的兄弟姊妹，」媽媽說道，「但我們只找到妳而已。」

「你們有繼續找嗎？」

「有，我們一直在找。」

媽媽與爸爸睡在艾蒂生舅舅醫院的某間特殊病房，那裡有玻璃門，還有一個會發出巨大噪音的風扇。只要媽媽與爸爸到了戶外，他們就會戴上醜陋的面罩——他們說，那是為了保護他們的肺，以免受到空氣的侵害。那種面罩讓她想到了在霍皮族舉行儀典時跳舞的那些男人，當他們從台地裡的「女祖」屋內出來的時候，整個面孔都蓋住了，神秘兮兮。

米夏問道：「為什麼『女祖』要住在地下層？」

「那不是她真正的家，」媽媽說道，「那是她的大地穴，重大事件要發生的時候，她就會去那裡。」

「但接下來會發生什麼事？」

她母親露出微笑，「要向『女祖』多學習，」她教導米夏，「要仔細聆聽她說的話。有時候，表面上她說這個，其實想要傳達的卻是別的意思。」

「女祖」講出了可怕的故事——三〇年代的可怕水源戰爭，以及野生動物曾被關籠的動物園。但她也有講出美好的故事——能夠承載數百人的巨大飛行器飛過天空、會自動駕駛的車輛，還有透過綁在手臂上的小型機械裝置發送的照片。

米夏說道：「這一切妳都看過！」

「我看過了許多事物，」女祖說道，「不過，我還在等著看某個東西。」

「什麼？」

「我一直做的那個夢，」女祖說道，「『銀色神靈』。」

「『神靈』？」

「她們是妳這個世代的媽媽。等到她們回來找我們的時候，我就會去告訴我的丈夫。」

「妳有丈夫？他在哪裡？」

「女祖」回她：「他在台地區的另外一端等候……」

米夏沿著台地邊緣行走，俯視想必是「女祖」丈夫正在等待的那個地點。不過，一如往常，她只看到一坨模糊的色塊。媽媽說這與她出生時血氧不足有關——她的雙眼混濁，後來沒有辦法正常成長。對於遙遠下方的家鄉地標，她只能在心中幻想而已，那是美麗織毯裡的某個圖案。

不過，她可以聽到乾燥的風，穿透在高空盤旋的老鷹羽毛時的窸窣聲響。她還可以聽到古老靈魂的聲音，宛若從岩石隙縫中冒出的縷縷輕煙。她在心中幻想是死神也是上層主宰的瑪索烏，可怕的五官扭曲成了和善微笑。她還幻想睿智的「蜘蛛女祖」，正在斥責她兩個拿著納霍耶達達奇亞棍子與鹿皮球嬉鬧的孫子。她蹲在某個懸崖附近，可以感覺到威廉舅舅曾經告訴過她的「女祖」丈夫的那一塊特殊地點，特別以羽毛帕霍祈禱棍圍起來的巢窩。她傾身，盡量懸在崖外——

希望可以聽到「女祖」丈夫的聲音。

他的話語從他坐的地方飄升上來，「米夏，」他低聲說道，「要等待『銀色神靈』。」

但是她一直看不到他。

✦

米夏逐漸長大，媽媽與爸爸帶她前往洛斯阿拉莫斯的頻率越來越高，那是一棟有大片窗戶的巨大建物。他們說，那是一個健康的地方。不過，非常遠。要到達那裡，他們必須搭乘一種名叫運輸器的飛機。米夏在洛斯阿拉莫斯有一個專屬的地方，某面牆有小窗、其他牆面是彩色圖畫的房間，裡面還有一張柔軟的床。要是她表現良好，就可以在爸爸與魯迪叔叔的實驗室玩扮演科學家的遊戲。她也會在坎卓拉阿姨的電腦玩遊戲，鼻子緊貼光亮的螢幕。不過，她很怕保羅．麥克唐納，大家稱之為麥克的那名高個子男人——他總是不知道從哪裡冒出來，就像鬼一樣。「他只是害羞而已，」媽媽說道，「不習慣與小孩相處。」

某一天，米夏發現媽媽與爸爸想要永遠待在洛斯阿拉莫斯。「抱歉，米夏，」媽媽說道，「我已經沒辦法呼吸台地區的空氣了，就算帶著我的呼吸器也一樣。」

「妳的口罩？」

「對，就連戴我的口罩也一樣，而且我們在洛斯阿拉莫斯還有工作得要完成，」媽媽把手放在米夏的頭頂，「如果妳想的話，可以自己待在台地區。」

米夏不想。爸爸媽媽在的地方，才是她的家。不過，過了一陣子之後，她感覺不太對勁。每一天，他們都慢慢把她推得越來越遠。關上的房門、低聲交談、在沒有媽媽的狀況下用餐。「抱歉，」爸爸說道，「但妳不該一直和我們待在這裡，妳屬於有陽光的外在世界，和朋友們在一起。」

她以前是這樣嗎？

她回到台地區，與威廉舅舅還有洛列塔舅媽住在一起。她與他們的孫子一起玩耍，博爾提與小小霍諾威。她學會了編織平籃，也知道怎麼做媽媽超愛的藍色玉米蛋糕。她想念媽媽和爸爸，但她必須接受事實——現在狀況不一樣了。

✦

就在米夏過了八歲生日之後，媽媽與爸爸來看她。媽媽挨得很近，但她的臉龐只是一團蒼白糊影。米夏覺得有一股悲傷的感覺，但是媽媽並非帶著悲傷消息而來，她說道：「我們要給妳新的眼睛……」

「妳現在是個大女孩了，」爸爸說道，「需要動手術，但我們覺得妳現在已經準備好了。」

媽媽親吻她的額頭，米夏聞到了她長髮的潔淨香皂氣味。

「不過，我為什麼需要新的眼睛？」米夏問道，「我的視力夠用了。」

媽媽說道，「有了新的眼睛之後，妳就可以看到一切，目光和老鷹一樣銳利。」

「萬一我的新眼睛不管用呢？」

「一定沒問題，」爸爸說道，「我保證。」

米夏的目光在父母之間飄移。當艾蒂生舅舅走到他們後面的時候，她其實只能看到他眼鏡的黑框而已。

「好吧，」她說道，「我會努力。」

不過，當她在手術結束後醒來，眼睛卻被什麼東西給貼住了。她睜開雙眼，卻只看到一團灰影。她發出哀嘆，手術是不是失敗了？

「米夏，妳醒了嗎？」是爸爸的聲音，他握住她的手。「親愛的，怎麼樣？會不會痛？」

「媽媽在哪裡？」

「現在她不在這裡，之後她會回來。」

「他們修好了我的眼睛嗎？我看不到。」

「妳的眼睛貼了紗布，現在還不能睜開，它們需要時間適應妳的腦袋。」爸爸發出咯咯笑聲，米夏也大笑。「我親愛的小米夏，」他說道，「我的勇敢小戰士。」

不過，米夏並不覺得自己勇敢。她緊抓爸爸的手，不希望他再次離開。而且，她想要媽媽。

「媽媽什麼時候會回來？」

爸爸並沒有立刻回應。而當他開口的時候，聲音聽起來比之前更為虛弱。「她也需要動手術。」

「眼科手術嗎？」

「不，是為了她的肺，幫助她呼吸可以更加順暢。」

「這樣她就不需要戴面罩了？」

「我想還是需要，再看看吧。反正，現在她逐漸康復中。等到我們拿掉妳的紗布之後，我就可以帶她去找妳。」

不過，米夏足足等了兩天兩夜，才發覺有人伸出手指溫柔地拆除了她的多層長繃帶。灰階轉為白色，然後……彩色。亮麗，銳利，太銳利了。她緊閉雙眼，「哎呀！」

「好，」爸爸說道，「戴上這個。」她舉起雙手，發覺他把墨鏡滑向她耳上的位置。「這只是為妳阻擋一點光。等到妳的腦袋可以為妳擋光的時候，妳就再也不需要墨鏡了。」

她睜開雙眼，父親的臉龐變得清晰。面罩蓋住了他的耳鼻，但是她可以看到他的雙眼，還有眼下的明顯皺紋與眼凹，還有他蒼白雙頰佈滿鬍碴的粗糙皮膚的每一個毛孔。在房間的另外一頭，她可以看到某扇窗戶，明亮陽光透窗而入，光線照到了閃亮金屬桌面上的某個水罐，發出了閃光。一切都有角度、尖頭，還有粗糙邊緣。好痛苦……她猛吞口水。

「我懂，」她爸爸說道，「需要花一些時間才能適應。」

「我們現在可以去看媽媽了嗎？」米夏低聲說道，「我準備好了。」

「她在睡覺，」爸爸說道，「艾蒂生醫師現在得要檢查妳的眼睛，等到媽媽一醒來，我會馬上告訴妳。」

幾個小時過去了，米夏一直坐在那裡翻閱故事書，將那些字母——現在成了有銳利邊角的形狀——與媽媽辛苦教她的那些簡單字句兜在一起。爸爸終於回來了，他說道：「現在媽媽醒了……」米夏緊緊握住爸爸的手，走過燈光昏暗的長廊，到達媽媽與爸爸住的那間特殊病房。艾蒂生舅舅開了門，他們走進去的時候，冷風朝他們席捲而來。

「我們竭盡一切努力……」艾蒂生舅舅壓低聲音對爸爸說道，「她現在比較舒服了。」

米夏側頭。他們以為她聽不見他們的對話，她可以。這是她一直沒說出口的秘密——她可以聽到別人聽不見的聲音，她可以明瞭自己不該知道的那些事，這是她的超能力。

她慢慢走向媽媽的帳篷。這真的就是個帳篷——就像是她與博爾提與霍諾威在清冷星夜露營時的一樣。只不過，這頂帳篷的兩側是可以看到裡面的透明材質，而且內側表面佈滿了水珠。她認出裡面的媽媽的病床，不是很清楚，比較像是她動眼部手術之前的景象——柔和又朦朧。

「媽媽？」

「快進來，」是媽媽的聲音，「讓我好好看看妳。」

米夏回頭看她爸爸，他脫掉了面罩，她看到了他的鼻子，又長又細，還有圍繞在他狹長臉龐的皺紋，以及佔滿下巴底部的豆形深色胎記。他點點頭，沒問題。

她小心翼翼，拉開帳篷側邊的拉鍊，開口大小正好可以讓她鑽進去坐在病床上，與母親在一起。等到她拉上拉鍊的時候，裡面就只有她們兩人而已。空氣潮濕，但卻很溫暖。她發覺母親伸出手臂摟住她，而她望向母親的臉龐——高顴骨、豐唇、雙眼深邃如潭。「我看見妳了，媽媽，」她說道，「妳好漂亮。」

「我也看得到妳啊，」她母親說道，「妳比我更漂亮。」

媽媽再也沒有離開她的帳篷。爸爸陪伴著她，睡在特殊房間的某張病床。米夏每天早上都走過那道長廊，與他們坐在一起。

然後，某一天，就在第一批太陽碎光刺穿窗戶之前，艾蒂生舅舅找她過去那裡。在媽媽的房間裡，爸爸正在等待，還有魯迪叔叔，甚至麥克叔叔也在那裡，「女祖」坐在角落的某張小椅子裡面。

米夏問道：「媽媽在哪裡？」

「女祖」回答米夏：「她與我的丈夫在一起等待……」

米夏站在那裡，雙手緊握成拳。無論她怎麼努力，她就是從來沒有看過「女祖」的丈夫，她根本不確定自己新眼睛的視力是否足以找到他。

現在，媽媽也在那裡，待在她一直沒有辦法看到的那個地方。

24

二〇六二年六月

詹姆斯待在他與莎拉位於洛斯阿拉莫斯基地的狹小房間，坐在他與莎拉共用的那張床，他凝視窗外那一排標示帕傑里托路的松樹。他後方的皺巴巴床被依然還有莎拉柔軟的身體印痕，還有她的香味。他還記得就在九年前，當他第一次把她帶來這裡時的情景。他在照顧她，不斷為她施用解毒劑，向他從來不信的上帝不斷禱告。

莎拉活下來了，失去了自己的孩子，但又得到了另一個以米夏為形的孩子。而且，在這些寶貴歲月中，她給了他自己從來不敢想望的生活，充滿愛與熱情的人生，他們成了一家人。

現在，她已經離世了。

透過佈滿條紋狀髒污的窗戶，詹姆斯掃視外頭。現在莎拉留給他的只是第二塊墓碑，立在他們的小兒子旁邊。他失去了他一生摯愛，但他失去的不僅止於此。

對他，還有在洛斯阿拉莫斯的每一個人來說，再也沒有希望了，大家都在劫難逃。

其實他知情已經有一陣子了。多年前就出現問題，在米夏只有四歲的時候——他們發覺對莎拉來說，光是靠吸入器已經不敷使用。在艾蒂生的幫助之下，他與魯迪在霍皮族的博拉卡醫療中心的某間治療室，建立了一套肺部灌洗系統。莎拉打了鎮定劑，躺在那裡，這套機器就會將治療水霧噴入她的肺部，受到感染的老舊細胞會被抽離。這種新鮮的基底組織浸滿了充滿 C-343 解毒劑的液體，造就出某種得以對抗 IC-NAN 的「煥然一新」表皮細胞。接受這種治療之後，莎拉的確有了更多元氣。不過，至於那種吸入器，最後證明了這只是一種微妙平衡——而不是解藥。

最後，不斷的灌洗讓她的身體越來越衰弱，溫柔聲音變成了粗嘎低語，莎拉覺得有必要得疏遠他們的小女兒。「我不希望米夏看到我這個樣子，」她當時是這麼說的，「不可以讓她記得我這種樣子。」詹姆斯很清楚這個故事，莎拉在很小的時候就失去了母親，她懂得之後留下的傷疤，目睹自己一度以為會永生不朽的摯愛逐漸凋零的那種痛苦。

詹姆斯曾經向她承諾，「我們要準備動移植手術……」他與魯迪小心翼翼地喚醒了在冷凍狀態下的珍貴霍皮族人幹細胞。當他們在博拉卡完成建置照護系統的時候，莎拉自己也決定要投身最後一項計畫：把自己的視力送給米夏。

在加州理工學院那場最後的決定性會議當中，也就是莎拉嚴重感染 IC-NAN 的場所，她知道了某種無縫視網膜移植方法，已經進入了臨床實驗階段。與老舊移植手術有關的玻璃鏡片攝影機以及笨重的影訊處理元件已經全部消失。整套系統，包括了將會取代米夏受損視網膜的獨特生物感測器，已經縮小到可供進行移植的尺寸。在莎拉的要求之下，麥克與威廉飛到了帕薩迪納，取得了必要的硬體、軟體，以及完成手術的基本知識。莎拉向詹姆斯保證，如有必要，也可以逆向轉換。但他們兩人都期盼一定成功。在充滿危險的世界裡，視力是一種值得被珍惜的禮物。

米夏的手術果然很成功。一開始的時候，並不是很篤定，她的腦袋還不適應這種刺激性的感測器植入，花了一些時間才找到定感。不過，到了最後，她卻如花盛開——本來就個性好奇的她，出現了一個甚至更令人驚嘆的全新版本，彷彿破繭而出。

莎拉就沒有這麼幸運了。幹細胞實驗失敗，新的細胞拒絕在她飽受摧殘的肺部生根茁壯。在氧氣帳篷的濕潤空氣之中，詹姆斯緊緊抱著她。

「詹姆斯，千萬不要覺得遺憾，」她低聲說道，「我並沒有這麼覺得。」她伸出柔軟的手，撫摸他的手臂。「你要好好照顧米夏，還要找到其他的孩子。」

詹姆斯搓揉雙眼。他一直不忍心告訴她有關自己早就發現的一切。多年來，他只要一到戶外，一定戴上呼吸器面罩，還會穿上笨重的塑膠防護裝。他之前告訴莎拉，這所有作為都只是「以防萬一」。但他其實很清楚。日子一天天過去，他自己肺部基底的咯咯聲響越來越嚴重，他再也不能否認惱人的咳聲，還有拚命呼吸的失眠之夜。而且，他再也不能把莎拉的孱弱與將軍經常生病歸咎於他們先前曾經暴露在環境之中。他必須要面對事實：洛斯阿拉莫斯的倖存者依然會是IC-NAN的受害者。雖然解毒劑成功改變了表皮細胞，但是他們頑固的肺部幹細胞與祖細胞依然在持續分裂，製造出容易遭受感染的新細胞。而莎拉的狀況也將會出現在每一個人的身上——只是比較緩慢而已。

他的目光飄向了床邊桌的某個小石頭。黑色平面上有三個白色竹竿人——其中一個很高，一個中等，另一個很小，下方還有寫字，「爸爸，媽媽，米夏」。從許多方面看來，他在米夏身上想到了莎拉。莎拉，勇敢的她，雖然可能會危及自己的健康，還是在霍皮族的台地區度過這些年的珍貴歲月；莎拉，偉大的她，最後，將這份視力大禮送給了米夏。但是他現在可以給米夏什麼？他還能留下什麼她可能需要的部分？

有人敲門。他轉身，是魯迪，曾經相當能幹的那雙手，如今卻得要抓住門框尋求支撐。他幾乎已經認不出這是他的老友，臉色慘白，眼眶泛紅。「詹姆斯，」魯迪說道，「有人打衛星電話進來……」

「是誰？」

「是米夏。」

詹姆斯轉身面窗，喉頭哽住了。「告訴她……」他說道，「現在不方便。」

魯迪靜靜望著他，開口問道：「你的意思是你不想和她講話？」

詹姆斯想起了十多年前的光景——當時他與魯迪依然青春健康，在合住的公寓裡享受豬肉墨西哥粽的單純美好，當時的他們依然懷抱著希望。

「謝謝你，魯迪，」他說道，「我會回電給她。」

魯迪點點頭，以西語說道：「我明白了，」然後又補了一句：「我會轉告她。」

25

二〇六五年六月

米夏過了好一陣子才知道，她依然叫他爹地的那個男人，只有偶爾在醫院接受治療的少數時刻才會回到台地區。只要她想要，隨時可以前往洛斯阿拉莫斯探望他。她常常去，通常會有送食物過去的威廉舅舅陪伴她，而她會待在自己的小房間裡過夜，向坎卓拉阿姨學習電腦，從詹姆斯與魯迪叔叔那裡學習生物學。而三年過去了，她的腦袋已經適應了莎拉與詹姆斯送給她的眼睛，她更仔細檢視自己曾經聽過的所有故事，更加好奇自己的出身。

「妳的母體的功能出現障礙，」威廉舅舅告訴她，「但是我們想辦法把妳救活了。」

「當我們發現妳的時候，」詹姆斯說道，「妳就像是天賜的禮物一樣。」

從他們回述某個無法存活下來照顧她的機器人母體的故事、「女祖」提到的「銀色神靈」，以及她身邊其他大人似乎願意分享的小小片段，她逐漸拼湊出全貌。她真正的母親就是這些神靈之一，而威廉與理查一直在努力找尋其他類似她母體的機器人——依然住在沙漠之中，而且帶著自己的孩子——也就是她的兄弟姊妹。

她十一歲——她覺得自己的年紀也夠大了——可以參與搜尋。不過威廉舅舅堅持太危險了。

「我們常常找了好幾天，一無所獲，」他說道，「而且，當我們找到她們的時候，她們會對我們開槍。」

「朝你們射擊？怎麼會這樣？為什麼？」

「她們有雷射槍。不過，我們必須要了解，這些母體神靈只是為了要保護她們的孩子，她們無法知道我們並沒有傷人的意思。」

不過，米夏很堅持，她們絕對不會朝她開槍。她與坎卓拉在一起，窩在黑漆漆的實驗室裡面，她在搜尋關鍵字，電腦不斷發出叮叮咚咚聲響，帶出了坎卓拉先前解釋過的機器人學習資料庫畫面。她開始想像自己是沙漠裡的小孩，向那些威力無窮的神秘母體學習的情景。她仔細爬梳那些被帶回洛斯阿拉莫斯，讓麥克詳細檢查的碎骸——履帶、巨大的手臂，還有爸爸告訴她當初媽媽所設計的柔軟之手。她摸到了嵌在自己額頭裡的那塊晶片，莎拉總是告訴她，這是讓她變成了獨特之人的印記。這些母體、這些銀色神靈……她屬於她們，她們的孩子是她的歸屬。

然後，今天一大早，某名探勘小組的成員來到威廉家，講出自己看到了某個有神奇之名的地方——「巨梯」。她在醫院停車場等待，看著威廉與理查把補給品放入理查的運輸器，然後，她偷偷鑽進了運輸器的後門，挨在兩箱水瓶的中間。她窩在自己躲藏的地方，只能從側窗看到他們起飛，朝北方翱翔而去。

運輸器引擎的規律聲動，還有空氣濾清系統在穩定嘶嘶作響，讓她覺得好睏，她一直努力驅趕睡意，終於，她感受到氣壓的變化，下降的時候讓她胃部一陣翻攪。轟然一聲，運輸器降落。

當威廉舅舅打開側門時，她屏住呼吸。當他把水箱搬到外面時，她又往後挪移，找到了後方空間的某條疊好的毯子，躲在下面。當門重重關上的時候，她幾乎已經聽不見威廉在外頭講話的聲音。

他大喊：「我們去檢查峽谷區……」

他看到了理查，奮力戴上面罩，從駕駛員那一側的門爬了出去。

然後，一片沉靜。

米夏從她的躲藏處悄悄爬出來，然後鑽出門外，站在地面，雙腳陷落在細沙壕溝裡面。她可以看到那兩個人朝前方的某座深峽谷走去。

威廉步履穩健，而理查則是他一貫的跛行姿勢。她小心翼翼躲在運輸器後面，然後又匆匆奔向左邊，就是不想被他們看到。她奔向峽谷邊緣的某個大石後方，這樣一來就不會被發現了。

她往下張望，看到了東西——兩個在閃動的機器人。她緊盯不放，其中一個機器人的側門開了，米夏不敢呼吸。有一個女孩出現了，細瘦身軀裹著一條破爛毛毯，當她從機器人履帶往下爬、準備要落地的時候，光滑黑髮蓋住了她的臉龐。米夏盯著那女孩，她準備走向峽谷遠端，然後，隨即消失在某塊淡紅色石塊突懸處的凹陷隱蔽處。她窩在自己的小小穴洞中，覺得看到了一隻強壯的手臂伸出來，扶穩那個小女孩……

突然之間，地面在晃搖。一陣狂風襲來，害她一陣呼吸困難，而且空氣中佈滿粉塵。過了一會兒之後，等到空氣恢復清透，她才驚覺那女孩的機器人已經不在下面了。

她的目光立刻上飄。金屬腿、手臂、巨大的軀殼，巨大身影距離她只有幾公尺而已。這……這東西……也回視著她。雖然它沒有臉，沒有眼睛，但她確定它正盯著她，等待。她專心聆聽，但並沒有聽到任何聲音。

也不知道為什麼，她並不害怕。她看到了太陽在空無一物的保護罩的透明窗戶發出了閃光，想必這就是黑髮女孩最近的棲居之地。她也看到了莎拉所設計的柔軟內手。現在的她，一心只有敬畏，深深的讚嘆。她的母體，曾經在沙漠生下她的那一個……她的母體也曾經是她們其中的一員。

但是，咒語魔力消失了。母體轉身，她的注意力定焦在衝向運輸器的那兩個男人。母體朝他們的方向走了兩步，底下的地面也開始跟著碎裂，然後，連接她身體右臂的某處，發出了恐怖的激烈旋動。米夏回神，趕緊奔回運輸器，就在他們關上前門的時候，她正好鑽入了後門。就在她的窗外，有東西擊中地面，當理查發動引擎準備讓運輸機離地升空時，出現了一陣眩目閃光。米夏的胃翻升到了喉嚨，她猛力吞嚥。過沒多久之後，他們升空了。

「……差一點！」威廉的聲音從副座傳來，「你看到了幾個？」

「就只有兩個……」理查依然戴著遮住口鼻的面罩，嘶啞的聲音透了出來。「包括了後來追我們的那一個，小女孩的母體。」

「這是開端，」威廉說道，「我們留了足夠的水，可以撐一陣子，希望他們可以留在原地。這些沙塵暴不斷來襲，最好是留在峽谷，不要上來。」

米夏窩在熱呼呼的羊毛毯裡面，努力穩定自己的吐納。她心臟狂跳，面露微笑。終於，她看到她們了，那些孩子，在她原本的居住之地過生活。而且她的判斷無誤，雖然其他人可能會害怕「銀色神靈」，但是，在他們的世界之中，她的歸屬之中，她們永遠不會傷害她。

詹姆斯站在電腦實驗室的門口，凝望窩在電腦前的坎卓拉。對於坎卓拉到底在做什麼，他已經放下了自己的好奇心，反而每天早上都會重複她教導他的那一段箴言。「只需要努力往前走就是了，」她當初是這麼說的，「直到你再也走不動為止。」然後，她露出燦笑，在共處的這些年當中，他已經很熟悉那種苦笑神情了。

詹姆斯知道，坦然接受必死之命運，將會產生力量。他覺得，雖然也許不知道什麼時候會死去，但是卻明瞭自己的死因，這也是一種慰藉。而且，他努力實踐自己對莎拉的承諾——為第五代竭盡一切努力，他也從中找到了全新的目標。

自從將它們發射出去之後，找尋它們的定位一直很困難。而且，自從超過了六年的時間點之後，親眼目擊的機會變得越來越稀少，因為每一個母體都有內建的「計時器」，到了這個時間點，軟體會告訴她們必須要前往某個未曾具體說明的地點。不過，現在狀況發生了變化，霍皮族的探勘小組開始發現了存活的第五代機器人的紮營痕跡，小孩子三三兩兩成群結伴。他們的母體們處於高度警戒狀態，沒有人敢靠近。不過，某些小孩已經找到了彼此，這一點就足夠令人振奮的了。

更重要的是，第五代機器人似乎終於不再晃遊。但不幸的是，麥克發現了這種全新行為態度的可怕原因。在二〇年代，美國西部的沙漠，包括了猶他州東北部、卡羅萊納州西部，以及懷俄明州、蒙大那州、達科塔州的北部區域，一直是小型油業公司聯合財團與推動再生能源州政府之間的衝突焦點。商人們主張，根據先前的協議，他們對於這些土地擁有完全不受限的壓裂與鑽油權。州政府贏了，而就在這個時候，到了三〇年代末期，汽油的價格已經低到不行，這些公司已經發現繼續吵下去也毫無任何價值。而問題就在於完全沒有人支付清理這些油田所需要的經費。經過了連年大旱，還有更加激烈的法律戰，這些廢棄地點在陽光炙烤之下，受到污染的廣大範圍已經無法維繫植物生命。現在，根據麥克雷達掃描的證據，來自加拿大的高壓系統正在對猶他州推送陣陣強風。它們在東南區的峽谷咆哮而過，帶來了巨大的塵雲，想必大多為有毒物質，朝他們直撲而來。雖然在二〇年代的吹哨者可能已經看到了問題，但是這種「全新沙塵暴」卻是史無前例。而且，麥克也看不到會有結束的那一天。第五代機器人不久之後就會被癱瘓，她們的引擎與過濾系統就會阻塞，她們將再也無法保護自己的孩子。

麥克曾經說過：「妳也看到了理查找到的最後一個所遇到的慘況。」

坎卓拉眼眶盈滿淚水，「他們找到了那孩子嗎？」

麥克怯生生看著她，「我實在不忍告訴妳，」他說道，「他們發現她窩在某個洞穴裡，在睡夢中死亡。」

魯迪發出低聲哀鳴，他流露堅定目光，望向詹姆斯。「我們得要想辦法讓這些孩子到達更安全的地方……」

坎卓拉說道：「也就是說，要讓他們的母體帶他們到達那裡……」她已經竭盡一切努力，日以繼夜搜尋先前被忽略的程式零碎片段，希望可以找到解決方案的線索。詹姆斯與魯迪也已經花了許多時間爬梳程式筆記的大批文件資料，但一無所獲。「如果真的有解方的話，」坎卓拉說道，「一定是洛斯阿拉莫斯沒有權限取得的資料。」

有關IC-NAN與「新曙光」計畫資訊的中央儲存庫，本來是放在馬里蘭州的貝賽斯達的某個安全伺服器儲藏所。然而，在那一場針對華盛頓特區的連番轟炸，這個儲藏所也遭到摧毀。不過，就在駭客網路攻擊的那一場會報，也就是轟炸與全球大流行疾病開始的幾個小時之前，坎卓拉知道了在北達科塔州有一處鏡錄站。它位於一處被稱之為「惡土」，名稱恰如其分的嚴困地區，那裡完全不可能從事真正的農業，但是地底卻有許多伺服器農場，蘭利的「新曙光」計畫檔案也有備份。需要冷卻農場的電力早在許久之前就消失了，這些伺服器都遭到關閉。在冬日冰雪與夏日的炙陽之下，這些位元陷入沉睡狀態。坎卓拉知道她所需要的伺服器位址，但是她需要取回，需要喚醒它，然後必須駭入。

理查與威廉已經完成了第一部分，他們搭乘運輸器，繞過了沙塵暴，然後直接衝進去。農場的警衛與警報系統早已死滅多時，所以只是闖入與進入的簡單任務而已。他們從伺服器取出了硬碟，將它安全帶回到洛斯阿拉莫斯。坎卓拉輕輕鬆鬆將它植入她的電腦系統之內，麻煩的是駭入資料庫。不過，她的努力終於得到了報償，昨天深夜，她找到了進入的方法。

詹姆斯走入了實驗室，「坎卓拉？魯迪說妳有新發現？」

「詹姆斯，」坎卓拉說道，「我覺得你應該要先看看這個。」

「妳找到召回她們的方法了嗎？」

「還沒有，」坎卓拉回道，「但是我的確有了其他的發現。首先，這些人類生母的身分，還有她們的機器人名字編號。」

詹姆斯瞇眼，盯著坎卓拉螢幕上的那一排排文字。「我以為那些是機密資料。」

「只要與我們的政府有關，就連最機密的資料也都有建檔文件，」坎卓拉微笑，「而且還有一些資料，你可能會有興趣。」

「我會有興趣？」

「根據蘿希．邁可布萊德的面談結果，她做出了某個特殊決定，她挑選了其中一名捐卵者提供兩顆卵子進行受精。蘿希有強烈預感，這名女子會比其他人更有機會產下能夠存活的孩子。」

「我不知道邁可布萊德上尉對於生物學有研究……這女子是誰？」

「她名叫諾娃．蘇斯奎特瓦。」

「蘇斯奎特瓦？」

「她是戰鬥飛行員。在敘利亞執行任務的時候殉職，就在全球大流行疾病之前的事。」

「她是……？」

「對，她是『女祖』的女兒。還有，詹姆斯……她是米夏的生母。」

詹姆斯斜靠在米夏的小書桌邊緣。他心中浮現了她的雙眼，莎拉給她的那雙眼睛——亮綠色的眼眸搭配淡褐色肌膚的那種情態，寬闊平坦的額頭，還有美麗的栗色頭髮。

坎卓拉傾身向前，她輕聲細語：「所以米夏其實屬於霍皮族。而且，她可能在某個地方還有兄弟姊妹。」

詹姆斯伸手撫住自己的胸口。霍皮族的母親，還有一個具有血緣關係的兄弟姊妹。但莎拉是米夏的媽媽，米夏是他的女兒……他閉上雙眼。他們從來沒有對米夏撒謊，他們曾經解釋莎拉並不是她的生母，他也不是她真正的父親——她是在沙漠的某個孵化器裡出生，這是一個很難令人理解的起源故事。不過，對於這個新消息，她又該如何面對？

他轉向坎卓拉，立刻脫口而出：「我不能告訴她這件事……」

「我知道不該讓米夏對第五代機器人抱持期盼。不過，難道不該讓她知道生母的事嗎？還有『女祖』呢？難道我們不該告訴她嗎？」

詹姆斯以指腹搓揉自己的太陽穴。難道他是個自私的人？難道米夏無權知道這些嗎？

但不行，還不可以。

除了對於這場全球大流行疾病的恐懼之外，他已經靠著與那段痛苦過往疏遠的方式，找到了慰藉。而當米夏進入他與莎拉的生活之中，他們一直小心雕琢她世界的故事的所有細節，就像是他們當初編出了那一套讓她信以為真的假眼說詞。

他開始懂了，雖然只有那麼一點點，保護孩子、不要被真相所傷害的父親之責——他只讓魯迪與坎卓拉教導米夏有關這個世界原本的運作，寧可讓她聽到「女祖」講述的神秘傳說，也不願意提到摧毀他們生活方式的仇恨與戰爭之殘酷現實。

他才正打算要與米夏重建溝通管道，告訴她有關他自己與洛斯阿拉莫斯其他人的真相。不過，因為戰爭而喪生的生母，有兄弟姊妹，但很可能已經死了——他並沒有準備說出這樣的事。

「我需要時間好好思考，」他說道，「我連我們是否該告訴『女祖』都不確定了……但要是她已經知情，其實我也不覺得有什麼好訝異的。」

坎卓拉對他微笑，「真希望她知道該怎麼盡快召回這些母體……」她面向螢幕，「還有一件你可能會感興趣的事。」

「嗯？」

「蘿希．邁可布萊德做出了另一個決定，她自己也是第五代的捐卵者之一。」

「我覺得這也不意外，」詹姆斯回道，「以她自己作為人格程式的原型，的確合情合理。」

「不過，可能會讓你嚇一大跳的其實是小孩的父親。」

「父親？這些父親都是匿名者。每一次的受精，我們使用的是數百人的不同精子，我們挑選的是存活率最高的胚胎……」

「蘿希的狀況不是如此，她有特殊的『植入者』。」

「她挑選了父親？」

「根據這些紀錄，她不肯接受其他選擇，蘿希自己訂下了規矩，她卵子的父親必須是理查．布列文斯。」

26

理查平躺路面，當他以笨拙姿態努力以手肘撐身的時候，他的泰維克防護衣落在下方，擠壓成一坨，他屏住呼吸，調整面罩位置戴上望遠鏡。

躺在他旁邊的威廉，粗棉襯衫與牛仔褲佈滿了灰塵結塊，方巾緊緊掩住口鼻，他伸手下指陡峭邊緣。「就在那裡。」

現在，目擊機器人已經變得越來越頻繁。他們數過了，至少有十五個，全都還活著。依然在這個荒涼的沙漠之中苟延殘喘。不過，這次看到的不一樣，探勘小組找到了柔－Z。

理查調整眼鏡焦距，努力對抗已經讓他開始深受其苦的老花問題，開始觀察左右。然後，他看到她們了。在寬闊窪地的某一端，側翼全都佈滿了淡灰色的粉塵，兩台機器人駐守在某個小洞穴的入口附近。

「看起來她們在這裡已經待了好一陣子，」威廉說道，「弄了一個小小的營地，但探勘小組說之前這裡有三個。」

其中一個機器人緩緩朝他的方向移動，她是不是偵測到他了？他調整重心，努力貼地。他覺得自己的義肢並沒有發出任何抱怨，不過他知道這並非好事。這種暈眩感，四肢末端開始無感——他以前也遇過這種狀況，顯示需要再次接受灌洗治療。

「沙塵暴，」他說道，「兩天前的那一場大型沙塵暴，看來他們似乎是撐下來了。不過麥克在衛星上面發現了一個更大的沙塵暴，而且後面還會不斷出現。」

威廉低聲說道：「這只是遲早的問題而已……」他面向理查，「我們得想辦法讓他們全部離開這裡。」

理查重新調整自己眼鏡的焦距。柔－Z在哪裡？「我猜第三個機器人也不可能跑太遠。也許去找水了？」突然之間，他瞄到了什麼，瘦小的孩子，一身曬得黝黑的肌膚，從最靠近洞穴入口的那個機器人爬下來。他問道：「有沒有看到那裡？」

「有，」威廉微笑，「不過，另一個機器人……她是你的，對嗎？」

理查瞇眼，找尋那個有亮黃色標記的第二個機器人。他心中湧起一股開心的釋然，他現在看到了——她右翼邊緣污點下方露出了一塊黃色條紋。「對，」他低聲說道，「我一直在找的那一個。」

他拚命想要保持冷靜，但是當柔－Z艙門打開，冒出某個小男孩的時候，他心跳都停了——跟他一樣有濃密的毛髮，而那種紅棕色就跟蘿希的一樣。男孩移動的姿態看起來很熟悉，雙臂在手肘處彎曲衝向地面的時候，姿勢有點過於前傾。男孩回頭望向他的母體，她朝他伸出強壯手臂，然後，她手臂後方的護套開啟。當她的柔軟內手出現，撫摸那男孩頭頂的時候，她的黃色圖案在陽光照耀之下閃閃發亮。

理查輕聲呼喚：「凱伊……」

「什麼？」

「如果是男孩，她希望叫他凱伊，這就是他的名字。」沙漠一片寂靜，理查的耳內只聽到自己的微弱脈搏。他閉上雙眼，想像那種人生的可能畫面——在鄉下買一間房，有妻有子……他聽到了蘿希的聲音，安穩躺在他的臂彎裡面，她對他柔聲細語，就在他失去她的前一晚。

「迪翠克答應我們的要求了嗎？」

「沒問題。但要是受精不順利，他們可以在得到我的允許之後，使用另一名捐精者的精子。」

「我不想要另一個捐精者。」

「可是，蘿希，我希望妳有寶寶。」

他望著那男孩把某個東西送到了嘴邊——某個水瓶。他有水，但當然這是一定的，他很聰明，就像他母親一樣；懂得應變，就像他父親一樣。他的兒子，這是他的兒子，現在他對這一點十分確定。理查忍不住，一滴清淚從臉頰落下，他移開了望遠鏡，他多麼渴望蘿希能夠在這裡……

蘿希？他轉頭，在背後的路面找尋她的蹤影。她不在那裡。不過他記得她的聲音——焦急，哀求，當他們坐在布蘭肯席普五角大廈狹小辦公室的時候，她緊盯他不放，將軍，我們需要「黑色警戒」的歸返座標……

理查翻身仰面，緊緊閉上雙眼，他好盼望能夠再次聽到她的聲音。她有多少次拚命想要對他解釋，但他就是太過煩躁或固執而聽不下去？就連她在慌亂情況之下的最後的遺言，他也記不清了。他沉浸過往，努力回想……

然後，他聽到了她的話，在蘭利地堡的呼喊：我知道我沒有遵守程序，特殊規定……

他張開雙眼，抬望充滿珍珠光澤的天空。蘿希，是不是在最後做出了未經授權的事？她在絕望至極的狀況下，也許已經直接行動，自行插入了座標？但要是她真的這麼做的話，為什麼這些母體還沒有歸返？告訴坎卓拉……坎卓拉已經拚命東翻西找尋求解答，她全都找遍了，只剩下……

「我想到了，」他說道，「也許蘿希可以幫忙。」

「蘿希？可是……」

「我得去舊金山。」

在運輸器駕駛艙的濾清空氣環境之中，理查摘掉了面罩。這一台運輸器就與那些機器人一樣，可以飛行到一萬英尺或更低的高度，飛掠群山頂峰，朝低谷俯衝而去。在三〇年代的時候，這種邪惡的三槳葉拍擊聲，成了美國介入以色列水源戰爭以及之後在印度與巴基斯坦交界紛爭時代，眾人相當熟知的標記。不過，他今天的任務很平和。今天，他飛得高，正好掠過雲層。他伸手撫摸未刮鬍的下巴，望向曾經是偉大城市的舊金山的閃亮高樓大廈，宛若船桅一樣穿霧挺升。他心中浮現了曾在這裡蓬勃活躍，如今卻全然消亡的生活。

坐在他右側座位熟睡中的威廉，是他唯一的乘客。他的摩托車佔據了後面貨艙空間的中段位置，周邊放有一箱軍糧、六十五加侖的新鮮桶裝水、他面罩的濾罐，還有幾支備品電話。這些補給品都是為了「以防萬一」，這將會是一場精確攻擊。

他們刻意避開程式，飛過灣區，最後以軟著陸的方式降落在克里西菲爾德園區，茂盛的沼澤雜草幾乎完全掩蓋了他們的飛行器。太陽的暗黃餘暉，透過濃重霧氣，在附近機庫的破舊紅色屋頂發出了亮光。理查打開駕駛座的燈，在地板四處摸索，找到了他的步槍。他把槍揹在後頭，檢查口袋裡的吸入器，然後是坎卓拉交給他的小型長方狀外接式儲藏硬碟。他戴上自己的濾毒面罩，扣好義肢，打開了飛行員那一側的門，起身下機，站在濕答答的泥地中。

威廉搓揉雙眼，低頭看著他。「我們到了？」

「對。」

在威廉的幫助之下，理查開啟了後艙門，啟動斜坡板，移出他的摩托車。當他坐上摩托車的時候，他努力深呼吸，吸入這孱弱肺部與面罩能夠提供他的極限。他感受到那股熟悉的虛軟，手腳的刺癢感覺，悄悄蔓延的精神錯亂。當初他應該要接受艾蒂生的哀求，在冒險前來這裡之前接受灌洗。不過，對於沙漠裡的那些孩子來說，時間已經不多了。凱伊在那裡，要是普雷西迪奧的那些檔案能夠提供任何線索，召回他們……那麼他當然沒有擔憂自己的時間。

冰冷海霧鑽入他的外套裡，沾濕了他的皮膚。他想到了蘿希，她好愛這樣的濃霧……他說道：「上來吧。」

理查加速，前往林肯大道，一路南行。他在自己右側某處佈滿殘株的原野之中，看到一隻長了疥癬的狗在四處尋找食物。說來諷刺，人類曾經對於破壞野生棲地憂心不已，現在，這些未受IC-NAN侵擾的「次要物種」，反而在人類之前控制的區域大量繁殖，已經到了失控的地步。他在沙漠裡遇到的兔子與郊狼算是夠膽小的了，不過，之前的寵物狗貓繁衍的後代，瘋狂又飢腸轆轆，加州丘陵的山獅與熊在四處覓食，恐怕是更可怕的威脅。

他們右轉，經過了一大排被木板封死的房子，正前方就是普雷西迪奧學會。

理查還可以看到基地成員經常在跑壘的那個小棒球場，還有如今已經是雜草茂盛，但之前大家會在那裡野餐與放風箏的草坪。位於「使命復興」建築風格基地二樓的蘿希辦公室窗戶，可以俯瞰一切，與其他學會的建物相比，這裡更能看到一覽無遺的景色。理查掃視他們一片漆黑的窗戶，不禁全身顫抖，如果還有人類遺骸的話，應該就是在這裡吧。他緩緩繞過草坪，把車停在基地門口。威廉揹起剛才綁在機車後座的步槍，跟在理查後面，登上通往主門的水泥台階。

大門懸晃，門廳地板佈滿了帶有砂礫的灰塵，一陣微風吹來，把沙塵帶到了他們右方的台階上面。有一張臉正盯著他們，他出於本能，拿起了自己的步槍……

不過，他背後的威廉依然很從容。空間另一頭的那個男人，根本不是人──早就不是了。威廉低語：「理查，他已經死了……」

等到理查的雙眼適應昏暗光線之後，浮現了更多的鬼魂。五人一組──純粹就只有骷髏，血肉一絲不留。他們的破爛制服──雖然全都是軍人出身──但是卻散亂不堪。他們圍坐的餐桌，放在桌面的威士忌酒瓶已經全空了。老舊紙牌四散，宛若被丟棄的情書。他們的步槍全部擱在地上，除了一開始他看到的那個人之外，全部的人都是癱坐姿態。

他搖搖頭，逼自己專心凝視邊牆的長方形金屬門——上面有「電力室」的標誌。他猛力拉扯把手，大門開了，但令他氣惱的是，太陽能儲備電池都不見了，全部被人從充電座硬生生拔走。「我不怪他們，」他腦中開始浮現某些人想要離開這座瘟疫之城，進行徒勞的末日爭奪。「我們有帶備用電池，對吧？」

「有兩個備用品，放在運輸器的後面，」威廉說道，「但我們不能直接把電腦帶回去嗎？」

「我們不能確定這一趟鎖定的目標是放在蘿希的電腦或是網路儲存空間的某個地方。我已經答應坎卓拉，會接電恢復普雷希迪奧的網路，然後連結到洛斯阿拉莫斯。」

「好，那你乖乖待在這裡就是了。」

當威廉離開，回頭取物的時候，理查掃視整個廢墟。全球大流行疾病爆發之後的這十二年，他一直刻意避開這樣的場景——廢棄的城市、蜷縮死在碎瓦房舍裡的一家人、把行李堆得高高卻無處可去的車輛。但很難避開——到處都是。他的腿在抽痛，他努力爬上通往蘿希辦公室的階梯。她的房門，如此熟悉，他碰了一下，吱嘎一聲開了，他凝望這個原木嵌板的小房間。感謝老天——這裡沒有骷髏。他疲憊萬分，癱坐在靠左牆的沙發，整個人陷入髒兮兮的真皮靠墊裡面……

他看得到蘿希，就在房間的另外一頭，窗戶裡有她的剪影。「理查，我得要告訴你，」她說道，「我實在不太習慣你們這些人的行事方式……」

「妳現在是我們其中的一員，」理查低聲說道，「我們當中的一分子……」

「理查？」威廉飄渺的聲音從門廳傳了上來。

理查面向門口，突然驚醒，他大喊：「我在樓上！」

「我已經安裝了電池，現在一切正常運作。」

理查痛苦起身，離開了沙發，搓揉雙眼，然後靠牆穩住重心。他一跛一跛走向蘿希的辦公桌，一屁股坐在她的座椅裡面，打開了電腦。他鬆了一口氣，她的螢幕散發出熟悉的綠色光暈。

安全模式，準備繼續進行？

他按下了「輸入」鍵，出現了一個空白對話框。他緩緩鍵入蘿希的密碼，從自己手腕手機的顯示畫面逐字輸入。他再次按下「輸入」鍵的時候，閉上雙眼。睜開的時候，映入眼簾的是蘿希的螢幕主頁——金門大橋的照片，下方是整齊排列的小圖示，宛若以三度空間的形式朝他邁步而來。他按了一下收音機的圖示，然後以第二個密碼進行開啟，啟動蘿希以前向洛斯阿拉莫斯的坎卓拉傳送程式時所使用的安全衛星連線。在坎卓拉的交代事項當中，只剩下最後一個了，為了預防衛星連線狀況不佳，他把外接硬碟插入蘿希電腦的某個連接埠，啟動系統下載。

正在下載的時候，他盯著螢幕，熟悉的背景照片不斷切換，紅杉森林、連綿田野、圓狀山丘——全都是蘿希熱愛的美景。他的目光飄向螢幕右側的某一格：個人日誌。

他舉起食指，點了一下那個標頭，但是檔案並沒有開啟，反而出現了另外一個對話框，要求輸入另一個密碼。所幸蘿希總是把這種次密碼設得簡單。他輸入了「第五代」，不對。他緊閉雙眼，只能再試兩次，不然就得請坎卓拉駭入電腦，他輸入了「日誌」，最簡單的密碼，無法登入。然後，他想起來了，「柔－Z」。這些母體一開始的命名法是數字編碼，每一個都含有基本資訊——計畫編號、製造日期、作業系統版本，後接數字一到五十可以對應到特定機器人。不過，這樣的數字對蘿希來說沒有任何意義。以希臘字母作為開端，後面接英文字母予以命名，是她的構想，這套系統模擬的是捐卵母親的名字。她自己是柔－Z[4]，而巴薇西雅・夏爾瑪是貝塔－S[5]。就某種方向來說，它幫助她體現了她們每個人心中的獨特人性。「等到這些小孩出生之後，」她說道，「他們的母體就會擁有小孩子可以喊出的名字。」

檔案打開了，理查微笑，螢幕上滿滿的條列項目，以顛倒的時間順序排列。他傾身向前，瞇眼盯著最後一篇日誌：

二〇五三年五月二十三日

理查明天會過來這裡，幫我完成簡報。感謝老天，我不確定自己是否已經準備好大家的提問，我討厭這一切的秘密。

他嘆氣，叫出搜尋對話框，輸入「黑色警戒」，立刻出現了查詢結果。

二〇五三年五月十四日

已經在九點鐘把最新版本的第五代機器人程式傳給了坎卓拉。對於是否要使用「黑色警戒」一直沒有決議，尤其是有關她們的指定聚集地點。這讓我徹夜難眠，一直掛記那些小可憐在沙漠裡徘徊的畫面。不過，這個問題沒有引發任何關注。他們沒有給出任何理由，「黑色警戒」升空發射的機率已經遭到劇降。

還沒等到正式通知，我自行作主，內建了召喚她們回來的程式。

理查眼睛瞪得好大，他繼續讀下去。

他們將會有食物、飲水、所有可能需要的物品。我們清理了第一百號屋舍之後，我把東西全部放了進去，實用的工具、廚具、餐具等等。歸返計畫包括了「主崗哨」的老舊倉庫，目前是存放考古挖掘品，我們可以把其他物資放在那裡。

然後，他看到它了：

---

❹ 名字都是R開頭，而且發音近似。
❺ 巴薇西雅名字為B開頭，中間有S。

SPC就是「請與謝謝」。我爸爸教導我永遠不可以忘記的兩件事。

根據坎卓拉的說法，SPC代表的是「特殊計畫指令」，啟動附屬程式的必要關鍵指令。這就是他來到這裡尋找的寶藏。理查往後一靠，整個人靠在蘿希座椅內，他發覺自己的心臟在胸膛裡虛弱顫跳。「特殊計畫……」他喃喃說道，「啊，邁可布萊德上尉，我以為妳不喜歡秘密。」

等到他們走到前廊的時候，太陽已經高掛空中。

威廉問道：「準備好了嗎？」

透過濾毒面罩的強烈阻力，理查深吸一口氣。然後，他又暫時移開面罩，咳出一坨粉紅色唾液。他視線搖晃不定，在清朗的天光之中，發現自己的指尖是病重的藍色。

「天啊，理查，你氣色好糟糕。」

「我是真的覺得很糟糕，但我這一趟任務已經圓滿成功。」

威廉坐上了摩托車，「好，讓我騎車吧。」

理查靠著最後殘餘的氣力，將他的義肢舉抬到了座位。他的手臂環住威廉的腰，望著車輪之下的普雷西迪奧的路面加速移動。摩托車停下來了，他讓威廉扶他進入運輸器乘客座，發覺這男人的強健雙手為他固定好安全帶，旁邊的門關上了。

他聽到駕駛座的門猛然關上的聲響，然後，座艙內一片寂靜。接下來，他聽到威廉的聲音，彷彿從遙遠之處傳來。「我們給你一點乾淨的空氣。」他聽到空氣濾淨系統的發動聲，再次發覺威廉的手伸過來，為他解開了濾毒面罩。

「……你確定你可以飛嗎？」

威廉對他拍胸脯保證，「你教過我啊，還記得嗎？」過沒多久之後，他感受到運輸器從蘆葦之間緩緩上升時所產生的那股熟悉的下推力。

理查的頭往後斜靠在座位，他的心又回到了蘿希那間充滿陽光的公寓，她的潔淨白色床褥的被窩深處。

27

詹姆斯斜靠在DNA合成機器旁的那張長椅，持續的嗡鳴聲害他快睡著了。他一直不是NAN的合成專家——這種工作單調乏味卻需要獨特技巧，以前都是交付給魯迪與他的團隊處理。不過，魯迪在洛斯阿拉莫斯有充分時間可以訓練他，兩人輪流監控C-343的產程。需要提供給博拉卡醫院的灌洗系統的解毒劑數量，其實超過了他們的吸入器。失敗了好幾個批次，讓他們進度落後，現在，在莎拉過世的那個病房裡面，理查·布列文斯氣喘吁吁地躺在那裡，他們需要更多的解毒劑，而且必須快速生產。

他盯著機器，在深色玻璃之下，小機器人的手臂不斷重複一連串複雜的運作過程。他已經沒有那種可以熬夜操控合成的精力了，而且魯迪現在狀況不佳。多年前，他們的前體就已經用光了——現在他們得要靠霍皮族的探勘小組闖入位於聖塔菲以及鳳凰城的生物實驗室劫取物資，過沒多久之後，光是為了趕生產進度，他們就得開始訓練霍皮族的工程師。

「詹姆斯？」他轉身，看到坎卓拉站在門口。她雙手空空，交疊胸前，看不到她總是隨身不離的平板電腦夥伴。

他不想要看到她的那種表情，「將軍呢？」

「撐過來了，但是這一次很緩慢。」

詹姆斯深呼吸，承受胸膛裡那股現在已經成為常態的緊繃感。他猛力吞嚥那種已經超越生理的無力感，沒有特地對象的憤怒感。當初把IC-NAN散佈到生物圈的人並不是他；在完全不確定可否召回第五代機器人的狀況下，將她們派送出去的人也不是他。這些事情的主使者都是比他更有權力的人——像是將軍那樣的人。不過，現在的他也沒有餘裕多想。

他從長椅起身，只需要努力往前走就是了。「就我所知，」他說道，「理查・布列文斯找到方法可以召回這些第五代機器人？」

「似乎是這樣。我已經研究過從蘿希・邁可布萊德電腦下載的資料，而且我已經明白要怎麼植入她的SPC。」

「SPC？」

「特殊計畫指令，可以啟動邁可布萊德的歸返程式，召喚母體們回到舊金山的普雷西迪奧。」

「舊金山？難道我們不能直接引導他們回到霍皮族台地區？」

「不行，關於這一點，程式已經預做設定。地點無法變更，但也許這樣最好。霍皮族探勘小組只要企圖與這些機器人的小孩溝通，一定會被她們阻撓，探勘小組會因而負傷。要是這些機器人現在到達台地區，天知道她們會做出什麼事。」

魯迪出現在門口，站在坎卓拉身邊。曾經粗壯的臂膀與雙手軟綿綿癱在身體兩側，彷彿自從米夏出生之後——第五代機器人不知生出什麼可能還活在人世的下一代之後，已經蒼老了三十歲一樣。「我同意坎卓拉的看法，」他的聲音嘶啞，「這是我們唯一的選擇。」坎卓拉伸手扶住魯迪的手臂。

詹姆斯閉眼，他們正在等待他的同意。「將軍怎麼說？」

「當然，立刻展開行動。」

「那米夏在哪裡？」

坎卓拉回道：「在台地區，她去探望威廉的孫兒了。」

「很好，」詹姆斯說道，「在我們完成任務之前，她什麼都不要知道比較好。」

坎卓拉刻意看了他一眼，「她在那裡可能有個兄弟姊妹。」

「我們之後再告訴她，但唯一的前提是要先找到那個孩子。好，我們來研究細節吧。」

他們窩在坎卓拉的電腦前，檢查蘿希．邁可布萊德的程式筆記。「理查在我們覺得羅希死掉的那個晚上接到了她的電話，他把內容告訴了威廉，」坎卓拉說道，「電話斷斷續續，不過，有件事她倒是說得很清楚，她提到了特殊計畫，她說，『告訴坎卓拉』。我以我們的安全金鑰將『請與謝謝』轉換為二元密碼，然後，當我拿那組密碼找尋第五代程式的時候，我終於找到了自己一直在尋找的東西，一連串的指示，第一個就是普雷西迪奧基地的地理座標。」

詹姆斯坐在坎卓拉旁邊，「所以，我們可以將這組密碼傳給她們？她們接受得到嗎？會就此展開行動？」

「她們配有無線電接受器，而且我們還可以利用衛星傳輸發送密碼，不斷重複發射，這樣一來，應該就可以阻斷沙塵暴所引發的所有干擾。一旦啟動之後，這些特殊指令就會依照當初的設計用途，阻礙植入機器人程式裡的所有防衛功能。」

「之後會發生什麼狀況？」

「等到這些母體到達普雷西迪奧之後，就會在關機後重啟。重啟的部分程序就是造成某些系統處於離線狀態，屆時她們再也不需要為小孩提供保護罩維生系統，或者遇到極端威脅的時候帶著他們飛到他處……」

魯迪問道：「為什麼邁可布萊德博士認為有這個需要？」

「飛行本身是一種相當危險的事物。而且這樣的概念是為了讓小孩可以留在他們的機器人的外頭，親近彼此，增加往來機會。」

詹姆斯說道：「社會化……」

「對。蘿希還在那裡準備了烹煮工具啊什麼的，可以讓小孩們在那裡共同生活，而且還有一個儲物空間放了其他的備品。」

詹姆斯搓揉下巴，他問道：「普雷西迪奧可以準備迎接他們了嗎？」

「威廉向我保證，他可以搞定。」

「那水呢？」

「『主崗哨』附近有一座水霧冷凝塔，早在二〇年代的時候，某個非政府組織為了募集資金所建立的水源再生示範。巧合的是，這座塔的設計單位，正好是『新曙光』計畫找來部署沙漠據點的同一家公司，而且這座塔大多了。威廉說，他必須先把水排乾，好好清理，讓它重新注滿新鮮水源。在普雷西迪奧的霧茫茫環境中，應該只需要幾天的時間就可以注滿。在他們母體的協助之下，這些孩子應該會有比以前多的食物與飲水。」

「所以，妳覺得還會有任何問題嗎？」

「很遺憾，有的——安全。」

「但我以為這一切就是為了要保護這些孩子的安全。」

「對，他們應該會非常安全，就連我們也無法近身。」

「我們？」

「首先，這些母體會守護邊界……」

「守護邊界？」詹姆斯起身，雙手擰捏在一起。

「你必須要記得，蘿希是根據『黑色警戒』守則進行操作，前提是蘭利沒有了，洛斯阿拉莫斯沒有了，假設某個敵人擁有可以帶引他們找到這些機器人的情報資料。光是這些機器人本身就是令人垂涎的軍方硬體。當然，任何傷害機器人的舉動都會傷害到這些孩子。『守護邊界』就是要全力防堵敵人進犯基地。」

「好，我們還是沒辦法聯絡這些小孩……」

「威廉將會讓史考特堡中心保持不上鎖狀態，而且蘿希的電腦依然在線，他還在第一百號房舍留了多具衛星電話。但是我們得要小心……這些母體將會攔截來自外在世界的所有溝通，她們會視其為威脅。」坎卓拉面向他，「我們就只能接受事實了。如果我們可以讓這些小孩到達普雷西迪奧，守護他們的將是有史以來所創建的力量最強大的軍團。」

28

一道灰色薄光穿透蘿西的艙窗。凱伊依然聽得見控制台下方的嗡嗚聲，她的濾清系統正在循環空氣。他把毯子從嘴邊移開，緩緩吸氣。保護艙裡面的空氣散發出暴風雨來臨之前的狂風味道，但這股臭氣還混雜了他自己汗水的污濁氣味。

他搖搖頭，努力想要釐清思緒。自從第一次沙塵暴來襲之後，已經過了好幾天了——但有時候依然很難辨明現在究竟是白天還是晚上。現在，這些沙塵暴都是一波波來襲，一次比一次強烈。「瑟拉在哪裡？回來了嗎？」

「我們目前所在位置附近有一個小孩。」

凱伊伸手抓住門閂，「可以讓我……？」

「風速每小時九公里，能見度三十公里。PM10顆粒數值偏高，不符正常標準，請配戴你的防顆粒口罩。」

凱伊從座位下方取出口罩，戴上繩帶罩住口鼻，稍微推開了門。當他從艙門出去，滑向蘿西履帶的時候，一坨坨的泥塊從艙門滑溜而下。類似粉塵的相同材質覆蓋了他周邊的空地，在岩石上累積成堆。他幾乎無法看出現在的大地土灰與天空透白之間有什麼差異。他爬上了貝塔的履帶，輕輕敲打，以雙手擦拭窗戶，清出了一小塊區域。卡瑪爾望向他，愣了一下，戴上自己的面罩之後，打開艙門。

卡瑪爾問道：「瑟拉回來了嗎？」

凱伊掃視空地，依然沒有任何蹤影。「我想她一定沒事，」他要讓卡瑪爾安心，「只是躲在哪裡而已……」雖然他依然擺出堅強臉龐，但是一直看不到瑟拉的人影，已經在他的空腹底部挖出了一個洞。

「蘿西依然能夠正常運作嗎？」卡瑪爾問道，「貝塔除了空氣濾清與基本溝通功能之外，大部分的功能都關閉了。」

凱伊面向蘿西，現在的她被沙塵所掩蓋，幾乎認不出原來的模樣了。「蘿西說過，這只是某種預防措施，避免意外走火。不過，她現在跟我講話的方式有點怪怪的，彷彿她很忙……」他搖搖頭，現在不需要任由自己的恐懼成為主宰。「我們去弄點水吧，我幾乎快喝光了。」

他們從各自的儲物空間裡取出事先分配好的三個水瓶，然後匆匆奔向通往水泉的狹徑。

凱伊瞇眼。明明就在前方啊——應該是有他們之前做記號的小石堆，但是他幾乎看不到路徑……他在某塊濕沙地面前停下來，拚命以腳跟挖地，他的耳內聽得到狂飆心跳，他彎身，開始動手挖掘兩側的淤泥，「在這裡，」他低聲說道，「我知道在這裡。」但並沒有，他起身，一塊塊的濕土從雙手落下。

突然之間，他收到蘿西的訊號。他轉頭，抬頭望向路面，看到了下一波沙塵暴的恐怖黑色邊緣。

卡瑪爾大喊：「我們得要回去！」他沒等到凱伊回應，直接把幾乎已經全空的水瓶夾在胳肢窩下面，回頭狂奔，爬上他母體的履帶。

凱伊緊追在後，在心中詢問蘿西：「妳的系統還好嗎？」

但是沒有回應。看到新的沙塵暴來襲，他的心陡然一沉。

在小口喝水與啃咬硬邦邦的仙人掌的空檔之間，凱伊睡得斷斷續續。他的心在惡夢與蘿西令人安心的回聲中來回飄移。每一次他醒來，雙腿痠痛，而且頭痛不已。

然後，他感覺到了——轟隆隆的晃動。面前的窗戶有一坨坨泥巴滑落。這是在做夢嗎？不是，他們在移動。蘿西從洞穴開口屏障處開始滾行，前往低地中間的平坦區域。貝塔在不遠處，跟在他們旁邊一起行動。

他在心中詢問他的母體：「出了什麼事？」

「離開。」

「為什麼？」

「有訊號。」

「訊號？哪裡來的訊號？」

但沒有回應，只有心中的一片靜默。他在座位裡不斷轉來轉去，努力想要找到貝塔，確定卡瑪爾依然在附近。但他現在找不到卡瑪爾，而且瑟拉到底在哪裡？

「不行！」他大叫，「我們不能這樣！」依然沒有回應，他伸手抓門閂。

蘿西說道：「請你坐好，扣緊你的束帶……」他發現自己的座位正向前搖晃，因為她開始斜傾，準備要起飛。

他大叫：「我們不能拋下瑟拉！」

但是他們已經在空中高飛，強風將蘿西的機身吹得乾乾淨淨。過沒多久之後，她衝破了沙雲上層，一抹充滿希望的陽光在她的側翼閃動。凱伊圈手，緊貼窗戶，努力想要看清外頭的景象。貝塔在那裡，與蘿西成了雙人組。而且他看到遠方有東西，一個、兩個，也許還有其他三個：全都是大黃蜂的形體，從沙漠升起。

凱伊突然睜開雙眼。他身陷在自己的座位裡，被束帶扣緊，前額貼住蘿西側艙蓋的冰冷表面。他隱約想起她引擎的穩定蜂鳴，還有穿透她艙室的朝陽光曜……

外頭有一雙棕眼盯著他，「哈囉？」有人大叫，但聲音含糊不清，對方拍打了兩下。「你還好嗎？」

凱伊解開安全束帶，打開艙門，把腿伸出了開口。不過他的光腳丫讓他從蘿西的履帶意外一路下滑，最後笨手笨腳地摔在她旁邊地面的草叢裡。他的手指陷在肥厚葉面與荊棘灌木叢，小刺插入他手掌的皮膚之中。

「抱歉，我應該先提醒你才是，」卡瑪爾小心翼翼地爬到了地面，「這裡非常濕滑……」

凱伊站起來，空氣中有鹹味，還有某種東西的死亡氣息。冷風讓他起了寒顫，頭頂上方有尖嘯白鳥靈巧飛掠而過。附近的深綠色海浪在碎石岸邊翻攪。他想起了瑟拉給他的那張照片，身穿紅色洋裝的小女孩……海洋。

「當貝塔準備降落的時候，」卡瑪爾說道，「我擔心我們會分開，可是她向我保證，這是正確的座標。」

「正確的座標……」凱伊問道，「是什麼位置？」

卡瑪爾一臉困惑看著他，「她就只說到這裡而已。」

凱伊望向自己的母體。在他身旁的她，動也不動，水氣宛若汗珠一樣，從她的側翼流下。「你的名字是凱伊，」她曾經告訴過他，「它的意思是『海洋』。」她是不是要帶他回家？他專心聆聽，想要知道她的答案。不過，在他的心中，他只能聽到柔和的啪噠聲響，宛若穩定的水滴落在岩面——每當她在思考的時候發出的那種聲音。

他問道：「為什麼蘿西這麼安靜？」

「自從我們到來之後，貝塔也變得很安靜，」卡瑪爾看了一眼他的母體，「我已經再也聽不到她的思緒了。」

凱伊慢慢繞圈旋身，想要抓出自己的方位。他的腦袋就和這裡的空氣一樣，一團迷霧……而且空荒。他不知道蘿西跑去了哪裡。還有瑟拉人呢？他曾經看到了別人，這一點他很篤定……

他瞇眼，找尋海濱，什麼都沒有。然後他看到了天空中有動靜——兩個小點。很像是他曾經在沙漠中看過的老鷹，在上升氣流之中繞圈。不過，當它們下降的時候，形體逐漸放大，它們的輪廓變得更加清晰。「這些是……？」狂風嚎叫再加上碎浪聲響，幾乎完全掩蓋了它們的引擎嗡嗚。不過，當它們準備降落的時候，那種涵道風扇的轟隆聲響絕對錯不了。凱伊跪下來，雙手護頭，抵擋不斷痛擊而來的沙粒。

當他抬頭的時候，卡瑪爾已經進了海灘深處，細瘦的雙腿帶引他走向某個小女孩，一頭金色捲髮纏在一起，幾乎全蓋住了她的臉龐。凱伊走過去，凱伊幾乎聽不到那女孩的聲音，但可以看到她的害羞笑容，還有斷了一半的門牙，女孩低聲說道：「我的母體叫我梅格……」

上方丘陵有個粗壯男孩，一頭淡金色頭髮，站在那裡搔頭，旁邊是另一個在冒煙的機器人。「札克，」男孩自我介紹，當凱伊朝他走去的時候，他不斷在打量凱伊，他說道：「還有另外一個人跟我在一起……」

凱伊向他保證：「他們很快就來了……」他期盼自己說的是對的。現在，他們周邊有三三兩兩的成群機器人降落，艙門開了，小孩子宛若轟西自然影帶裡的雛鳥一樣冒出來，但是完全看不到瑟拉。

站在他旁邊的札克，只是用某種讓他感到出奇不舒服的目光瞪著他。「我當然希望是這樣，」他說道，「這整起事件就是不對勁。」

有東西鑽出了海岸線低處濃霧，凱伊看到了盤旋在空中的孤單機器人，是阿爾法－C嗎？他開始小跑，狂追那個飛過水面又回頭朝他前進的機器人。突然之間，他發覺自己的雙腿不聽使噢，左腳陷在一坨黏糊糊綠褐色植物的纏結捲鬚之中。他整個人趴地不起，幾乎還沒有時間抬頭，那個機器人已經重摔在附近的地面。

他靠手肘撐起自己的身體，看到一雙裸腳在踢沙，「唉呦，媽媽！」那女孩甩了甩頭髮，揚起了一片沙塵。「妳一定要用這麼兇狠的方式降落嗎？我知道妳一經好一陣子沒有診斷自己的降落路線了……」

凱伊站起來，他忍不住，笑得好開心，他大喊：「怎麼拖這麼久才到？」

瑟拉回報露齒燦笑，「你還好嗎？阿爾法差點把你壓垮了！」瑟拉扶他站好，他感受到她的溫暖握力。「抱歉我就那樣溜走了，我馬上知道自己犯了錯。而且，遇到了那些狀況之後，我們也只能丟掉那台單車。」

凱伊不禁哈哈大笑，瑟拉還在掛心那台爛單車。不過，他們都到了這裡，瑟拉很安全。而且還有其他人——許許多多的人。

卡瑪爾突然朝他們走來，那個剛剛出現的女孩，梅格，緊緊跟在他後面，卡瑪爾大喊：「感謝諸神！」他伸出雙臂摟住瑟拉的時候，一口白牙閃閃發光。

「蘿西告訴我，她收到了某種訊號，」凱伊說道，「阿爾法有沒有說什麼？」

「完全沒有，」瑟拉回道，「我們就是直接起飛，完全沒有任何解釋……」他們旁邊的阿爾法－C蹲在那裡，雙臂鬆軟，露出了她的柔軟內掌，動也不動的姿態很不尋常。「她在做什麼？」

瑟拉伸出手掌，撫摸她母體收回的翅翼。

「我們不知道，」凱伊回道，「但無論是什麼，她們似乎都是在做一模一樣的事。」

卡瑪爾緊蹙眉頭，把手伸向下方，讓粗沙流過纖長的指間。「希望我的母體可以盡快回來。」

瑟拉望向逐漸散去的霧，「我們在哪裡？」

「海洋？西岸？我只能猜到這樣。」凱伊從口袋裡取出羅盤，也就是當初瑟拉送他的那一份禮物。他盯著羅盤，看著它的指針飄到了「西北」向。在那個方向，有一棟高聳的棕鏽建築以弧凸之姿俯瞰洋面，一陣濃霧飄來，它隱身消失。是一座橋——他看過一次，在蘿西螢幕的某張圖像裡。但是在哪裡？向南，他看到了有車轍的龜裂路面。靠近路旁有一座冷凝塔，就與他們在沙漠營地裡看到的是同一種。但這個大多了，巨大的橘色盛水瓶昂然挺立，就像附近的樹木一樣高。高塔後方可以看到一群建物，好幾間小木屋，玻璃窗戶全碎，小片油漆懸垂在外牆，看起來是馬上要進入全毀狀態。不過，比較大的那些建物——有些材質是紅磚，有些是白石——面對迎面而來的風卻依然屹立不搖。

最令人驚嘆的是東方的景象。有一座白色的巨大圓頂，矗立在龐然石材建物之上，而在它的後方以及左側，可以看到一小片泛光的藍色水面。遠方，看得到建築——有大有小，有的出現尖頂，有的平整——在某個緩坡一字排開。那是一座城市——不過看起來比較像是海市蜃樓或是一幅畫，它的三度空間因為距離而顯得扁平。

就在那一瞬間，凱伊看得癡迷，不過，他在下一秒就想到了自己必須面對這座城市之前的住民，遭受全球大流行疾病蹂躪的死屍軀殼。那一場全球大流行疾病無所不在，而且城市裡的人口遠遠超過了沙漠……那股熟悉的恐懼感在他心中糾結。他在心中呼喊他的母體，但是她卻沒有回應。

然後……那是什麼？他發覺底下的地面在震晃，他轉頭，發現蘿西朝他慢步移動，他低聲說道：「我想她回來了……」看到這種令人安心的場景，他的心跳逐漸趨緩。

他身旁的卡瑪爾側頭，「我的母體也一樣。」

現在，他們周邊的那些孩子，全部都跟在他們的母體後面，爬上了緩坡經過了某個沼澤地帶，到達水泥路面。他們過馬路，走向另外一頭的巨大水塔。然後，小孩們全部停下來，全部以手捧水，取出了幾乎滿出水盆的冰涼液體。凱伊大口痛飲，讓水滴從下巴淌流而下，他已經忘了自己有多麼想喝水……

不過，他們的母體們立刻又圍住他們，把他們趕入幾乎與他們肩膀同高的尖利乾草叢。原野的另一頭是某棟有原木門廊、白色窗框的紅磚建物。他們停下腳步，然後，小孩子一個接著一個離開他們的母體，奔向建物寬闊的大門門廊。

凱伊面向蘿西，「那食物呢？」

不過，她就只是默默站在那裡。他回頭望向那棟建物，也許裡面有食物。

他登上通往門廊的水泥階梯，右側有一道沉重的雙開門，牆面拴有一塊金屬板，上面寫的是「第一百號屋舍」。瑟拉從眾人之間擠過去，伸出左手，握住了生鏽的門把，猛力一拉。不過，這道表面嚴重刮傷、一層層污髒白漆剝落的厚重的大門，卻依然不動如山。她說道：「看起來是有人希望我們進去，但是這些門卻卡得死緊……」

凱伊主動開口，「我來幫忙……」他抓住了右邊的同款門把，「一，二，三！」發出吱嘎巨響之後，門開了，這兩個好友踉蹌往後，老舊的鉸鍊咿呀作聲，就在那一刻，大家瞠目結舌，盯著後方的黑暗空間。

光是看到外頭的寬闊遊廊與豪華立面，這棟建物就已經夠吸引人了。不過，當凱伊一進去的時候，一股潮濕的霉味，還伴隨了淡淡的化學臭氣，立刻衝入他的鼻腔。某個黑色小東西從他腳上迅速溜過去，害他嚇得動也不動，牠捲曲的尾巴消失在門廊的另一頭。不過，現在其他的孩子們正從他後面往前堆擠，當他們跨過門口之後，踩踏破舊木板條的吵鬧拖曳聲響，在空蕩蕩的牆面之間發出了沉悶回音。

正前方出現一組深木色階梯，通往似乎是一片漆黑的世界。瑟拉避開了那道階梯，直接往右走，凱伊跟在後面，經過了結滿蜘蛛網的淡棕色木牆。類似老舊電燈的花俏金屬支架，從上方的天花板無力地懸垂而下。

凱伊大聲問道：「以前這到底是什麼樣的地方？」

「老舊飯店，」瑟拉低聲回他，「或者可能是學校？」

這一群人穿過了某個狹窄房間，一片昏暗，只有隔壁前方門廊窗戶透入的微光。暗綠色的牆面佈滿了各種尺寸的櫃子與抽屜。卡瑪爾的新朋友梅格打開了其中一個櫃子，看到一組組金屬餐具的時候，不禁倒抽一口氣。凱伊找到了某個裝滿烹飪用具的抽屜，而佈有生鏽管線的牆面，連接了兩個大型鋼桶。

穿過這裡之後，他們經過了另一個更狹小的房間，這一個只有一排排的全空櫃架。最後，他們發現自己進入到建物遠端角落的某個大型空間。長型金屬桌與折疊椅，散落在兩排白漆斑駁結實柱子的中間地帶，陽光從四面的高窗流瀉而入。

突然之間，出現了一陣轟然巨響，之後是有東西劃過外頭空氣的聲音。凱伊不假思索，立刻衝向前面的窗戶，透過髒污的玻璃，他只能看到有一排陣式鬆散的機器人，然後又是兩聲爆響，都來自他左側的某個地方，原野的另一頭，有某台機器人突然轉動，對著某個灌木叢開火。

「她們在攻擊什麼？」瑟拉從他身邊擠過去，以她的上衣袖身在擦抹窗戶。

「不知道……」

雖然屋內冰冷，但是凱伊的脖子卻冒出了汗水。他想起了蘿西的話語：只有在遇到極端狀況，生命遇到危險的時候，才可以使用武器。卡瑪爾挨在他旁邊的那扇窗前，臉龐已經成了泥白色。凱伊伸長脖子，仔細端詳他們新同伴的緊張神情。他算了一下，總共有二十二個人——女生比男生多一點，有各式各樣的身高、體型以及膚色。在那一大群孩子後面的某處，有一個小孩正在低聲啜泣。

瑟拉壓低聲音問道：「我們得困在這裡多久？」

不過，她並不需要等太久。槍聲來得快，去得也快。凱伊鬆了一口氣，轉身面向房間的方向。其他孩子已經爭先恐後衝出去，由於大門寬度窄小，也限縮了他們的速度。

凱伊到了外頭，立刻就奔向原野找尋他的母體。他漫無目標蹣跚前行，差點撞到了某個跪在地上檢視亮藍色背包物品的小男孩。兒童補給品袋、碘片、抗蛇毒血清、繃帶、水壺、太陽能手電筒，還有類似斗篷的折疊塑膠品，全都散落一地。

「哈囉，」男孩語氣很有禮貌，他抬頭的時候，亂七八糟的紅髮蓋住了雙眼。「我叫阿瓦若，很開心認識你！」

「我是凱伊。你是從哪裡弄來這些東西？」

「我看到德爾塔從那棟建物取出了這一包……」男孩指向原野對面的某棟巨大白色建築。

那棟建物，還有補給品——就像是沙漠裡的那些補給站一樣，早已預測了他們的需求，這一切宛若神蹟出現在路旁的那些瓶裝水，似乎早已有人為了他們的到來而提前做了規劃。凱伊四下張望，找尋那名神秘陌生客，但他卻只看到迫不及待的小孩與他們的母體。

終於，他看到了蘿西翅翼的亮黃色標誌。她矗立在補給室敞開大門附近的位置，把他自己的背包交給了他。他爬上她的履帶，打開了艙門。不過，她的控制台一片漆黑，保護罩裡面的空氣已經變得腐濁冰冷。他幾乎看不清自己座位後方儲藏空間的空水瓶，還有丟在地板的皺巴巴毛毯。「蘿西，出了什麼狀況嗎？」

他聽到附近傳來一陣淒厲叫喊，「媽媽？」凱伊轉身，看到瑟拉單腳跺地，淚水奪眶而出。而卡瑪爾低著頭，溫柔地把手貼住他母體的暗色側翼。

「凱伊！」瑟拉大叫，「阿爾法關閉了她自己的保護罩，而且她不肯告訴我為什麼！」

那一晚，凱伊把毯子鋪在第一百號房舍的冰涼地板。他花了一整個下午的時間認識每一個人。大家都很困惑，很害怕。沒有人知道他們為什麼會來到這裡，而且他們的母體完全沒有提供任何線索。但現在大家都聚在一起了——興奮，充滿了期待。

「明天，」瑟拉低聲說道，「我們會找到自己的房間。我已經偷偷走上了前門的那道樓梯，上面有一堆小房間。而且，我們也可以好好煮一頓晚餐。」

他聽到札克的聲音從房間另一頭傳來，「我的母體射殺了一頭鹿，她可能以為是掠食者。不過，這些鹿肉是可以吃的食物。明天我們去打獵！不要再吃兒童補給品……」這男孩發出咕噥聲，轉身，整個人窩在自己的床被裡，只露出了他的尖刺頭髮。札克身邊是他一直在等待到來的朋友，名叫克洛伊的黑髮女孩，她躺在那裡，一直瞪著天花板。

凱伊也跟著乖乖躺平，背脊貼住硬木地板。他把自己的毯子緊緊裹住肩頭，開始想念蘿西的狹窄保護罩。這個空間太大了——它的牆壁、它的天花板，還有它的窗戶……一切都太遙遠。雖然他很開心找到了他們，但是同伴們的打呼聲實在比不上他母體處理器的舒心嗡嗚。

他在心中拚命呼喊：「蘿西？」

不過，沒有回應。她陷入沉默——如同他們到達這個詭異之地之後，她開始出現的靜默狀態。明天，也許會是明天吧，蘿西就會真的回神過來。他側身，頭慢慢陷在自己的臂枕之中。

29

米夏信步走過醫院長廊，準備使用可以連接洛斯阿拉莫斯的某台電腦。在太陽炙烤威廉舅舅玉米田的這種燠熱下午，她喜歡窩在霍皮族醫療中心的涼爽大廳，研讀機器人的學習資料庫。

不過，在廊道走到一半的時候，有人在講話，讓她停下了腳步，她側頭，想要聽得更清楚。是威廉舅舅……還有「女祖」。

她沿著音源走過去，到了那間特殊病房，詹姆斯偶爾待在這裡時的那一間。她透過緊閉的玻璃門向內張望，理查靠在房間正中央的某張病床，他鬍子剃得很乾淨，面色比她記憶中的更加蒼白。威廉站在小窗邊，而「女祖」則坐在遠端角落的那張椅子，就跟莎拉死去那一天的時候一模一樣。

「好，這些母體離開了沙漠，探勘小組看到她們起飛，」理查聲音嘶啞，「但我們知道有多少個成功抵達普雷西迪奧？」

米夏不假思索，立刻站到了門的另一頭，他們看不見的地方。她豎起耳朵，雖然空氣濾淨系統持續嗡嗚作響，她還是努力想要聽到他們在說些什麼。

「我們必須要取得一些空照圖，」威廉回道，「我們知道要怎麼利用衛星進行監測了嗎？」

理查嘆氣，「如果範圍在美國本土，那麼監測能力就很有限，我們已經嘗試過無數次了——

要是當初能在沙漠中使用的話，絕對是寶貴資產。不過，擁有那種許可的人，就只有華盛頓特區的那些間諜。」然後，出現短暫停頓。「也許我們可以試試看無人機。」

「是，」威廉回他，「不過麥克可以努力修好嗎？」

「他說應該是可以上陣了，」理查聲音嘶啞，「這一次他包覆了超材料，避開她們的偵測器，也許現在她們不會對它開槍。」

「理查，」開口的是「女祖」，「我們必須要找到諾娃是否在那裡。」

理查清喉嚨，「蘿希對於諾娃的故事很著迷，」他說道，「而她發現妳的女兒的人格所適合的不只是一個，而是兩個母體……想必妳的女兒一定是非常了不起的人。」

威廉說道：「其中一個墜毀了，實在很可惜……」

「當我們找到她的時候，我們根本不知道就是她，」理查同意，「一直等到坎卓拉找到那個檔案，我們才能確定阿爾法－B與諾娃之間的關聯，他們似乎是以諾娃空軍中隊為她的機器人命名。」

「女祖」說道：「我們必須要感謝恩典，這美好的消息，小米夏是諾娃的女兒……米夏是我們的家人。威廉！我第一次看到她的時候就有感應了。」

一股血流暴衝米夏的耳內，幾乎掩蓋了房門另一頭的人語。諾娃？她舉手撫摸掛在脖子上的那條精緻項鍊，它的墜飾是有雙翅的銀色女子形體，就像是鳥兒一樣。「女祖」就是在昨天送給了她。她還提到這本來是她的女兒所有，早在全球大流行疾病之前就已經死亡的那個人，名叫諾娃的那個人……為什麼「女祖」希望她戴上這個？她心緒翻湧。自從她在「巨梯」與母體秘密相遇之後，她就一直逼問坎卓拉，想要知道更多的事。坎卓拉說，這些母體有內建人格，或者，至少是根據真實女子人格所編寫的程式。而這些真正的女子就是母體們帶的那些小孩的生母，但這些人類母親都已經不在人世，全都因為全球大流行疾病而身亡。

米夏問道：「你確定我生母已經死了嗎？」

坎卓拉臉色赤紅，「親愛的，恐怕的確就是如此。」

「她叫什麼名字？」

「名字？呃……米夏，我們不知道。我們只知道她機器人的標誌——阿爾法－B……」

現在，門後傳來威廉的聲音，「所以另外一個諾娃，也就是我們在找尋的那一個，叫做阿爾法－C？」

「對，」開口的是女祖，「米夏可能有兄弟姊妹。我能夠諒解詹姆斯為什麼想要等到我們確定之後再告訴她，不過，也許等你們回來之後……」

待在走廊的米夏雙腿癱軟，整個人靠在牆邊，雙臂護住膝頭，等待他們繼續說下去。

「還有，我們也得要找到他，」威廉說道，「凱伊。」現在威廉的聲音越來越洪亮，她猜他已經離開了窗邊。「好，那計畫呢？」

「我們不該等太久，」理查說道，「艾蒂生說了，要是我撐過今晚沒有問題，那我就可以展開行動。」他深呼吸，然後是一陣劇咳，他稍作停頓，繼續說道，現在的聲音幾乎聽不見。

「麥克明天下午可以給我們無人機。要是一切順利，我們可以在第二天的破曉時分前往普雷西迪奧。」

米夏聽到逐漸朝門口逼近的腳步聲。她站起來，在走廊狂奔，準備去使用電腦的時候，雙腿一直在發抖。普雷西迪奧。那是在哪裡？她必須要找出答案。

30

米夏窩在理查運輸器後方類似櫃子的儲物空間，緊緊抓住那個塞了自己少數備品的背包，毯子、薄外套、水壺、三片霍皮族的麵餅。她周邊的空氣稀薄，緊貼後牆的雙腿早已麻了，她祈禱他們可以快快降落，之前她並不知道這趟旅程如此漫長……

不過，她終於感受到下方輪子的重擊聲。她屏住呼吸，運輸器側門開了，有東西刮擦地面，很接近她躲藏位置的外頭。

她默默數算接下來的安靜分鐘數，慢慢打開儲藏空間的門，深吸機艙外比較新鮮的空氣，過沒多久之後，她聽到無人機的呼嘯聲，一開始的時候非常嘈雜，消失在遠方之後，聲音就越來越小。

「好，」開口的是理查，「第一百號屋舍在那裡。」接下來他們又聊了許多話題，關於機器人、某些小孩沿著海濱散步，這兩個男人似乎很滿意自己的成果，然後……

威廉舅舅大喊，「就是她！阿爾法－C！」

「她看起來還不錯。」

「還有凱伊，」理查聲音嘶啞，「看起來不錯。」

阿爾法－C。米夏微笑，她悄悄從儲物空間溜出去，進入運輸器的後座，血液回流，她的雙腿一陣刺癢。她從自己前方乘客座位的後頭抓了一支衛星電話，把它塞在自己的背包裡面，然後，張望側窗外頭，了解自己的方位。

他們降落在類似屋頂的地方。她躲在他們背後，盯著他們蹲在無人機控制盤前面，然後，她悄悄離開運輸器，躲在附近的某根煙囪後頭。她雙膝緊貼胸前，等待他們完成工作。等到他們飛離留下她一個人的時候，她開始沿著通往地面的金屬長梯痛苦地往下爬。

當小徑路線繞過他們新家北端的時候，凱伊開始小跑，拚命跟上札克的腳步，右邊險峻山坡下方是海灣，從海面而來的洶湧波濤不斷沖刷襲岸，而左側是長有零星植被的上坡。

歷經了沙漠相對安靜的生活之後，他花了好幾天的時間才適應這裡的喧鬧。他不知道對他來說哪一種景象比較陌生——是充滿高聳樹木、在風中嘎嘎作響的密林，還是這些俯瞰無盡海洋的嶙峋懸崖？不過，至少他們這趟探險收穫豐足。札克的後背包裡面裝滿了死松鼠，而凱伊自己的包包也塞滿了被克洛伊從棲木打下來的奇怪白鳥。克洛伊在後頭走得很吃力，她的腰帶綁著他們臨時湊合的彈弓，而且還揹了一袋石頭。而在她後頭某處的阿瓦若，拖了一大袋滿滿的植物，有些是從落枝採下的棕色肥厚松果，還有各種形狀大小的野莓。

自詡為這些覓食任務領導人的札克，決定要好好探勘這整座海岬。截至目前為止，凱伊找不出任何理由質疑這個男孩的權威性——但他很快就發現瑟拉不願參與，只要有人質疑札克的領導，這男孩似乎超容易被激怒。

當他們橫跨那座橋的陰影地帶時，他們的小徑與某條鋪面大道匯聚為一。但過沒多久之後，他們就發現有一堵高大的圍欄阻擋他們前行，而且綿延到另一頭的某個懸崖邊緣。

札克回頭大喊：「我們上去那裡看看吧……」一如往常，這男孩並沒有等待別人回應。凱伊抓著那些每次拉動都可能會脫土的刺木，一路向左，登上了陡峭的堤岸。

過沒多久之後，他們都站在那裡，面向這座橋梁。在他們頭頂上方的鏽色高塔高指明亮藍空。而他們後方是一排上鎖的鐵門。佔據了半個路面，鐵門前方是一堆無法穿越的垃圾——樹幹、碎鐵，還有看起來像是各式各樣的廢棄貨車零件，逼得他們無法過橋。

凱伊把手伸入背包，拿出了自己的老舊望遠鏡。蘿西已經關閉了她的艙室螢幕。

不過，在阿瓦若的協助之下，這小男孩似乎對於有關電腦的一切都很精通，凱伊已經從她的控制台取出了他的平板電腦，知道了要如何在她的學習資料庫自行尋索。他輕而易舉就查出他們現在居住的地點——美國西岸舊金山以前的城區附近。這裡有充足的水源，也有許多獵物與植物可供食用。他們的母體把他們帶來這裡，也是合情合理——遠離了乾旱，遠離了可能會讓他們窒息的沙塵暴，而且讓彼此在一起。

不過，狀況不太對勁。他們的母體發生了變化，她們依然保持沉默，而根據她們之前的行為態度，這裡似乎潛藏了威脅，是會讓她們一直保持警戒的地方。

凱伊瞇眼，透過望遠鏡觀察，只能看到鎖鍊連結路障的刺網壁壘一路延伸到遠方白色圓頂東側的路面。根據札克的說法，這道東向圍欄轉西之後，繞過一片大型林地。到了西側之後，再次沿著海岸線北彎，緊貼他們現在所站立的面海鋪面大道。凱伊很確定，這道圍欄所包圍的區域一定是名叫普雷西迪奧的某個前軍事基地。不過，在蘿西資料庫的地圖裡，他完全找不到類似圍欄的東西，想必這個一定是後來才興建完成。當他們一來到這裡的時候，沿途還有一些缺口，不過，他們的母體立刻封鎖了普雷西迪奧的東側，以及橫跨金門海峽的宏偉大橋的這一端。

他指向路障，「這到底有什麼好處？」

「你和我一樣都很清楚，」札克回他，「我們需要保護，敵人可能在另外一頭。」

「聽我說，」當他面向那男孩的時候，突然冒出一陣火氣，他自己也嚇了一大跳。「我可以看到橋的另一頭，還有另一邊的海岸，那裡根本沒有人，我真的不明白敵人啊什麼的到底是怎麼一回事。」

「他們就在那裡，只是很善於躲藏，」札克說道，「就像他們在沙漠裡的那種舉動一樣。」

凱伊緊握拳頭，氣急敗壞。「好，你說你在沙漠裡有看到什麼。但我從來沒看過，瑟拉也一樣，而且她是四處亂跑的人。」

「你的意思是我在撒謊嗎？」這個魁梧男孩丟下背包，粗大的脖子與雙肩在劇烈起伏，他身旁的克洛伊抓住他的手臂，想要讓他冷靜下來，但沒什麼效果。凱伊盯著那男孩，「你看到了你眼前的畫面，而且克洛伊也是。要是那裡有人的話，也不可能太多，我們一直保持警戒，看到的最大威脅也不過是幾隻野狗而已。蘿西可以解決牠們，不成問題。」

札克現在雙手扠腰，嘴唇抿為一條細線。「好，所以你覺得現在是怎樣？」

「我覺得……我覺得我們的母體出了狀況。」

「像是什麼？」

「你也知道，當我們到達這裡之後，她們就開始陸續關機吧？她們怎麼從那時候開始就變了？關閉了我們的保護罩，開始對著看到的一切射擊。而且，現在還建造了這些路障……」凱伊怒氣沖沖，伸出手臂朝那堵垃圾牆揮了幾下，「她們從來不會在沙漠裡使用這種東西。至少蘿西不是這樣。她現在完全不跟我說話，我今天根本還沒看到她……」

阿瓦若開口，他的聲音被風吹散，幾乎聽不見。「我有個假設……」

札克問道：「是什麼？」

「我們的母體可能被重新植入程式……」

凱伊問道：「重新植入程式？」

「我一直很愛我的母體，」阿瓦若說道，「但我同時也很清楚，她的腦袋跟我的不一樣。她的腦袋是電腦，電腦可以被植入程式，很可能有人得到了我們母體的控制權，對她們重新植入程式，把我們帶來這裡，又把我們關在這裡。」

「我才不相信，」札克說道，「伽瑪超強，要是有人想要改變她，她一定會反擊。」

凱伊掃視遠方的山稜線，有人在那裡控制蘿西？他也不信，他沒辦法相信這種事。

米夏待在「退伍軍人醫學中心」招牌底下的寬敞鋪面停車場，翻找她的衛星地圖，她在普雷西迪奧外圍約二點四公里處。要到達那裡，她必須走一條名叫「海道」的路，這樣就可以帶她接到「林肯大道」，從南方直驅普雷西迪奧的大馬路。

她雙眼直視前方，完全不理會兩側的無人車輛與荒涼窗戶。她從來沒有到過這樣的地方，充滿了櫛次鱗比多彩房屋的城市——每一間都有大門，還有編號。她知道自己完全不需要害怕：媽媽與爸爸都來自舊金山，他們曾經告訴過她這件事。那裡本來是一個很棒的地方，但現在完全無人倖存。不過，她每次聽到聲響，都會害她忍不住面色抽搐，路牌因為風動而撞到自己杆子的金屬碰撞之音，還有高坐在某個屋頂上方黑色大鳥發出的呱呱叫聲。

她加快步伐。就這樣，一直前行就對了。不過，當她終於看到「林肯大道」的路標的時候，她卻發現自己被鐵鍊拴起的高大圍籬擋住去路，最上方有尖銳鐵刺網的那一種圍籬。她知道那種刺網的痛，威廉舅舅為了阻止他的綿羊亂跑所使用的同一種可怕物品。這道圍欄不只是阻斷她的通路而已，放眼所及，已經一路延伸到東西兩方。

她往西邊走去，找尋地圖告訴她的那條「加州海岸小徑」。雖然有強風與天候的破壞，但小徑依然在那裡，繞著高聳圍欄，沿著海岸一路暢行。當她往北方前進的時候，稠黏的沙子在她的腳趾之間碎裂，左邊有海洋潮浪拍打寬闊水岸，白色海沫宣告了它們的到來，一股詭異陌生的霧氣染濕了她的髮絲。她一陣顫抖，無法想像會有與台地如此不同的地方。

這條小徑出現彎度，遠離了海濱，進入了上坡雜樹林。過沒多久之後，她就到了林肯大道。

它就在那裡，但是那高高的圍欄，現在已經圈住了路面，前行依然被阻斷。難道沒有任何門、任何地方可以讓她進入到另一頭嗎？

然後，她看到它了。小徑被雨水沖刷的某個地點，圍欄下方出現了一個小洞。她找到了一根厚重的樹枝，把它當成鋤頭，將枯葉耙到一旁，把洞扒開，讓她正好可以鑽過去。她先把自己的背包推到另一頭，然後，頭部向前，全身貼地宛若蛇一樣在蠕動，鑽了過去。她站起來，拍去衣服與手臂的塵土，她覺得上方出現了某種詭異的滋滋聲響，宛若巨大的蜂鳥在樹梢獵食。是母體——她非常確定。她很接近了，根據她的地圖，這條路最後會彎向東側，要是她繼續走下去，一定會遇到人。

果然，大道前面右彎，接到下方的另一條路。路面越來越寬……然後，她聽到了動靜……有人在講話，隨風飄送過來。她趕緊把衛星電話塞入自己的背包，爬上了比較高的那條路面的路堤。她鼓足勇氣，準備接下來的那一場相遇，開始默默演練自己早就擬好的說詞。

凱伊離開大橋，看到了東西，有人從金屬鐵門後的路面逐漸靠近，他開口問道：「是誰啊？」大家盯著某個瘦瘦黑黑的人形慢慢走來，看起來像是個小女孩，凱伊從來沒有見過的人。她小心翼翼，繞過鐵門，將背包揹在自己的雙肩，一開始接近他們的時候很膽怯，然後，終於下定決心。

「感謝老天！」她氣喘吁吁，站定在他們面前。「你們在這裡！我的母體說你們會在這裡，但我當初不相信她。」

這女孩的一頭深色長髮整整齊齊攏在耳後，梳了一條鬆散的長辮。雖然天氣寒冷，但她卻光著腳丫子。她只穿了一件簡單的寬鬆洋裝，綴滿彩珠的皮帶緊繫腰身，還有長至腳踝的黑色緊身褲。當她在打量他們的時候，眼眸散發出漂亮的綠色光芒。

札克往前一步，「哈囉？」

凱伊站在那裡愣著不動，這是誰？

「我叫米夏……」她與每一個人握手。她的雙臂皮膚細滑，有曬痕，但是她的手握力很堅實。

克洛伊問道：「妳……妳是怎麼進來這裡的？」

女孩反問：「進來這裡？難道我們不是在外面嗎？」

凱伊說道：「她的意思是進入圍欄裡面……」

「圍欄？」

「這地方四處都是圍欄，」阿瓦若耐心解釋，「我們大家都無法跨越，但是妳卻來到這裡……」

「我不知道你是什麼意思……」講出這句話之後，女孩開始哭泣。

「怎麼了？」凱伊向前，撫觸她的手臂。「出了什麼事？」

「她走了，」女孩啜泣，「我的母體剛剛把我丟在這裡！」

31

凱伊在他稱之為「用餐室」的寬敞空間裡帶引米夏入座。「我們覺得這是飲食的地方，」他說道，「隔壁的空間以前是廚房，而且我們可以在那些櫃架上面儲放食物。」當他伸手指向窄小前廳的時候，另一群孩子魚貫進入屋內，前面那幾個米夏已經見過了：有厚實肌肉、沙金色頭髮的是札克，高挑的黑髮女孩名叫克洛伊，還有瘦小的紅髮男孩是阿瓦若，而他們後頭還有其他衣衫襤褸的小孩。

「那是小宏，」凱伊指向某個壯碩的杏眼男孩，「他很會煮菜，還有，這是克拉拉。」他朝某個身材精實、黑色皮膚，帶著一個桶子與小罐的女孩點點頭。「她剛剛開始種菜。」

但米夏的目光卻定睛在那個棕色直髮、臉上掛著友善笑容，直接撲通一聲坐在她對面的女孩，她雙肘支靠在桌面。

凱伊說道：「米夏，這是瑟拉。」

瑟拉說道：「那項鍊很漂亮……」

米夏把手伸向頸項，手指輕輕撫弄「女祖」給她的那條銀鍊。「我是——」

「我也有一條，藍色的，但根本不像妳的那麼漂亮，」瑟拉說道，「妳的就像是我們的母體一樣。」

米夏盯著那女孩充滿好奇心的棕色眼眸，低聲回道：「我也這麼覺得……」

「凱伊說妳的母體剛剛丟下妳？」瑟拉問道，「她就這麼飛走了？」

「她出了狀況，但至少把我送來這裡。」米夏緊張兮兮，望向餐桌的另外一頭，札克雙臂交疊胸前，站在那裡怒氣沖沖地看著她。一頭光滑頭髮幾乎蓋住臉龐的克洛伊，把手放在他的肩上，希望他要寬心。突然之間，米夏想起來了。峽谷，那個黑髮女孩，她以前看過克洛伊。她的心中浮現威廉舅舅的聲音……這些母體神靈只是為了要保護她們的孩子，她們無法知道我們並沒有傷人的意思。她知道她是這群孩子裡的一分子，不過，她也還有別的身分，是他們的世界，以及可能需要慢慢接受的外在世界的橋梁。

「啊，」凱伊說道，「妳的母體離開了妳……我以為我們已經很糟了。」

「很糟？但我覺得你們很安全……」

「我們是很安全，」瑟拉說道，「但是我們不能離開這個地方，沒有辦法到那座可怕圍欄的外頭。我們被困住了。我的母體以前總是告訴我，飛翔是人類最美好的享受，現在她根本不讓我待在自己的保護罩裡面……」

米夏腹底冒出一股不安的感受，「但你們為什麼會『被困住』？你們為什麼不能直接離開？」

「我們的母體把我們封鎖在裡面，札克覺得她們是在保護我們，對抗外頭的敵人。」凱伊問她：「妳覺得呢？妳在那裡有發現什麼異狀嗎？」

「沒有……沒有那種事……」

凱伊面向札克與克洛伊，「看吧？」

克洛伊向前，對凱伊露出不屑表情。「我們在沙漠裡的時候，曾經看到了某人，」她說道，「他們開卡車過來，然後又搭乘有推進器的某種飛行器走了。我的母體對他們開槍，但是他們逃走了。梅格也看到了什麼，對不對，梅格？」

「我不是很確定……」坐在瑟拉旁邊，一頭捲曲金髮的瘦小女孩柔聲說道，「當時很黑，我覺得我看到了光……然後又聽到了……轟隆隆的聲響。」

「可憐的梅格一直是孤單一人，」瑟拉摟住那個膽怯小女孩的肩頭，「但現在沒事了，我們在一起。」而在瑟拉身邊的梅格卻只是盯著自己的大腿。

「我明白，」米夏說道，「我也一直很孤單。不過，現在……」說也奇怪，她發覺自己熱淚盈眶，能夠遇見他們，真的很棒，但她已經開始發現自己對他們幾乎一無所知。

「晚餐沒有準備好……不過我們在二樓找到了許多房間，」凱伊好心告知，「妳要挑哪一間都不成問題。」

米夏站起來，雙腿顫抖。好漫長的一日——長途跋涉、惶惶不定，最後，終於發現了一切。她有事得完成。她揹起了自己的背包，跟著凱伊與瑟拉登上黑漆漆的樓梯。

她在前方角落看到一個房間，停下腳步，開口說道：「這裡就可以了。」

「妳確定夠大嗎？」瑟拉問道，「梅格和我的房間空間很充足……」

「哦，不用！」米夏說完之後，目光盯著地板。「我覺得，我習慣獨眠。」

「但以前都有妳的母體陪伴吧，」瑟拉說道，「妳一開始的時候會很難熬。」

一陣尷尬沉默之後，瑟拉與凱伊準備轉身離開。「好，那就等一下見了，」凱伊說道，「要是妳有需要的話，原野另一邊的小屋有些備品。」

這房間就跟洛斯阿拉莫斯的雜物櫃一樣小，不過，這裡有窗戶，還有足夠的地板空間可以睡覺。米夏從自己的背包裡拿出自己的毯子，把它裹在身上，她想起了「女祖」大地穴，以及她的歌聲所產生的那種舒適感。她背脊貼牆，伸手撫摸那條純銀項鍊。現在，她覺得它是自己的一部分——她之前根本忘了它在那裡。她開始低聲唸出認識的那些小孩的名字，依序回憶每一個人的面孔。札克、克洛伊、凱伊……威廉曾經在兩天前提過凱伊，理查今天早上在屋頂的時候也講過這個名字。他們怎麼會知道凱伊？

她又檢查了一下衛星電話。沒有來電，威廉舅舅與洛列塔舅媽以為她跟博爾提、霍諾威一起去露營了。要是一切順利的話，他們要到明天傍晚才會發現她失蹤了。她之前一直很篤定，自己會聽到好消息，不過，現在的她卻很懷疑。

她閉上雙眼，逼自己要專心凝神。她來這一趟是背負任務而來：找尋自己的兄弟或姊妹，而且，不僅如此。她開始想像自己是信使，將「女祖」的「銀色神靈」帶回台地區的信使。但要怎麼處理？要是「男祖」的預言會實現的話，那麼這些母體必須離開這裡。不過，瑟拉曾經說過，這些孩子再也沒有辦法坐在保護罩裡面，也許那就表示這些母體必須要獨自離開……不過，要是離開她們的孩子意味著放棄職守，不再保護他們對抗潛藏在圍欄之外的「神秘」敵人，她們又怎麼可能離開呢？如果預言會成真，這些孩子是不是會出事？她不禁打了個冷顫。

突然之間，房門吱嘎一聲開了。「米夏，我是凱伊，可以進來嗎？」

她嚇了一大跳，「嗯，沒問題……」

「我想妳應該餓了吧。」凱伊進入房間，帶了一小碗食物，味道有點像是洛斯阿拉莫斯的月桂。「這是小宏的松鼠燉肉，」他說道，「我自己非常喜歡。但我應該要事先警告妳，不是人人都愛。」

米夏以湯匙挖了一口凱伊送上的那碗燉肉，然後以舌頭嚐了一下。苦苦的，有野味，但已經夠令人開心的了。

凱伊露出燦笑，「我們最拿手的不是這個，瑟拉的魚才是最棒的。」

「魚？她去哪裡弄魚？」

「碼頭那裡，她從阿爾法的資料庫學來的。」

「誰？」

「阿爾法－C，她的母體。」

米夏盯著他。阿爾法－C……她回想瑟拉的模樣，有一頭褐色直髮的女孩——就跟她自己的一樣。而瑟拉的雙眸，與「女祖」的一模一樣，而扁鼻與圓滾滾的下巴，與威廉舅舅如出一轍……

凱伊問道：「妳的母體叫什麼名字？」

「呃……？」

「我母體的名字是柔－Z，但我都叫她蘿西？妳的母體的名字呢？」

「呃……？」米夏覺得熱氣冒到了她的脖子，然後是雙耳。她現在一心只想到瑟拉這個名字。不過，她想起來了。

「阿爾法－B……」

「阿爾法－B？幾乎就跟瑟拉的一樣！」

「應該是吧……」米夏露出了怯生生的微笑。

凱伊低頭望著自己的雙手，搓弄大拇指的某道傷疤。「我想要告訴妳，」他說道，「妳的母體？千萬不要擔心，她會回來的。」

米夏小心翼翼地盯著那男孩，「你為什麼會這麼想？」

「在我小時候，有一次蘿西離開我身邊去追郊狼。我當時真的很怕，但她還是回來了，她們一定會回來。」凱伊望向窗外，雙眉糾結。「我們的母體……不論發生了什麼事，她們都必須要保護我們。」

米夏盯著他，他一定是在憂心什麼吧。「凱伊，我不確定我的母體是否會回來……」

凱伊盯著她的眼眸，「但是……她必須回來！」他講話的音量有點大，整張臉都漲紅了，他的注意力又回到了自己受傷的大拇指。「好……我們就等著看吧。反正，妳現在有我們了。」

「對，我有你們了。」米夏面露微笑，但是懷疑的惱人種子已經在她的心中生根。坎卓拉召喚母體與他們的孩子回到這裡，是為了要拯救他們。不過，自從他們抵達之後，卻出現了其他狀況——讓大家都陷於危險之中的某種狀況。

32

在清晨濃霧之中，米夏站在第一百號房舍的前門門廊，望著瑟拉進入原野對面的某棟白色建築。她鼓起勇氣，從駐守在階梯底部的那兩個機器人旁邊溜過去，小心翼翼地穿過了高聳野草堆。

當她逐漸接近那棟建物的時候，她聽到後牆那裡傳出有東西碰撞的聲響。「唉呀！」有個像是老舊棒球棒的東西，飛越空中，落在她的腳邊，接下來是一個皮球，「應該是在這裡的某個地方……」

米夏感受到那股熟悉的溫暖感，「瑟拉？」她大喊，「是妳嗎？」

「誰啊？」

「我是米夏。妳在找什麼？」

「克洛伊說她在這裡看到了一台摩托車，但實在太黑了，我什麼都看不到！」

「來……」米夏從大門旁的某個盒子拿出了太陽能手電筒，送入漆黑屋內，一隻細瘦手臂伸出來，接下了它。

「謝謝！」瑟拉開了燈源，照亮了小屋幽暗牆面，露出了一大片蜘蛛網。「我在沙漠裡本來有一台越野腳踏車。但我們必須把它留在那裡，它塞不進儲物空間……啊！」她的光束掃向最遠的角落，一片黑暗中露出了厚實的輪胎，然後是踏板。「看起來比較像是一台老舊的電力腳踏車，」她把它拖出來，看個仔細。「但至少比什麼都沒有來得好。」

「妳打算怎麼處理它？」

「當然是直接騎啊。」

「我的意思是，妳要騎到哪裡？」

瑟拉似乎茫然不知所措，但也只有那麼一剎那而已。「這地方沒那麼大，但也夠大了。我想一定還有我沒看過的地方。而且，凱伊修好了我們在東邊圍牆找到的船，明天我們可以去海灣。」

米夏豁出去了，她只能利用這一刻評估妹妹的反應。「瑟拉，妳真的想要到圍牆之外的地方嗎？」

一陣陰霾飄過瑟拉的臉龐，「我知道我們的母體不希望我們這麼做，但是這個地方——感覺像監牢。」

「監牢？」

「就像一個漂亮的大監牢，裡面有令人想望的一切，」瑟拉說道，「但並非是我需要的一切。」

「我覺得……」米夏大膽開口，「我們只需要測試一下自己的極限。」

「測試？」

「多加把勁，至少要問一下我們為什麼不能離開。」

瑟拉盯著她，「妳覺得我們來到這裡之後，難道我不會天天詢問我的母體這個問題嗎？但是我得不到答案。」

「沒有嗎？」

瑟拉撥開遮蔽雙眼的髮絲，而米夏因為自己的直率反應而面紅耳赤。「好像這樣還不夠慘一樣，阿爾法甚至已經再也不跟我講話了。」

米夏說道：「我發覺她們變得非常安靜……」

「我指的是我心底，她已經不在那裡了。」

「哦……」

瑟拉掃視原野，眉頭緊蹙。「我連現在她在哪裡都不知道，妳的母體在那個……離開之前，是否也不再對妳講話？」

米夏搓揉雙手，努力想出合適的字詞，她根本不知道瑟拉在說什麼。「沒有，」她決定了答案，「並沒有，她一直跟我講話到最後，所以這一定是別的狀況……」

瑟拉似乎如釋重負。「阿瓦若覺得這可能只是暫時的，我們的母體可以自行修復的障礙。」

瑟拉把單車靠在門邊，面向米夏。「但如果她們又開始說話，看來我們就是被困住了。」

米夏吞口水，鼓起用氣。「如果妳想要離開普雷西迪奧——我想我知道一個辦法。就在這附近……我母體丟下我的地方，我發現圍欄下面有個算是洞的地方吧。」

她一臉疑惑望著米夏，「有個洞？」

「那裡似乎破損了一陣子，我想那個洞夠大，可以讓我們試試看溜出去……」

瑟拉皺眉，然後又開心大笑。「好，反正看一下也不會怎麼樣。」

她們把單車帶到第一百號屋舍後面的充電站。米夏引路，走向某條鋪面道路，然後朝她發現的那個位於林肯大道的圍欄破洞位置前進。瑟拉說得沒錯——這裡很美，在涼風之中，樹梢發出沙沙聲響，還有色彩斑斕的小鳥在枝頭追逐。而且，她的妹妹在她身旁蹦蹦跳跳。

瑟拉問道：「好，圍欄那個洞的另外一頭是什麼樣子啊？」

「是一條小徑。我想可以一路向南，然後進入城市。」

瑟拉雙眼瞪得好大，「城市？」

「你想要去嗎？」

但瑟拉只是微笑，「當然想去啊。我們可以只走一小段路，然後，要是沒看到那裡有問題，或者真的發現了什麼，我們可以回來告訴其他人。」

米夏點點頭，「聽起來是可行的計畫。」她根本不確定自己有計畫。她只想要把她妹妹帶離普雷西迪奧，或者向她證明其實很安全。不是什麼重大進展，但畢竟是個起點。她昨晚都在做夢，帶妹妹回家，向她介紹那些台地，這將會是她們姊妹兩人的第一次共同冒險。

一看到圍欄下的那個凹陷處，她停下腳步，自告奮勇。「我先！」她挖開洞內的一些落土，先把腳塞進去。她扭動身軀，然後到達了小徑，鑽出去比當初鑽進來的時候容易多了。

瑟拉左看右看，坐在人行道的邊緣，雙掌貼住身體兩側的地面，伸直了雙腿，準備往前推，將屁股滑到圍欄的下方。不過，突然之間，空中出現了可怕的噪音，當阿爾法－C降落路面的時候，地面都在搖晃，就在那一瞬間，米夏想起克洛伊的母體，她在沙漠中意外遇到的那一個。阿爾法－C以驚人速度抓起瑟拉，放在自己的雙臂之下，逼她站直，然後又把她放回硬邦邦的路面。

瑟拉大叫：「啊！」她伸出雙手搓揉肩膀，「媽媽！」她大叫，「妳不需要傷害我，要是妳不想的話，直接跟我說就好了啊……」突然之間，她哭了，淚水撲簌簌流下。

米夏從圍欄下方溜回去，奔向瑟拉，她緊緊摟住她的肩頭，低聲說道：「抱歉……」她的鼻子抵住了瑟拉的脖子，好想告訴她，她們的媽媽是同一個人，一切都會平安無事。

不過，瑟拉卻推開她，奔向她的母體。「妳為什麼就是不肯跟我說話？」她大喊，「為什麼就是不肯聽我講話？」

這兩個女孩踏著沉重腳步，默默走回第一百號屋舍，阿爾法－C跟在她們後頭，發出嘈雜移動聲響。不過，當她們到達門廊的時候，瑟拉面向她。「真希望能夠跟妳一樣，」她說道，「我真希望我沒有母體。」

米夏盯著她，「千萬不要講出那種話！」她說道，「妳自己也知道這並非妳的想望……」

不過，現在緊盯著自己母體不放的瑟拉，並沒有回話。

米夏一個人進入建物內，拾級而上。當她快要到達自己的小房間時，她聽到持續不斷的滋滋聲響，從她的毯子底下傳出來——衛星電話，她全身都涼了。她趕緊衝進去，關上房門。匆匆把電話拿到耳邊，按下「通話」鍵，低聲說道：「喂？」

「米夏！」是威廉舅舅，「感謝老天！妳到底跑到哪裡去了？我們追蹤這支失蹤的電話到了普雷西迪奧，可是……」

米夏在房內四處張望，只有從髒污窗戶透入的微光，她不知所措。她不知道要怎麼讓這些孩子離開這裡，更別說把「銀色神靈」帶回家了。她現在才驚覺——

她對於他們一無所知，「很抱歉，」她說道，「我聽到你們在醫院裡的那段談話，我躲進了運輸器。我原本以為自己一定可以幫上忙。不過，現在……我不確定了。」

33

「不見了？你跟我說米夏在普雷西迪奧？」詹姆斯在霍皮族醫院病房裡，一屁股坐在「女祖」的小椅子裡，麥克發出了悠長低沉的口哨聲。威廉站在門口附近，以安全距離觀察他們的對話過程。

理查在病房中間的病床撐起身子，從他的床邊桌拿了一條乾淨白布，稍微蓋了一下嘴巴。「她躲進來，我們一直沒看到她……」

詹姆斯嘆氣。現在很難直視理查，還對他生氣，他的皮膚變得慘白，曾經結實的雙臂，肌肉全沒了。他無奈往後一靠，想起了自己父親的溫柔聲音，每一個孩子都有權知道他從哪裡來。也許這根本不是理查的錯，也不是威廉的錯。或許歷史一直在重演。因為他父親辜負了他，他也辜負了米夏。她需要指引，她需要連結。在她努力尋找自己身分的過程中，完全得不到他的幫助，她只能自食其力，腦中充滿了瘋狂念頭。

他低頭，雙手摀臉，以指尖搓揉雙眼。「她知道了嗎？知道自己是霍皮族人？有兄弟姊妹……？」

「她聽到我們對話，」理查低聲說道，「一開始是在這裡，然後是我們在飛無人機的時候。」

麥克說道：「她真是厲害的間諜……」

詹姆斯面色抽搐，米夏才十一歲。他在這個年紀忙的是上學，與朋友打籃球，大嗑母親煮的扁豆與米飯。雖然他的父母並沒有對他百分百誠實，但至少給了他某種穩定感，歸屬感。他說道：「我們得把她帶回來……」

威廉主動開口：「她說，沿著海岸小徑的圍欄下面有一個洞，我告訴她，要是她可以循原路回去，我可以在那裡接她。」

「米夏不會有事的，」理查哽咽，「她是個聰明的孩子。」他努力想要抬望目光，與詹姆斯四目相接。詹姆斯這才發現這男人的臉龐佈滿淚水。「威廉有沒有告訴你？米夏見到了我的兒子。我好想見他，近距離看到他，只要一次就好。我好想摸摸他，對他說道我有多麼——」

理查突然中斷，喉嚨冒出輕咳，一條細小血流從嘴中淌出，滴到了他的髒污病袍。

詹姆斯有了體悟：理查永遠不會有機會與摯愛在一起，永遠不會與他們的孩子在一起——就算只是短暫時間也不可能了。他想起了米夏的模樣，總是讓他聯想到莎拉而感到心痛的女孩。莎拉散發出絲蘭根香氣的栗色長髮，以及帶有大地氣質與活力的皮膚。她必須在濾清氣流之下被連續狂吹好幾分鐘、淋浴、換上硬邦邦的塑膠罩袍，只是為了與他在一起。不過，她讓他想起了他這一生所擁有的真實事物，與外在世界的連結。他開口說道：「我去。」

威廉伸手，放在詹姆斯的肩上。「不，你留在這裡，我們需要你趕製解毒劑。而且，這是我的錯，我來處理。」

「我也一起去，」麥克說道，「為了以防萬一，我們會帶無人機。」

34

凱伊面迎冰冷岸風，拉緊外套蓋住脖子，走向了海灣。他沿著水岸左轉，繞過了某塊巨大沼澤地。他看到前方的瑟拉，已經待在她的碼頭老位置。

瑟拉靠著她在碼頭基地小屋找到的尼龍線、一盒魚鉤，以及三根釣竿，建立了一套釣魚作業模式。雖然在沙漠的時候，她一直不在意他們捕捉到的小型獵物，而且她很少吃自己在這裡釣到的魚，就算有也吃得不多，但是她喜歡這種活動，還有餵食別人所帶來的滿足感，她很快就學會了怎麼釣魚。不過，今天不一樣，他們找到了一條從圍欄外的某個船塢漂來的綠色小船。今天，這條船已經準備就緒，靠著粗重的長繩綁在碼頭邊的生鏽欄杆。

凱伊大吼問她：「妳的裝備都帶齊了嗎？」

「已經都放在船上了，」瑟拉整個人掛在兩道護欄之間晃個不停，然後開始透過通往小船的短繩梯往下爬。「快過來，趁陽光還有斜度的時候，我們趕快出發。現在魚兒還看不到你，比較容易抓得到。」

凱伊坐進去，小船搖搖晃晃。前一天下午，他坐在淺水處檢查漏縫，當時他覺得有這艘小船真是太棒了。不過，現在它在碼頭旁的深水區亂搖，完全不受控，他開始懷疑自己的判斷。他深呼吸，想起了瑟拉的告誡，要是他們太害怕，不敢嘗試新事物，他們永遠哪裡都去不了。

瑟拉解開船隻的纜繩，從地上拿了一根槳。嗯，其實不能算是槳——只是一塊類似鏟狀的漂流木。她興致沖沖，划槳離開碼頭，等待可能把他們衝回岸邊的海浪退散。凱伊沒有槳，凱伊只能呆坐在那裡，雙手緊握船側，努力讓自己的胃部保持平靜。

大約在離岸十五公尺的地方，瑟拉終於放下了槳。她的手腕輕輕彈了一下，將魚線拋出船頭。「要是這樣可行的話，」她說道，「我們應該要每天都努力再溜遠一點，看看我們的母體到底能放我們跑多遠。」

凱伊抬頭望天，盯著那一群排成V形飛翔的巨鳥，蘿西的資料庫稱其為鵜鶘，牠們猛衝而下捕食獵物。他的目光沿著海岸飄遊，可以看到某條小河與海灣的交界點——他們到來的第二天，小宏曾經帶他去那裡抓螃蟹。現在，有三台機器人一起站在那裡，看不到小孩。

「瑟拉，妳覺得我們的母體會互相聊天嗎？」

她面向他，挑眉。「你怎麼會有那種念頭？」

「卡瑪爾說他做過一個夢，貝塔告訴他，她正在學習。但跟誰學習呢？現在，我只要看到她們，一定是緊窩在一起，形影不離，共同行動。很奇怪，也許她們在互相教學。」

瑟拉搖頭，「阿爾法以前從來沒有和其他機器人說話，」她說道，「她告訴我，她沒有辦法。現在，她甚至不跟我說話。」她轉回身面向船前，「我真的不確定自己是否還能相信阿爾法。」

她突然拉了一下魚竿，猛力回扯，努力收捲她的第一條魚。最後，落在她的槳邊，這隻肥胖野魚為求生存不斷翻跳，牠的魚鱗貼住了小船的金屬地板，張大嘴巴拚命吸氣。凱伊小心翼翼牠把牠撿起來，鮮血從釣鉤穿透魚鰓後方的透明地帶不斷滲出。當凱伊把牠丟入瑟拉的布袋時，尖銳的魚鰭劃破了他的手。他必須提醒自己，經過小宏煙燻火堆的焦烤之後，魚肉的滋味會有多麼美好。

「那是條肥美的大魚！」瑟拉交給他第二根釣竿，「來吧，」她一臉燦笑，「我以船長的身分，下令你要好好盡本分！」

凱伊從瑟拉的水桶裡拿了一條小小的餌魚，串在自己的釣鉤裡。他姿態笨拙，在海面上方往側面拋出魚線，掛餌的魚鉤在水面晃了幾秒鐘之後，消失在水波之下。他盯著令人目眩的渦流，等待魚兒活動的蹤跡。

繼續等待，升起的太陽正在烤曬他的後頸。

詹姆斯待在麥克的洛斯阿拉莫斯的辦公室裡……窩在電腦螢幕前面，雙眼一直盯著它的淡白色光暈。麥克在舊金山退伍軍人醫療中心頂樓的位置，發射了無人機，而且設置衛星連結它的影像饋送。當小小的無人機在陣陣濃霧中仔細觀察的時候，詹姆斯與坎卓拉、魯迪窩在一起，凝望饋送畫面。

威廉在普雷西迪奧，在小徑前行，準備到約好的地點找米夏。雖然他與麥克的運輸器一降落之後就聯絡米夏，但她並沒有打算逃走。其實，自從他打過電話之後，她一直沒再說過任何話。

詹姆斯透過麥克風問道：「有沒有發現任何蹤影？」

麥克的聲音透過他的面罩低聲傳來，「沒有。」無人機第三次在海岸小徑以及與其平行的鋪面大道上空進行掃視。詹姆斯可以看到分隔兩端的尖突鐵刺網圍欄，畫面還一度拉近到圍欄旁邊的某堆垃圾。

詹姆斯問道：「那是什麼？」

「封鎖？」

「不知道，」麥克回他，「一堆金屬板嗎？她們可能進行封鎖……」

「看起來這些母體在圍欄的所有開口設下障礙物。也許那一個也是……這就在她說的洞口那裡……」

攝影機朝東方搖攝，經過了溫菲爾德．史考特古碉堡、古老墓園的那堆白色墓碑，最後在之前的「主崗哨」公園附近繞圈。機器人散落在海濱，大部分都定住不動。

當無人機飛到水面的時候，詹姆斯問道：「那是什麼？」

「看起來像是……一艘船。」

「天，」瑟拉說道，「我也不知道為什麼，但是這裡的漁獲速度比在碼頭還慢，也許我們應該要繼續往外。」

「或者回頭……」凱伊瞇眼回望海岸，他們已經離開原位，漂流了相當距離，現在，小河的粼光幾乎已經快要看不見了。

然後，他感受到一陣拉力，斷斷續續在猛扯，他大叫：「有了！」不過，瑟拉忙著緊盯自己的魚線，完全沒注意他。「是一條大魚！」

他被那股拉力逼得站起來，他的釣竿劇烈彎曲。他拚命維持平衡，那大魚幾乎把他拉向小船側邊，他的腳跟抵死不放。

突然之間，魚線鬆了，凱伊猜魚鉤又掉了，他傾身向前，想要找尋不見的那一根。不過，當他做出這動作的時候，出現一陣劇烈搖晃，他雙手緊抓釣竿，整個人往後仰。

在毫無預警的狀況下，魚線斷了。凱伊往後倒，狠狠摔在狹窄小船的另一邊，他的雙臂在身體兩側不斷晃動，想要努力重新取得平衡，但已經太遲了。

無人機的攝影畫面在晃動。「靠……」麥克透過電話低聲罵道，「兩台機器人朝這方向過來了，我覺得她們看到了無人機，但不知道她們是怎麼辦到的……」

詹姆斯盯著畫面拉遠，攝影機現在轉向海岸。他看到某個機器人飛掠而過，然後又是另一個。「你確定她們在追你嗎？」他說道，「她們似乎往海灣前進。」

麥克低聲說道：「最好還是走為上策……」無人機回到了海岸小徑，現在畫面只看得到樹頭。

凱伊翻船了，身體被層層冰冷海水所覆蓋。他現在只看得到漂流垃圾的黑影，只聽到自己的悶聲叫喊。鹹水嗆喉，現在已經濕透的外套增加了他雙臂的重量負擔，他發出咕嚕聲響，拚命吸氣，他仰頭，口鼻幾乎只能勉強露出水面而已。

「踢啊！快踢啊！」他聽到瑟拉的微小聲音，從上方的某處傳來。可是他的雙腿好沉重，不知道被什麼東西給纏住了。他緊閉嘴巴，手臂伸到下方，解開纏住大腿的海草，拚命狂踢。然後，他緊握雙手，後推施力，把自己逼上去。他看到了水面，有條像蛇的東西落入水中，就在他右臂上方的位置。他又聽到了瑟拉的聲音，「抓住啊！」他猛踢水，伸出雙臂。先是右手，然後是左手，好不容易緊抓繩索。終於，他看到了一抹晶藍色的天空，在他的上方不斷旋動。

不過，那又是什麼？現在，他周邊的海水在翻攪，起了一陣漩渦。他覺得自己又要被吸入水中，然後被捲到了另一側。他的腦袋裡盈滿了可怕的轟然聲響。引擎，機器人的引擎。那艘小船左右搖晃，傾斜，整個翻覆。他發現有東西鎖住他兩側的胳肢窩，一陣猛拉，被帶離水面的速度如此之快，害他覺得自己的頸骨都要裂了。

「瑟拉！」他忍不住大叫，「瑟拉！」

當蘿西把他帶向天空的時候，他卻看到阿爾法－C跳入海浪中，而且，還發生了別的事——當她下衝入海的時候，一隻細瘦的手臂正緊抓著她的履帶。

無人機攝影機又掃視了一次林肯大道，但還是沒有發現米夏的蹤影。詹姆斯的心臟在胸膛中忐忑狂跳。他死抓自己椅子的扶手，努力維持鎮定。「威廉，她有沒有跟你聯絡？」

「沒有，」威廉的聲音傳來，「而且我也找不到她說的那塊缺口。」

「麥克，」詹姆斯說道，「我需要你回頭查看灣區。」

麥克低聲回道：「馬上處理……」

無人機轉向北方，飛越金門海峽，然後朝東沿岸前行。暗黑水面散發亮光，一群機器人聚集在剛剛那條綠色小船地點上方的天空，還有更多機器人在岸邊來回走動。「現在下方有許多機器人，」麥克說道，「我必須要保持高度。」

當無人機轉向岸邊的時候，詹姆斯看到了那條船，他喃喃說道：「翻船了……」

無人機在海岸邊來回搖攝，掃視，現在，冒出了一群小孩，小小黑點奔向海濱。麥克說道：「我不希望他們看到我……」他把無人機導向東側，越過圍欄，飛出了界域之外。

突然之間，攝影機拉近地面，麥克哽咽：「靠……」

詹姆斯發覺魯迪與坎卓拉靠過來，擠在他的背後，他們盯著螢幕，無法呼吸，衛星畫面變得模糊，然後焦點重新恢復正常，坎卓拉瞠目結舌。

圍欄外的岸邊，有東西被水草緊緊夾纏，那是一具毫無生息的小小屍體。

無人機不斷盤旋，動作猶疑，彷彿連它也不敢逼視。時間慢慢過去，幾分鐘感覺像是幾小時那麼久。詹姆斯整個人坐在地上，抱住膝頭。「為什麼……為什麼這些機器人找不到她？」

坎卓拉依然盯著螢幕，嘴巴張得好大。「我猜，應該是辨識不出形體，」她喃喃自語，

「太……冷了嗎……？」她的臉頰滑落淚水，這是詹姆斯認識她以來，第一次看到她這樣，坎卓拉崩潰了。她低頭，激動抽泣。

「沒關係，」魯迪無能為力，只能拍拍她的肩膀。「沒關係……」

但並非如此，詹姆斯幾乎無法遏抑心中交戰的恐懼與憤怒，這都是他的錯……

突然之間，他們聽到了動靜——微弱激動的聲音。

「喂？」

「米夏？」威廉嘶啞又鼻塞的聲音轟然傳透連線。

「我妹妹失蹤了，」米夏在啜泣，「凱伊說阿爾法－C弄翻了那條船……我們在海邊拚命尋找，但是卻找不到她。」

「米夏，」詹姆斯站起來，「親愛的，我是爸爸，」他聲音在顫動，全身都在發抖。「聽得到我講話嗎？」

「嗯……」

「妳為什麼沒有去圍欄那裡？」

他聽到一陣抽咽，「我有啊，」米夏回道，「但是她們把它封死了！」她再次啜泣，「我想要找別的洞，但是……」

「那妳怎麼沒有打電話給威廉舅舅？」

「他打來的時候，我很匆忙，我把電話留在房間了。」

詹姆斯緊抓麥克的辦公桌，尋求支持身體重心。他緊握電話，現在這成了他的生命線。「米夏，我愛妳……」

她溫柔回應：「我也愛你……」

詹姆斯雙眼泛著淚光，望著坎卓拉與魯迪。「我答應妳……我們會想出辦法，一定會帶妳離開那裡，只要告訴我們一切就是了，從頭說起。」

35

在「執行官機器人」建物餐廳的昏暗內部空間之中，詹姆斯無精打采地攪動碗裡的燉羊肉。他對面的坎卓拉背對著他們，正在撥弄老舊的咖啡機。前一夜晚歸的麥克，雙手平攤在大腿上，根本沒碰他的食物。又有壞消息傳來，當天一大早，在霍皮族的醫院裡，理查輸掉了最後一場戰役。

坎卓拉轉身，面向餐桌，手裡拿著兩杯傳出燒焦氣味的咖啡。她動作輕柔，把其中一杯放在麥可的面前，她開口說道：「他說自己要霍皮族的葬禮……」

詹姆斯費力起身，他的脊骨感受到背部肌肉傳來的陣陣痛感。這位將軍要了一個「男祖」在台地邊側隔壁的位置，「女祖」說，他在那裡可以等待蘿希帶兒子回來。不過，現在等待這一切發生的機率似乎變得更加飄渺。詹姆斯漫漫長夜完全無法入眠，一直無法將米夏的哀愁話語拋諸腦後。

詹姆斯問道：「魯迪怎麼樣了？」

坎卓拉嘆氣，「經過了上一次的治療之後，現在好多了，」她說道，「不過，他鎖骨附近還是有難纏的腫塊——他們懷疑是轉移。我讓他繼續睡，我真的……沒辦法告訴他有關理查的事。」她坐下來，拿了根湯匙，攪拌自己的咖啡，盯著奶精慢慢溶解。「現在的問題是溝通有困難……」

詹姆斯面向她，「什麼？跟魯迪嗎？」不過，從坎卓拉的堅定神情看來，他知道她的心已經重新聚焦，那是她以往面對壓力時表露的一貫態度。

坎卓拉抬頭望著他，「不……是與那些母體。我一直在想米夏告訴我們的那些話，這些孩子是如何失去了與他們母體的溝通，她一抵達那裡就發現了這個問題。」

詹姆斯傾身向前，張開雙手，支住桌面，忍受再次準備要進犯他的那股暈眩魔咒。

「她說那些小孩以前會在心底和他們的母體講話，」他問道，「這是怎麼一回事？」

坎卓拉喝了一小口咖啡，然後拿餐巾紙輕拭雙唇。「你也知道，這些孩子與他們的母體進行溝通，是透過——」

詹姆斯問道：「生物反饋晶片嗎？」他知道那種東西，遠端健康監控的老舊技術。米夏自己和母體機器人也有一個，而艾蒂生與莎拉都決定不要摘除。

「不只是生物反饋晶片。這種溝通晶片還連結了植入腦中的注射式電子設備。」

「植入？」

「根據為母體們所設計的程式設計，在寶寶出生之後，她們就會立刻為小孩植入晶片與相關的注射式電子設備。邁可布萊德博士的工作小組針對神經退化性失調病患已有多年經驗。不過，它們除了傳輸生物反饋的功能強大之外，也可以接受刺激。」

「接受？」

「小孩的訊號很微弱，依賴的是從肌肉、消化道、肺部運動所得到的電力。但是母體的訊號卻強烈多了，電力直接來自她的反應器，她可以發送刺激，甚至從遠方也不成問題。」

詹姆斯問道：「所以這些機器人送出了什麼樣的『刺激』？」

「比方說，母體可以不需要透過聲音訊號，就可以直接對小孩發送訊息。不過，米夏覺得還有別的狀況。她認為他們已經發產出一種高階的非語言溝通系統，有點像是不需要語言的對話方式。」

麥克嘀咕：「如果這是真的，那麼這些小孩根本不是人類……」

「他們和你我一樣都是人，而他們與他們的母體互相溝通，就像是你我小時候一樣，」坎卓拉繼續說道，「不過，這並不完全一樣。我想是更直接，因為完全沒有人類，甚至是小孩在進行溝通時所運用的那些篩濾過程。」

「某種心電感應？」

「可能吧，我們並不知道答案，」坎卓拉回道，「但是這種直覺式的連結會讓母體與小孩的相繫感變得非常強烈。」

詹姆斯眨眼，「為什麼米夏沒有與她自己的母體機器人產生那種體驗？」

「她的母體存活時間不夠久，無法與她產生那種相繫感。米夏從孵化器出來的時候，幾乎差點活不下去了。」坎卓拉搖頭，「反正，你也聽到米夏所說的話，這些母體本來就沒有聲音，而她們與這些孩子之間曾經存有不知是什麼的其他溝通方式，似乎也消失無蹤。」

「為什麼？」

現在，坎卓拉把手放在桌面，中間是已經冷掉的咖啡。「我不知道。是某種程式退化？我猜這在所難免……不過，在所有的互動系統當中，似乎只有視覺系統與學習資料庫依然能夠正常運作。」

「這樣一來是否會讓那些孩子身陷在危險之中？」

坎卓拉目光低垂，盯著自己的咖啡。「根據米夏告訴我們的消息，這些母體似乎歸返到最高指令狀態。」

「最高指令？那是什麼？」

「安全，不計一切代價。你想想看，她們已經失去了透過生物反饋功能感知自己小孩的能力，不知道他們什麼時候感到飢餓、口渴，以及恐懼。她們已經失去了傳達警戒或是下達指示的能力。除了視覺辨識以及肢體控制之外，她們已經無法繼續執行任務。」

詹姆斯頹然坐下，緊張不安的食指頻頻敲打桌面。「這就是自從那一場溺水發生之後，她們逼小孩留在第一百號屋舍的原因？」

「她們甚至已經到了完全不肯讓小孩走出建物的那種地步，就連目的是為了找尋食物與飲水也一樣。」

「但她們怎麼可以做這樣的事？」詹姆斯問道，「這違背了不傷害自己小孩的要求……」

「如果她們再也收不到生物訊號，那就另當別論了。」

麥克緊握拳頭，「好，那我們該怎麼辦？」

坎卓拉發出長嘆，「我覺得也該讓這些母體好好休息了。」

詹姆斯盯著坎卓拉，「我們有辦法這麼做嗎？」

坎卓拉深吸一口氣，「應該可以。根據人工智慧第十屆大會的部分標準程序，『新曙光』計畫可以取得在水源戰爭時，鎮壓流氓機器人所使用的複製病毒。昨晚與米夏通完電話之後，我找到了資料，放在北達科塔州的加密檔案。」

麥克傾身向前，「所以我們要怎麼讓她們感染病毒？」

坎卓拉起身，伸手扶額。「我們沒辦法像是特殊計畫指令一樣，直接傳播病毒。」

「為什麼不行？」

「計畫指令只能啟動已經寫入母體程式的一連串指示。不過，要讓她們感染病毒，必須要上傳一套全新的密碼，母體們不可能會縱容這種事。」她摘掉眼鏡，捏了一下鼻梁。「不行，我們得要透過安全管道上傳，像是她們本來就用來接受輸入訊號的設備……就像是那些平板電腦。」

「可是要怎麼……哦……」詹姆斯腦中浮現米夏獨自待在普雷西迪奧自己房內的情景。「妳真的覺得米夏可以執行嗎？」

「我覺得她是我們唯一的希望。」坎卓拉伸手輕拍詹姆斯的手腕，「我知道你不願意米夏待在那裡。不過，要是沒有我們這位勇敢的小小兵，我們永遠不會知道這些孩子遇到了這麼嚴重的麻煩。」

36

在黑漆漆的用餐室裡面，米夏意外看到了凱伊，他不耐地敲打自己的平板電腦鍵盤，唯一的螢幕微光照亮了他的臉龐。居然會在那裡看到他，讓她嚇了一大跳。

前一天早上，她離開被機器人堵住去路的圍欄走回來之後，本來打算躲入她自己的房間裡面，向威廉舅舅報告自己的艱難處境。不過，一看到凱伊，看到他氣喘吁吁、一跛一跛爬上第一百號屋宅階梯時的面容，卻讓她立刻停下腳步。他外套濕透，褲子破破爛爛，講話語無倫次，直到卡瑪爾到了他身邊，溫柔地把手放在他的肩上，「怎麼了？凱伊？出了什麼事？」他才終於回神。

「瑟拉……」他當時一直在啜泣，回頭指向海灣方向，「瑟拉……」

柔－Z站在他後面，長長的雙臂癱軟向下，前蹲的姿態宛若與兒子同悲。而阿爾法－C進入呆滯狀態，兩側邊翼因為乾掉的海鹽而閃閃發光。「但阿爾法在這裡啊。」米夏當時低聲問道，「她怎麼可能會丟下……」

然後，凱伊面向阿爾法，拉高聲量，已經到了尖叫的地步，他的雙眼冒出怒火。「是妳做的！」他大叫，「是妳弄翻了船！是妳殺死了她！」

卡瑪爾只是抱住他，帶他回到他的房間，一直陪伴他，直到他終於進入時睡時醒的狀態。值此同時，其他人已經組成了搜救隊，仔細檢查過海灘，但是一無所獲。米夏已經完全忘了自己要逃離這個地方的任務，珍貴時刻分秒流逝之後，她才想起要打電話給威廉。而在那個時候，她已經知道了——既然發生了這一切，她不能這樣一走了之。

不過，反正也沒有差別了——自此之後，母體們幾乎不讓他們離開這棟建物。

當下午天光逐漸轉暗，小孩們開始搜刮食物儲藏室裡的少許殘餘食物當晚餐——放了一天的燉肉、珍藏的松果、一條條曬乾的魚肉與松鼠肉，有些人又回頭吃起兒童補給品。吃完了分量少得可憐的晚餐之後，一群人相約共同前往他們在樹林附近的臨時公廁，然後，他們疲憊萬分回到自己的房間，每個人都信誓旦旦，一大早的時候要與自己的母體好好解決問題。

又一個早晨降臨，漫長一日又過去了。不過，截至目前為止，還是沒有凱伊的蹤影。他的房門緊閉，沒有人敢跨入他的門口。

米夏小心翼翼，走向男孩的座位，靠近前門窗戶的那張餐桌，她問道：「是有什麼問題嗎？」

凱伊抬頭，「嗯？」他雙頰紅通通，眼睛腫脹，別開目光望向窗外。柔-Z待在外面，坐在附近的乾草堆裡。

米夏柔聲說道：「看來你的平板電腦有問題……」

凱伊皺眉，五官扭曲，最後怒氣爆發。「它變得越來越慢……比以前還慢。我本來以為帶到這裡來，靠近她……現在完全沒有作用。」

「可以讓我看一下嗎？」米夏坐在他身邊，雙手抓住那台平板電腦，在耳邊搖了幾下。「沒有鬆脫，有充電嗎？」

凱伊低頭盯著自己的雙手，喃喃說道：「電力顯示沒問題。」

米夏開口：「嗯……」她記得克拉拉與阿瓦若曾經在那天早晨抱怨過類似的事。根據阿瓦若的說法，輸入有進入暫存器，但是卻沒有後續回應。「大家似乎都有一樣的問題。」

凱伊取走她手中的平板電腦，動作展現出一種決絕姿態，他關掉電源，把它塞到一旁，他們周遭的區域陷入一片漆黑之中。「蘿西不跟我講話已經夠慘的了，」他說道，「現在連這個都不管用。」

米夏盯著他，他們在說的是柔－Z，還有平板電腦。但她知道——他們兩個想的都是前一天所發生的事。她望向入口，隱約期盼瑟拉會走進來。「凱伊，」她的語氣滿懷希望，「也許瑟拉還在那裡，也許她會回來。卡瑪爾說她在沙漠裡的時候老是那樣，四處遊晃……」

凱伊雙眼泛紅，死瞪著她。「她不會回來了，」他緊握雙拳，「我親眼看到她沉下去，她不會回來了。」

米夏覺得自己的身體一陣癱軟。也許，她跟凱伊一樣，只是需要一些安慰。她低聲說道：「我覺得我自己還是不願相信……」她不假思索，以彆扭姿態伸出雙臂，環住他的腰，但是她卻沒有感受到任何回應。這男孩就像這裡的許多小孩一樣，瘦得要命。他肢體緊繃，弓背，整個人呈現防衛姿態。她鬆手，看到了他鑲嵌在他前額的溝通器——特殊的圖案，每個第五代小孩的象徵標記。她一直盯著那複雜的電路圖案，簡直像是隨著它自己的生命在搏動，這是讓他與其他人如此特殊的重點之一。而他現在的晶片卻完全沒有作用了嗎？就和她的一樣？

凱伊怒氣沖沖望向窗外，目光投向阿爾法－C坐在原野的那個位置——就跟昨天一樣，所有的母體都窩在一片漆黑之中，形成了第一百號屋舍堡壘周邊完全無法穿透的牆。他舉拳敲桌，淚水潸然滑下臉頰。「瑟拉是我最要好的朋友，」他說道，「我有生以來認識的第一個人，但現在她卻死了，都是我的錯！」

米夏環顧空蕩蕩的空間，「這不是你的錯，」她說道，「而且也沒有人這麼想。」

她一整天都在聆聽別人發言，每一個人都講出了各自的理論，每一個人都想要慢慢接受事實，對於自己的母體出現越來越壓迫的行為，每一個人都想要釐清原因。

札克很堅持，「她們必須守護我們的安全。」

「她們察覺到我們感受不到的警訊，」克洛伊說道，「所以她們才會這麼小心翼翼。」

但並非每一個人都同意這種想法。大家都累壞了，飢餓、口渴以及焦慮讓他們痛苦不堪，而且大家都想要知道答案。「這樣得持續多久？」小宏問道，「我們需要食物！」就連卡瑪爾的和善臉龐也染上了一層憂慮。還有，可憐的小梅格，失去了自己親愛的室友而傷痛不已，根本幾乎講不出任何一句話。

米夏深呼吸，拚命想其他方法——什麼方法都可以——好好安慰凱伊。如果瑟拉出事並非任何人的錯，那麼有可能是她自己的錯。難道當初不就是她鼓勵自己的親生妹妹去測試底線嗎？不過，不行……她不能那麼想。「凱伊，」她開口說道，「你必須要相信那純粹是一起可怕意外，絕非任何人的錯……阿爾法覺得瑟拉溺水，她想要救她……」

凱伊面向她，「但是她並沒有救她！她失靈了，要是沒有她的話，瑟拉反而會活得好好的！」

米夏坐在那裡，沉默不語，她想起了就在前兩天的時候，阿爾法－C把瑟拉從圍欄下方硬揪出來的那種暴力方式。凱伊是對的，也許這些孩子要是少了他們的母體，會活得比較好——這些母體似乎不明白自己的力量或是自己的侷限。她想起了在傍晚時分，她跟著其他人再次上樓查看凱伊房間之前，阿瓦若告訴她的話。「我覺得我們母體的程式無法適應水性，」他當時是這麼說的，「想必這就是癥結點。」米夏也會思考那一點。她一直在想念莎拉，還有「女祖」——陪伴她長大的真正的人類母親。也許這些機器人母親的程式無法適應真正的小孩——需要食物、飲水……以及愛的孩子。

她眺望窗外，望著那一群機器人，她覺得自己面對凱伊的憤怒，態度也開始軟化。雖然她在這裡的時間這麼短，她也已經明瞭這些孩子對於他們母體的敬愛。不過，難道不該有人為凱伊失去了摯愛的朋友——她妹妹之死而付出代價嗎？她緊閉雙眼，拚命壓抑眼淚。

凱伊偷偷望向她，他現在的表情已經柔和多了。「抱歉，」他說道，「我盼望這真的只是一場意外，阿爾法只想要保護她。但妳也看到了……我不知道了，真的不知道了……」

米夏發覺藏在外套底下的手機在滋滋作響，她喃喃說道：「凱伊，我得要在上床之前多喝一點水。」

她準備上樓，在她後頭的凱伊面向了窗戶。

米夏待在她自己的小房間了，緊緊抱住衛星電話。「喂？爸爸？」

「妳還好嗎？」

「嗯……」米夏發覺自己的頸部肌肉開始放鬆，她差點忘了詹姆斯的慈愛撫觸，還有對她講話時才會出現的柔聲語氣。她拉緊外套，真希望自己可以消失進入這個電話迷你螢幕飽滿又溫暖的綠色光暈之中。「爸爸，對不起……」

「親愛的，我跟妳說……妳把我們都嚇死了，就這樣一個人溜走了。不過，反正木已成舟，重點是妳現在很安全。」然後，是一陣停頓。「還有……也許妳現在可以幫助我們。」

米夏用袖背擦了擦眼睛，「我有在幫這些小孩……取水……現在可以走到原野，不會被母體抓回去的人也只有我了。」

「米夏，要小心，我們不能確定這些母體下一步會做出什麼。」

「但我還能幫什麼？」

「我們有個計畫。」現在他壓低聲音語氣堅定，「我們需要妳讓這些小孩上傳病毒給他們的機器人。」

「病毒？要做什麼？」

「準備要癱瘓她們的中央處理器。」

「殺死她們？」米夏脈搏急快，難道她真的希望如此嗎？

「不是殺死她們，只是讓她們很忙而已。」

「米夏，我們一步一步來，」開口的是坎卓拉，「我可以把病毒程式複本傳到普雷西迪奧的某台電腦給妳。那在另外一棟建物，距離妳現在的地方不到兩公里左右，我會給妳位置，妳準備好了嗎？」

坎卓拉唸出經緯度，米夏仔細聆聽，在電話的小小螢幕記下一個個數字。「等到妳進去的時候，打電話給我們，」坎卓拉說道，「或者，遇到麻煩的時候也一樣。」

「好。」米夏呼吸困難，結束電話。不到兩公里，就只有不到兩公里的距離而已。

米夏的背包緊貼脊骨，站在第一百號屋舍的前方門廊。在月光照耀之下，這批母體群陣閃閃發亮。她開始想像當她們在烈日之下群飛，側翼熠熠生光的情景一定相當美麗，就像是「女祖」多次描述的一樣。不過，她們以蹲姿坐在這裡，雙臂疊起緊貼兩側，宛若準備要執行什麼神秘計畫的沉默惡靈。她回頭，重新進入第一百號屋舍，找到了後面的小門。出去之後，她立刻沿著自己衛星定位系統的建議路程前進，右轉，然後沿著某條寬敞的鋪面大道前行。

突然之間，她覺得腳下的土地在顫抖。她停下腳步，聆聽，感覺像是大樹全部枝椏的葉子在她背後發出了不祥的窸窣聲響。她加快腳步，現在根本是在狂奔，雙腿隨著心跳節奏在抽動，吸入冷冽空氣的肺部在發疼。等到她站上建物前面的水泥台階的時候，她才轉頭凝望後方的原野。那裡有一個孤單的機器人，右方高聳野草已經被壓得一片平坦。她從建物的巨大鐵框門溜進去，牢牢關上。然後，她拿起自己的衛星電話，按下「撥打」鍵，她壓低聲音說道，「我進來了。」

「好，」坎卓拉回道，「上樓，到右邊，然後進入樓梯最上方的第一個房間。」

裡面一片漆黑。米夏閉上雙眼，以自己小時候的方式進行摸索——靠的是觸覺，靠的是回聲。她登上吱嘎作響的台階，迅速找到了那間辦公室，裡面的空氣冰冷又污濁。

「書桌上有一台電腦，碰觸一下螢幕就可以了，應該是在開啟狀態。」

米夏在右側某張書桌前的椅子坐下來，伸手撫摸某台電腦的螢幕。迎接她的是發亮螢幕的金門大橋照片。

她開口：「沒問題。」

「我正在傳輸病毒到一個名叫『複製三』的檔案，有沒有看到？」

她盯著螢幕，看到某個小圖示出現在右下角。「有。」

「依然在下載中。等到我告訴妳的時候再點選。現在呢，辦公室裡應該藏有一堆記憶卡，妳找得到嗎？」

米夏開始翻找辦公桌附近的櫃架，找到一堆橢圓形的盒子，上面印有「哈囉碟片」的標籤。每一個盒子裡有五十張小型記憶卡。「嗯，沒問題，這裡有一堆。」

電話另一頭傳來鬆了一口氣的嘆息聲。「很好。現在，仔細聽我說，每一個機器人都需要一套複本。為了保險起見，弄三十張，每個機器人一張卡……好，現在病毒檔案已經準備好了。」

米夏把其中一張卡片插入電腦旁邊的某個槽口，等待病毒複製。「嗯，有一張好了……」她很有耐心，複製了另外二十九張記憶卡，依序放入自己的背包裡，「完成了，」她說道，「三十張。」

「妳真厲害！妳回到自己房間的時候，讓我們知道行嗎？到時候我們會再告訴妳更多細節。」

米夏把背包放到肩頭，下樓。在小小的門廳裡，她鼓足勇氣。然後，她走出去，回到了門廊。是那個哨兵機器人，現在她的側身流淌著凝霧水氣。一看到那個機器人的標誌，她不敢呼吸：是阿爾法－C。

一股恐懼襲滿全身。不過，也說不出到底是什麼原因，有別的感覺取代了它——

某種詭異的溫暖，篤定感……就在那一刻，她覺得自己聽到了什麼：有人在講話，輕聲細語。

「是……？」她張望四周，「誰在那裡？」

突然之間，聲音不見了。她蹲身，只是她自己的脈搏，在耳內發出了鼓擊聲響。她雙手緊抓背包的背帶，步向原野，腳步急促。阿爾法緊跟在後。

37

凱伊從自己外套口袋裡取出了他的羅盤，想要努力記住第一次收下的情景。他以手指搓揉它的堅固塑膠表面，這東西超棒，瑟拉當時是這麼說的，它會告訴你要走哪一個方向。

他低聲問道：「妳為什麼要這麼蠢？」他本來以為自己已經怒氣全消，但現在這就是他僅有的情緒。他好氣瑟拉居然膽敢划那麼遠，氣自己縱容她，氣他們的母體翻船不信任他們，氣蘿西不跟他說話。他把羅盤狠摔在地，他現在根本不知道要走哪一個方向。

他抓起自己的平板電腦，重步下樓。他們儲藏的食物已經快要吃光了——沒關係，因為自從瑟拉失蹤之後，他的胃口全沒了。但是當札克自信滿滿，覺得自己可以率領大家去打獵的時候，米夏似乎有別的心事。卡瑪爾在一大早已經告訴他消息了：大家要聚集在用餐室，每個人都要帶自己的平板電腦。

凱伊進入用餐室的時候，看到窩在遠方角落的米夏，平常整整齊齊的髮辮卻鬆落在肩頭，而且雙手一直出現各種動作，彷彿在默默演練預先準備的演講。

凱伊低聲詢問卡瑪爾：「你知道這是怎麼回事嗎？」

「我不知道，」卡瑪爾回道，「也許米夏想出了可以讓我們的平板電腦恢復連線的方法？」

他勉強擠出笑容，凱伊內心再次湧滿了感激，謝謝這個男孩總是這麼友好。

待在他們後面的札克與克洛伊，發出巨大聲響，坐在阿瓦若與克拉拉的旁邊。最後，一整屋的人逐漸安靜下來，站在門口的小宏開口：「大家都到了……」

米夏清了清喉嚨，開口：「我覺得……」她的雙眸再次飄向凱伊，但他不確定她到底在找尋什麼。他只是點點頭，等待她繼續說下去。「我們都希望這個……」她指向窗外那一大排的機器人，「我們都希望要這個劃下終點。」

札克大手一揚，「我不確定妳到底是什麼意思？我們到底希望什麼劃下終點？」

小宏問道：「妳是不是知道該怎麼為我們找到食物？」

克拉拉把自己的機器高舉空中，「妳是不是想出了修好我們平板電腦的方法？」

米夏直視著她的聽眾，她的緊張雙手現在已經放在兩側。「沒有，我想我們的平板電腦沒有問題，你們的母體資料庫也一樣。我覺得問題在於她們沒有辦法把搜尋結果回報給你們，就像是現在無法與你們講話一樣。」此時傳出一陣同意的低語，「問題是與你們的母體有關，」她說道，「我覺得狀況不會好轉。」

克拉拉瞠目結舌，「但我們該怎麼面對那種狀況？」

「這就是我想跟你們討論的事，」米夏現在的聲音幾乎聽不見了，「我有個計畫，不過……最好是大家都能夠同意。」

「什麼樣的計畫？」札克煩躁不安，凱伊幾乎已經感受到男孩做出傾身向前的動作。

「我覺得……」米夏深呼吸，她把左手放在某張無人空椅。「我們應該要讓我們的母體睡覺。」

「睡覺？」開口的是克洛伊，她不由自主大喊：「為什麼？」

待在凱伊身邊的卡瑪爾開口了，「也許沒這個必要，也許我的母體早就已經睡著了。」他伸出纖長食指，拍了拍自己的太陽穴。「她就在那裡，但她不見了，我找不到她。」

凱伊透過窗戶發現了蘿西。他依然可以從她托翼的那種模樣認出她，雙翅與她的龐大身軀拉開了一點距離，彷彿隨時準備起飛一樣。透過那黃色的蝴蝶花紋，他還是認得她。不過，現在她已經成了那些機器人其中的一員——陰沉、充滿不祥之氣、安靜不語的形體，逐漸靠近……他說道：「卡瑪爾，她們很清醒，就是不跟我們說話而已……」

他後頭的札克起身速度超快，椅子哐啷撞地。「現在沒有時間讓她們入睡了！我告訴大家，敵人準備要發動攻擊！」

凱伊轉身，面向那男孩。「攻擊？靠什麼？松鼠嗎？」有幾個人緊張大笑了一會兒，打破了緊繃張氣氛。

克洛伊站起來，抓住札克的手臂，怒氣沖沖盯著凱伊，她問道：「好，凱伊，不然你怎麼解釋我們母體發生的狀況？」

「妳的意思是，我覺得她們沉默不語的原因是什麼？」

「不是，」札克說道，「她的意思是，如果沒有威脅，那麼她們為什麼會展現這種強烈的保護性？」

凱伊在眾人之中找尋支持他的面孔，不過，現在每一個人都盯著他，等待他的答案。「我不知道，」他說道，「不過，我一直這麼覺得，我們不能問她們為什麼，因為她們不會回答。」

大家一陣竊竊私語，每個人都在搖頭。

「我們的母體們出了問題，」克拉拉說道，「似乎是從我們到達普雷西迪奧的那一刻開始的……」

「自從米夏來了之後，狀況更糟糕，」開口的是克洛伊，現在，她的深色雙眸緊盯米夏。「不知道為什麼會這樣？」

凱伊挺身而出，對抗克洛伊。「妳這話是什麼意思？她在我們到達的幾天之後就到了這裡！她的母體拋棄了她。」

「好，也許米夏不是我們問題的起因，」克拉拉說道，「但她的母體不見了。就我們所知，我們的母體從來不曾離開我們，她怎麼可能會是那個告訴我們該怎麼處理母體的人呢？」

克洛伊走向窗邊，遠望她的母體。「我同意札克的看法。她們打算要打仗。我只希望我的母體可以告訴我到底出了什麼事，如果有必須奮戰的敵人，那麼我想幫忙她一起打仗。」她轉身面向大家，「卡帕為我付出一切，我只想為她做點什麼，而那並不表示要讓她入睡！」

眾人大聲討論，好幾個人在抽咽吸鼻水。但是沒有人公開講話。凱伊面向米夏，「如果我們真的讓她們入睡，要靠什麼方式？」

米夏盯著地板，猛嚥口水之後，抬頭看著他，小聲回道：「靠病毒……」

札克緊握雙拳往前走，「病毒？像是流感一樣嗎？」當米夏後退的時候，凱伊轉身面向那男孩，他可以感受到札克皮膚發出的熱氣。

阿瓦若在他的座位裡發言，「我確定米夏說的是電腦病毒，會干擾她們思維的某種程式。」

「對」，米夏望向那個小男孩，「某種電腦病毒。我們可以透過自己的平板電腦上傳給她們，不會殺死她們的，只是讓她們入睡。然後，我們可以思考接下來要怎麼做。要是我們改變心意，真的覺得深受什麼威脅，只有我們的母體才能保護我們，那麼我們可以終結病毒，它不會造成任何永久性傷害。」

札克問道：「妳是在哪裡找到這種病毒？」

米夏臉紅了，「我自己想出來的。」

「就是這樣！」札克面向大家，「她就是這樣殺死了她的母體！」

全部的人都開始大吼大叫，凱伊現在緊靠米夏身邊，可以看到她淚水泉湧而出。「我沒有，」她哭喊，「是她離開我的，我告訴你們了，她就是直接丟下了我！」她匆匆跑向門口，推開了驚愕的小宏，消失在食物儲藏間後面。

凱伊面向札克，「你看看你做的好事！」他大叫，「我們就只有彼此，但你卻把大家搞到互相仇視！」他掃視其他人的恐懼臉龐，努力想要找尋其他願意挺身的同伴，但卻找不到。「米夏只是想要幫忙。她又不需要做這種事，她不像我們其他人一樣被困在這裡。我們也知道，她想要走人隨時都不成問題。」

克洛伊雙臂交疊胸前，「那她為什麼不走？為什麼不丟下我們就好？」

「什麼？因為她需要……」凱伊努力找尋合適措辭，但是一股突如其來的憤怒卻卡喉，讓他說不出話。怎麼會變成這樣？

但不重要。屋內變得越來越暗，驚愕的目光轉向窗面，現在，窗框全部在格格作響。牆壁在震搖，因為履帶滾動的喧囂，空氣的轟鳴讓外頭原野乾草草皮亂飛，克拉拉小心培植的花園被連根拔起。這些母體甦醒了。

凱伊穿過那一群小孩，奔出用餐室門外，穿過廚房，上樓，直接進入米夏的角落房間，房門微微開啟，一片昏暗，他只看到她涕淚縱橫的臉龐。

「我想試試看，」他說道，「教我就是了。」

38

米夏帶著凱伊從第一百號屋舍的後門離開，前往瑟拉的電動腳踏車拴在太陽能牆面的位置。她拔掉插頭，開口說道：「上來吧，」她開啟電源，他立刻坐到她後頭。他可以聽到他們的後面以及上方傳來二十二名母體的喧鬧聲響，當他們逐漸與建物拉開距離的時候，有兩個機器人一直跟著他們，也不知道為什麼，他就是知道——其中一個是蘿西。

他們在蜿蜒路面拚命加速，他們唯一的太陽能頭燈切穿了重重晨霧。當米夏轉彎的時候，凱伊緊緊抱住她，她的髮絲打在凱伊的臉龐。凱伊忍不住想起先前在某個地方亦是如此，難道，那真的只是幾個月之前的事嗎？

他大叫：「我們要去哪裡？」米夏轉頭，他看到她嘴巴在動，但他只聽到「電腦」這個字詞。

他們終於在某棟砂色建築的前面停下來，他跟著她，穿過了前門，上樓。她衝入某個小房間，匆匆奔向某張書桌，桌上安裝了一個類似大型平板電腦螢幕的東西。她直接坐在書桌前的椅子，緊張不安的雙手，抽出了包包裡的某個小型橢圓裝置，凱伊曾經在第一百號屋舍的廚房裡看過類似的東西，但阿瓦若當時告訴他，那只是一種老舊的電話，現在已經完全沒有了。

米夏按下設備中的某個綠色按鍵，「爸爸，你在哪裡？」

凱伊往前靠近，爸爸？

電話另一頭出現聲音，「我是坎卓拉，怎麼了？」

「只有凱伊同意測試病毒，其他人都陷入恐慌，我該怎麼辦？」在那個小型設備發出的光線照映之下，米夏臉色慘白，現在的呼吸成了短淺的喘氣。之後，一片沉默，只聽到她伸腳不耐亂踢書桌支架的聲響。

凱伊摸摸米夏的肩膀，「米夏，」他說道，「那是誰……」

不過，那聲音又出現了。「只有一個選項，只有一個方法可以讓你們出來。等到病毒植入之後，機器人依然可以飛翔。」

「飛翔？飛到哪裡？」

對方沉默了一會兒，然後才回答：「到洛斯阿拉莫斯。我會寄給妳另一個不同的病毒複本，有歸返程式。當然，我們也都很盼望凱伊過來。」

一陣刮擦聲響，然後另一個聲音出現了，是某名男子在講電話。「米夏，我們答應過妳，一定會讓妳離開那裡。既然凱伊在這裡……也許他可以幫助我們說服其他人。」

凱伊腦中的思緒四處游動，就像是瑟拉桶子裡的那些小魚餌一樣，太滑溜，根本抓不到。米夏到底在跟誰說話？他又試了一次，「米夏，妳到底和誰在——」但她卻對他揮手，叫他不要繼續講話，然後她以指尖刷了一下桌上的螢幕，它回魂過來。凱伊透過他左邊的窗戶，看到蘿西待在地面，而且她身邊有另一個機器人——阿爾法－C。

突然之間，靠近螢幕底下的位置出現一個小圖示。那個小型裝置冒出了聲音，「妳看到了嗎？」

米夏回道：「有……」

「把它複製到全新的卡片裡。」

「沒問題。」

米夏從某面牆的櫃架取出一個盒子，然後從中拿出了長方形的小卡。她把它插入螢幕下方某個盒子側面的連接埠，現在旁邊有黃燈亮起，不消幾秒鐘的時間，燈光轉為綠色。米夏開口：「好了。」

「坎卓拉正在寄送一連串指示給妳，等一下妳就可以在螢幕裡面看到，要嚴格遵守，千萬不要遺漏任何步驟。」

「好的……」

「我現在得要向凱伊解釋。」米夏掃視螢幕出現的每一行字句，默默唸個不停。終於，她面向他。「凱伊，很抱歉。但是如果你真心想動手的話，我們動作要快。」

凱伊盯著她，「動手做什麼？妳到底在講什麼？」

米夏把第二張卡片插入那個盒子裡，凱伊盯著那個小燈，再次從黃色轉為綠色。

「等到我們開始著手的時候，我會向你解釋。不過，你得要相信我。」

這個小小的房間，充滿霉味的櫃架，還有宛若某種老舊影帶裡的佈景古董家具，似乎正節節向他逼近。他現在的腦袋無法正常運作，他就是無法給予米夏所期盼的答案。「不行，我沒辦法，除非妳回答我。」

米夏站起來，現在來回踱步，冒出了一個故事——有關名叫詹姆斯的爸爸，住在一個名叫洛斯阿拉莫斯的地方。還有關於詹姆斯與另一個名叫魯迪的男人，如何運用基因工程讓小孩撐過那場全球大流行疾病。還有其他人，麥克與坎卓拉，建造了生物機器人——母體，為她們設計程式。而且還有其他的人，霍皮族，住在沙漠裡面，種菜放羊，全都是她的家人，也可以成為他的家人。

不過，值此同時，凱伊卻發現自己不斷往後退，他的雙手在背後摸找房門。

「拜託，」米夏說道，「我們必須……」她的話只講到一半，然後就望向窗外。「柔－Z就在那裡，準備離開，」她說道，「不過，阿爾法……她可能會是個問題。」

現在凱伊的右手緊抓住門把。圍欄外的人……企圖控制他們的母體。「米夏……」他已經打起精神，準備逃跑。「是不是被札克說中了？妳是敵人？」

米夏凝望他的眼眸，伸手抓住他的雙臂。「不，凱伊，我是朋友。我就跟你一樣，我之前也有機器人母體，但她在沙漠中墜毀了，好不容易生下了我。然後，某些人找到了我，救活了我，現在他們也打算要幫助你，從小到大，他們一直在努力保護你……」

「那我怎麼會從來沒看過他們？」

「你的母體不讓他們近身。她的程式設計就是要保護你。但真的有其他人，你一直不孤單。」

凱伊望向窗外，他想起了瑟拉說過的故事，深夜神秘發射雷射槍，路邊留下的一箱箱瓶裝水，還有在普雷西迪奧留給他們的補給品。是真的嗎？這些年來，有人一直在守護他，努力幫助他？

米夏依循他的目光，掃視天空。「阿爾法－C在這已經夠糟糕的了，但可能還有其他機器人在路上。她們也許已經不再跟你講話，但我覺得她們會彼此溝通。」

凱伊盯著自己的母體，現在待在這棟建物前方入口的附近。還有阿爾法，斜對著蘿西，彷彿在分享什麼天大機密樣。他想起了當他與瑟拉在海灣向外漂流的時候，聚在岸邊的機器人三人組……

他身旁的米夏已經從背包裡取出他的平板電腦，「凱伊，如果我們要動手……」

凱伊緊閉雙眼。要是換作瑟拉，她會怎麼做？她當然會信任米夏。但是她的大膽害她落得什麼下場？一直在守護他的是蘿西，無論如何，蘿西永遠是對的……

他睜開雙眼，凝望米夏。他心想，不對，瑟拉也一直是對的，要是他任由自己被恐懼掌控，他哪裡都去不了。而且，無論他要去哪裡，都不是孤單前行，米夏也會在那裡。雖然她已經不是以前的她——雖然她可能再也不是他從小深愛的母體——但蘿西一定也會在那裡。

39

凱伊以雙手的掌心掐住自己的平板電腦。已經插入它邊槽的是含有關鍵病毒的記憶卡。看到蘿西以這麼近的距離出現在他面前——引發了一連串的衝突情緒——期盼，還有全然的驚恐。阿爾法展現她平常那種宛若鳥兒的姿勢，機身前傾，現在距離他們不過幾公尺而已。

米夏緊抓凱伊的肩膀，直視他的雙眸。「這種病毒的設計原理就是不斷變形，」她說道，「第一次輸入之後，就會不斷重新植入，每一次的程式都會略有不同。你要盡可能靠近她，才能避開任何干擾。柔-Z在這個過程中會不斷抗拒，所以，等到啟動之後，我們就必須想辦法讓這個病毒持續植入。」

凱伊問道：「不過，一旦我們植入病毒之後，我們要怎麼在想辦法爬進去之前，先不要讓蘿西飛向這個叫做洛斯阿拉莫斯的地方？」

「除非歸返程式啟動，不然她不會起飛，」米夏說道，「你必須把這個平板電腦塞回她的控制盤，設定固線連接她的飛行電腦，然後，你必須在她的控制盤鍵盤打入『出發』。」他發覺她的指尖現在已經陷入他的肉裡，「知道了嗎？」

「嗯……」

「等到你想要發動病毒傳輸的時候，」米夏說道，「按下這個鍵就是了。」

凱伊把平板電腦放在胸前，把它當成了盾牌一樣，他走下前門階梯，辛苦穿越高聳草堆，雙眼緊盯著蘿西。她依然動也不動，當他逐漸靠近她的時候，那令人不安的形體似乎越來越大。他可以聽到米夏在自己的後方，她的腳步幾乎完全沒有驚擾灌木叢。也許，這會比他想像的更加簡單……

然後，蘿西動了。

一開始的時候，像是他的想像力在作祟。不過，她站了起來，巨大的雙腿穩穩伸直，最後完全挺立，轉動，尋找。凱伊心臟狂跳，他蹲低身體，再次躲到她的機身下面。他小心翼翼，一步步向前，越來越靠近她。六公尺、五公尺……她傾身向前靠近他，他目瞪口呆，盯得出神，透過那熟悉的艙室透明隔板，凝望她空空的保護罩。她伸出強壯雙臂，在他周邊的草地亂耙，他正好及時閃開，躲避了她的碰觸。他在崎嶇不平的地面站穩腳步，把平板電腦推到她面前，按下了啟動傳輸的那個鍵。

蘿西重摔坐地，身軀以笨重姿態落在履帶上面，雙臂垂落兩側，宛若斷掉的樹枝。米夏緊跟在凱伊後面，他爬上蘿西的履帶，拉動保護罩鎖門，當艙門嘩一聲開啟的時候，他的心跳差點停了，兩人立刻鑽進去。

就在幾天之前，這裡還一直是他的家，現在，這裡變得又冷又濕，每個表面都因為凝露而變得滑溜。當米夏蹲在他後方儲物空間的時候，他關上艙門，鎖好，將平板電腦穩穩地放置在大腿上，找到了安全帶，然後扣緊帶子，安坐在座位裡，聽到那個令人安心的安全帶喀嚓扣合聲響，他覺得一陣暢快。

「妳呢？」他焦急問道，「妳又沒有安全帶……」

「我會撐住，」她上氣不接下氣，「趕快把平板電腦裝進去就是了。」

他拿起自己的平板電腦，緊抓邊緣，突然沒了呼吸。記憶卡不在那裡。米夏的警告在他耳內響起，我們必須想辦法讓這個病毒持續植入。但卡片在哪裡？他伸手觸摸保護罩裡的地板，以手指瘋狂尋找。他還剩下多少時間？

「怎麼了？」

「記憶卡不見了……」

但已經太遲了。蘿西再次站起，保護罩也跟著揚升。她進入他的心底，一陣噁心感狂襲而來，他思緒紛亂，宛若迎風枯葉。「凱伊……你很害怕，我會保護你……」微弱的聲音，近乎是輕聲細語。難道這只是記憶？或者，是他的母體在講話……正在哀求他？

凱伊努力召回自己的意志，摸索座位邊緣，控制盤下方，找尋那張記憶卡，但一無所獲。保護罩的邊牆在旋轉，他在旋轉，蘿西顫顫巍巍地左搖右晃，他看到平板電腦摔落在地。

然後，他看到了某人……米夏……拚命爬向座位。「多的……備份。」她手裡攥著某個小小的扁平物。但凱伊呆了，心緒混亂。他在哪裡？為什麼他在這裡？他發覺米夏爬到他身邊，將他推到一旁，迅速撿起地上的平板電腦，將她手裡的東西塞入平板側邊的槽口。

蘿西再次重摔，發出了震骨巨響。她的聲音在他心底消失了，只留下某種令人心痛的空虛感。不過，他還是感受到了一陣震動，他們下方的土地開始晃搖。「這到底……」透過艙窗，他看到阿爾法－C節節逼近，距離他們只有幾公尺之遠，她的側身在熠熠發光，雙臂高舉。

米夏的手指滑過平板電腦右側，確保記憶卡已經裝好，然後把它塞入了控制板。「出發！」米夏對他說道，「趕快打『出發』！」

凱伊靠過去，手指找到了控制盤鍵盤，打字。

蘿西的反應器立刻啟動，保護罩往後，雙臂收回，展開翅翼，然後……

艙門突然打開，兩隻強壯的手伸進來，緊緊抓住米夏的腰部。「凱伊！」她亂揮雙臂，從艙門下方消失了。

「米夏！」

蘿西引擎轟轉，風扇啟動，引發一陣野草泥巴旋飛。過了一會兒之後，他們已經到了空中，鉸鍊幾乎撐不住，艙門差點要被吹走了。

米夏不見人影。突如其來的一陣風，艙門也因而砰一聲關閉。而凱伊窩在自己的座位裡，只聽到蘿西涵道風扇的沉悶聲響，還有她透過病毒導入的數百萬次電腦運算，造成處理器的持續低鳴與喀啦聲響，她帶著他高飛，越過了一座他從所未見的城市。

40

詹姆斯在自己的辦公桌前醒來，心緒一片迷茫。他嚇了一跳，發現自己電腦螢幕顯示的時間是下午四點十二分零一秒。他重心不穩地站起來，踉蹌進入生物實驗室，暴風雨天空的險惡淡紫色光線從窗戶透進來。他趕忙穿過通往麥克辦公室的走廊，這番折騰讓他胸膛激烈起伏。他看到麥克了，剪得亂七八糟的鬍子，在螢幕光暈下顯露出剪影。「有沒有任何蛛絲馬跡？」

「抱歉，詹姆斯，」麥克說道，「我一直不想吵醒你。不過，沒有，完全沒有看到。」

「但我們最後一次與米夏聯絡是接近太平洋時間早晨七點……時間也絕對夠久了吧……」

魯迪從他後面一跛一跛進入機器人實驗室。最後一次治療結束，他們把他從博拉卡送回來時所使用的輪椅——依然停放在門廳，他早已放棄不用，顯示他拒絕承認挫敗。他臉色蠟白，對著布巾咳嗽，一屁股坐在坎卓拉的旁邊，她待在角落，喝著已經沒了味道的咖啡。

突然之間，麥克猛力按下雷達的某個控制鍵，緊盯某個紅色小點。「各位，」他說道，「我找到了，正朝我們而來。」

詹姆斯衝向門外，穿越走道，站在大廳落地窗前面。正當坎卓拉攙扶魯迪從走廊過來的時候，詹姆斯已經穿上了他的泰維克防護衣以及濾毒面具。「確定這樣安全嗎？」魯迪氣喘吁吁，停下腳步，斜倚在接待櫃檯。「也許我們應該在機器人降落之前，先留在裡面，我們並不知道現在的她是否已經消解了兇性。」

「魯迪說得沒錯，」坎卓拉說道，「我們在裡面安全多了。」

詹姆斯現在看到它了——有點像是球狀的黑色物體，形狀模糊，在停車場那一頭的松樹上方高高盤旋。她的模樣慢慢成形：展開的翅翼、腹部、緊貼機身的履帶與風扇。停車場開始揚起一陣陣沙塵，雖然有窗戶相隔，他依然可以聽到空氣在吼動。

當機器人觸地的那一瞬間，地面在震晃。詹姆斯這才悠悠想起：除了無人機的畫面之外，他從來沒有在外面世界親眼見識過機器人。佈滿了條狀與痘點沙痕的艙窗，映照出天空與令人心憂的群雲。在艙室的兩側，他可以看到強壯的機器手，當初莎拉的設計，還可以看到它們的護套下方，以握拳形式出現的柔軟內指。就在那一瞬間，他發覺自己難以呼吸。

「艙室開了……」站在他身邊的坎卓拉也瞠目結舌，半張著嘴。

詹姆斯看到細瘦的大腿，黑色褲管，然後，另一條腿出現了。米夏？他衝向氣閘室，幾乎還沒等內門關上就奔向外門。不過，當他到達外頭之後，卻站在原地不動。

不是米夏，某個瘦巴巴的男孩，身穿破爛外套，一頭長度幾乎披肩的紅褐色捲髮，小心翼翼地從機器人履帶爬下來。想必是凱伊。這男孩盯著他，一臉驚奇，但卻也有恐懼。

「嗨，」詹姆斯開口，他透過面罩說話，這男孩聽得到他的聲音嗎？「米夏……米夏在哪裡？」

男孩只是站在那裡，他驚覺在這個男孩眼中看來，自己一定像是某種怪獸吧。

不過，他得要知道——他的女兒在哪裡？那天早上接到她的電話是禮物，是天賜的大禮。他不在乎她是否能夠完成任務，只要她能夠回家，他就開心了。他往前走，凝望機器人，期盼還有另外一個人會出現。「我是詹姆斯，」他盡量拉開嗓門，「是米夏的爸爸，她跟你在一起嗎？」

男孩頹然坐在地上，淚水泉湧而出，他大哭。「她……她被拖走了！」

詹姆斯彷彿受到重擊，殘破肺部釋出了僅存的一點空氣，面罩的刺辣臭味立刻盈滿他的鼻腔。「她……還活著嗎？」

男孩抬頭看著她，以破爛袖身抹擦整個臉。「活著？對，應該是，我覺得阿爾法不會傷害她。」

「阿爾法？」

「好像是……像是阿爾法不想要她離開……」

詹姆斯望向西方，盯著現在已讓地平線一片濕糊的雨幕。「小朋友，快一點，」他大叫，「暴風雨馬上就要來了，我們進去裡面。」當他回頭朝建物前行的時候，雙腳幾乎無法移動，凱伊跟在他的後面，但是保持一定的距離。

進入氣閘室之後，男孩背部緊貼另外一頭的牆面，頭髮沾染的大批灰塵不斷落下。「轉身，」詹姆斯交代他，「我們需要清除所有的塵土。」不過，當男孩左右搖頭的時候，詹姆斯一心只想到米夏，濃密長髮往上飛揚的模樣。當內門終於開啟的那一刻，詹姆斯奮力解開自己的面罩，依然望著那男孩，他睜大雙眼仔細端詳這個門廳的巨大空間。

坎卓拉保持距離，但坐在輪椅裡的魯迪逐漸靠近的時候，男孩瞠目結舌。然後，麥克匆匆出現在走廊，一看到這個大鬍子工程師的瘦長身形，凱伊又再次臉色抽搐。麥克說道：「米夏在找我們……」他把衛星電話交給了詹姆斯。

詹姆斯忍住釋然與挫敗的淚水，按下了通話鍵。「米夏？」

「爸爸，真的很抱歉，事況發展跟我們預期的不一樣。但我們已經給柔－Z植入病毒，凱伊已經在那裡了吧？」

「他剛到。妳還好嗎？出了什麼事？」

「凱伊沒有告訴你嗎？我們正要起飛的時候，阿爾法－C把我從保護罩抓出去。」

「但妳沒事吧？」

「我很好。我覺得她認為她自己在保護我。」

詹姆斯搓揉下巴，剛才一直緊咬不放，讓他肌肉發疼。「米夏，妳為什麼不早一點打電話給我們？」

「阿爾法把我抓走的時候，我的電話掉到了地面。然後，她把我帶回到大家居住的那一棟屋舍。我……我很難出來。爸爸，他們都知道柔－Z與凱伊不見了。而且我知道——大家都認定我跟這起事件有關。」

詹姆斯嘆氣，「妳現在人在哪裡？」

「我在第一百號屋舍，待在自己的房間裡面。」

「妳覺得……」詹姆斯皺眉，盯著坎卓拉的臉龐。「妳覺得妳有辦法讓阿爾法帶妳回來這裡嗎？就像是凱伊搭乘柔－Z回來一樣？」

「我一直在找瑟拉的平板電腦，到處都找過了，但就是沒有，很可能是在小船裡。」

凱伊默默點頭。

詹姆斯發出長嘆，「我們會盡快想出別的辦法，」他面向凱伊，「現在我們得要靠凱伊幫助我們了。」

41

雖然有詹姆斯稱之為「餐廳」的厚重玻璃相隔，但凱伊還是可以聽到令人擔憂的雷聲轟鳴。蘿西獨自承受滂沱大雨的沖襲，他幾乎看不清她的灰色輪廓。他覺得她在他的心底，但是卻找不到任何蛛絲馬跡。在普雷西迪奧的時候，他一度以為她離他而去，再也不是他的一部分了，不過，現在他知道她當時依然在那裡。病毒出現之後，他才真的與她就此斷聯。

現在她成了……別人。她在那裡，而他在這裡，凝視著她。這樣的孤絕——他從來不曾覺得如此空虛。他心想，對於那些從來沒有這種跟他一樣的母體的人來說，難道一直存有這種感受嗎？

他們讓他沖了熱水澡之後，把他的破爛衣衫換成了感覺閃亮像是塑膠材質的衣服。現在，詹姆斯站在佈滿餐食的桌前。有一種名叫梅子的水果，還有以玉米和羊肉為材的燉菜——全都來自某個名為霍皮的族人。那個名叫麥克的高個頭男子悄悄溜進最靠近門邊的角落，手裡拿著一杯淡褐色的飲料。坎卓拉坐在桌前，將燉肉分裝碗內。她小心翼翼，將其中一碗給了她身旁坐在輪椅裡的魯迪，然後，她開口說道：「凱伊，你一定餓壞了……」

詹姆斯彎身，將柔軟鬆綿的某個東西撕了一小塊。「玉米麵包，」他送到凱伊面前，「米夏很愛這個。」

坎卓拉托住魯迪的手，「魯迪以前常常在這裡烘焙麵食，不過……他最近很忙。」麵包很柔軟，散發美好的甜味，與凱伊之前之前吃過的東西完全不一樣。但這個空間的巨大感、牆面的慘白空茫、高聳天花板持續傳出的搏動聲響，害他開始胃痛。還有這些人，這些成人，全都盯著他，期盼從他身上知道些什麼……

詹姆斯說道：「這裡很像是我們當初改造你們胚胎的地方……」

「胚胎？」

「最後會變成你的迷你版。我們改變了你的一些基因物質，所以你們才能夠熬過那一場全球大流行疾病。」

「我知道這很難懂，」魯迪的溫柔藍色雙眸在打量凱伊，「不過，那場全球大流行疾病徹底改變了世界。創造歷史，成了我的某一個專案。這段故事的所有內容，到底是如何發生，為什麼會發生，相當重要。」

凱伊低聲說道：「蘿西可以教我……」

那兩個男人互看了一眼，「凱伊，」詹姆斯說道，「我們現在所談的資訊屬於高度機密，你的母體的學習資料庫載入的細節寥寥可數。」

「哦。」凱伊的目光又飛到了窗戶。

「你是不是很想念你的母體？」開口的是坎卓拉，當他回頭的時候，她盯著他不放。

凱伊突然覺得喉頭一熱，眼睛刺癢。在這個乾淨空間，在這種明亮燈光之下，他覺得自己格格不入。「嗯……」

「凱伊，」詹姆斯站到他旁邊，「你明白她不是真正的人吧？」

凱伊沉默不語，盯著那男人的淡褐色眼眸，然後瞇眼打量他。

詹姆斯開始踱步，破舊的鞋子在破舊磁磚地板發出拖行的沉悶聲響。「在我小時候，全球大流行疾病出現之前的那個時候，」他說道，「我爸爸帶我去過某間博物館。自然歷史博物館，有真正的恐龍骸骨……我超喜歡那些恐龍。但是我最喜歡的是佔滿某個昏暗大房間牆面的攤平世界地圖，一覽無遺。鑲嵌在地圖裡的是這些小小光點，各式各樣的顏色。你可以轉動某個輪子，讓時間軸開始移動，從兩百萬年前開始。隨著地球各種智人的興衰，色光會變亮——紫色的燈是巧人，紅色的燈象徵的是直立人……燈光的數目與強度代表的是每一個人種的數目。白光代表我們這種靈長目，最後，出現了一大堆白光，散佈在全世界。」

凱伊問道：「現在有多少？」

「某些人會說非常稀少，但我們已經知道還有更多的人，我們不是唯一。」

「你的意思是霍皮族？」

「對，」詹姆斯說道，「而且還有其他類似他們的人，我們盼望你在日後也許可以找到他們。」詹姆斯停頓了一會兒，回到桌前拿了一顆梅子，以纖長手指緩緩轉動，他望向凱伊的眼眸。「你將會見到其他人，」他說道，「過了一陣子之後，你就會明瞭差異。」

「但是我已經……見過了其他人，普雷西迪奧有許多小孩。」

詹姆斯伸出自己的大手，放在凱伊的肩上。「我會想盡辦法把米夏平安帶回來，」他的聲音在顫抖，「還有你所有的朋友。不過，我需要你幫忙。」他對著自己的袖身內側微咳，然後，把某個水壺交給了凱伊。

凱伊接下水壺，湊到嘴邊喝了一大口。他差點忘了沙漠的乾燥空氣簡直可以燒烤他的喉嚨。蘿西曾經教導過他，要如何從仙人掌取得珍貴的水，可以從裂縫裡與岩石下方發現它在滲滴，還有，她最後帶引他找到了卡瑪爾的泉水……「今天早上，當我待在蘿西的保護罩裡面的時候，」他說道，「就在我們植入病毒之前，她曾經跟我說話，她在那裡，就跟以前一樣。我一定找得到方法可以跟她對話，找出到底是怎麼一回事。」他望著坎卓拉，但是她卻沒有回視他，她望向魯迪，兩人彷彿在進行什麼無聲對話一樣。「無論我們做什麼，」凱伊說道，「絕對不能傷害這些母體。」

詹姆斯閉眼，雙手平貼桌面。「不過那只是機器，只是電腦……」他發出嘆息，喉嚨裡冒出粗嘎的呼吸氣喘聲。「凱伊，你從來不曾覺得……你的母體很可怕？」

凱伊盯著他，「可怕？為什麼？」

「你朋友瑟拉發生那種遭遇，難道你不擔心嗎？」

凱伊發現那股熱氣，那種刺癢的感覺又出現在他的頸部。而他身邊的坎卓拉卻只是望著自己的大腿。當然——在普雷西迪奧所發生的一切，米夏所看到的一切，她早就告訴了這裡的人。不過，在前往這裡的路途中，再次隱身在他母體的保護罩裡面，雖然他可能不明瞭蘿西出了什麼狀況，但他絕對不可能會怕她。

「並沒有，」他說道，「也許的確是出了什麼狀況——我們必須要修復，但是蘿西一心只想要保護我，而且阿爾法－C也只是想要保護瑟拉，現在我真心這麼覺得。」

詹姆斯嘆氣，「但你們的母體變了，不是嗎？而且她們只會繼續出現我們無法預測的變化。」他環顧四下，「我們的優先順序必須是你朋友的安全，大家都同意吧？」

坎卓拉把椅子往後一推，「來吧，凱伊，」她說道，「我已經可以看到柔－Z的饋送，也許我們可以一起研究她在中毒之前的狀況，找出一些線索。」

魯迪微笑，以西語說出「一會兒見」，當她親吻他臉頰的時候，他還對她眨眨眼。

詹姆斯坐下來，揮手叫他們離開。「你們兩個去吧。我還有事得和麥克、魯迪一起處理。」話雖這麼說，他卻定睛不放，目送他們離去。

42

坎卓拉帶著凱伊穿過大廳，進入某條長形走廊。不過，當他們經過某間貼有「生物實驗室」標誌房間的時候，她突然面向他。「你提到你的母體跟你講話？她說了什麼？」

「她說她知道我很害怕，她說她會保護我，就像以前一樣，一切都沒有改變……」

「嗯……」他們繼續在走廊前行，坎卓拉皺眉。「我以為我們已經修好了……」

在走廊的遠端，他們到達某間有「電腦室」標誌的房間。在這個昏暗空間裡，放置了一排排的電腦，不過只有一個螢幕是亮著的。坎卓拉坐在它前面，戴上耳機，雙眼緊盯著亮綠色文字所組成的某種模式。凱伊瞇眼細看，坎卓拉螢幕裡的資訊變成了似乎漫無止境的字母與號碼序列。不過，她在研究時那種聚精會神的模樣，宛若在看故事一樣。

凱伊低聲問道：「妳在看什麼？」

「那是電腦程式，」坎卓拉回道，「還有，我不只是在看而已——我也在聆聽。我們的大腦對於聆聽模式的感受力比視覺模式強多了。」

坎卓拉拿下耳機，任由它垂落在自己肩頭，凱伊可以聽到它發出了調變頻率的持續嗡嗚聲，聽起來好熟悉……他越靠越近。「妳現在聽出什麼了嗎？」

「不是很連貫的資訊。自從病毒控制她之後，她一直在計算宇宙中的星辰數目，人腦的神經元數量，還有永遠不會有終點的圓周率常數。病毒給了她一些任務，讓她得忙一陣子。」坎卓拉在某台桌機鍵盤輸入了一些指令，「不過，你看這裡。我可以下載一些她的深度記憶，母體們可以將資訊儲存在某個儲藏區，以供日後使用。這樣一來，就可以讓她們更快召回資料，等於某種神經可塑性。」

「可塑性？」

「不重要，」坎卓拉微笑，「這裡的人都說我說話像是在講謎語一樣。反正，我覺得你可以聆聽這些記憶，都只是昨天的資料而已，也許你可以找出某些模式……」

「模式？」凱伊問道，「什麼樣的模式？」

坎卓拉說道：「就像是交響樂一樣的連續訊號。它們有自己的語言，自己的韻律。當你一抵達之後，我立刻就把這些記憶訊號傳入我們這裡的翻譯器，」她在自己的平板電腦重重按下最後一個鍵，然後又抬頭望向螢幕。「不過，截至目前為止，它們似乎什麼都沒找到。」

凱伊拿起坎卓拉的耳機，調整位置貼耳。他的目光已經飄離螢幕。然後，他閉上雙眼，凝神專注的只有聲音。

他發現自己進入某種溫柔幽暗的境地，不斷有影像飛掠進出。他覺得……很舒心。然後，突然之間，他感受到……蘿西……那股令人安心的確定感，出現在他的心底。

他膝蓋一軟，這時候有人伸手抓住他的手臂，幫他穩住重心。「是什麼？」他聽到坎卓拉焦急的聲音從遠方傳來，「你的母體是不是在說些什麼？」

「她在呼喊我的名字，不斷重複……她說……她感受到我的恐懼……她的對外溝通系統有問題……她努力想要修復。我應該要遠離水面……那個名叫瑟拉的女孩……她的母體想要拯救她。不過她……已經無法發射訊號。」他眼眶泛淚，望著坎卓拉。

坎卓拉溫柔地摘掉了他的耳機，扶他在她旁邊入座。「凱伊，」她說道，「你朋友出了這種事，我真的很遺憾……」她回望自己的螢幕，「你和你的母體之間有某種特殊的感覺，對吧？」

他眨眼，當他的視線變得清朗，她的憂心臉龐又成了他的定焦畫面。

「我想是吧……」

坎卓拉說道：「這是我們一直覺得不可能發生的連結感……」她思索了一會兒，然後又自顧自點點頭，彷彿已經私自做出了什麼決定。「我還找到別的……我覺得應該要讓你看的東西。」她的手指在鍵盤上迅速飛舞，叫出了一個名叫「母體來源」標籤的圖示，她以食指碰了一下螢幕，「我花了一番功夫才駭進去，」她說道，「但是很值得。」

然後，出現了粗糙的二度空間圖像，暗綠色背景，白色字母。國家安全局最高機密，僅供親閱。正中央有一個不斷閃動的空白區塊，坎卓拉開始打字，在空白欄位填入了「新曙光計畫母親影帶」。畫面切換到一長串的單純名字，依照字母順序排列。

凱伊問道：「她們是誰？」

「等一下你就知道了……」坎卓拉的手指做出從上到下的動作，對螢幕揮了一下，然後，她低聲唸出那些姓名：「下士黛西卡・瑟雷斯、上尉魯絲・卡列登……瑪莉・馬寇森博士。」最後，她停留在其中一行：上尉蘿希．邁可布萊德。

她面向他，「凱伊，我認識你媽媽，想不想看她？」

「誰……？」

坎卓拉微笑，「柔－Z有沒有教過你人類嬰兒是怎麼生出來的？」

「妳的意思是，有關精子與卵子的事嗎？」

「對，提供卵子的女性是你的生母，你是她的後代，」坎卓拉清了清喉嚨，「你的生母是我的某位朋友，」她說道，「在我們一起共事的那段時間當中，我們變得非常親密，當初是她設計了『母體程式』。」

凱伊傾身向前，現在更加貼近螢幕。「『母體程式』？」

「每一個母體以她們養育小孩的生母為本，都具有不同的人格，『母體程式』體現了這些人的獨特人格特質。你的母親，蘿希．邁可布萊德，以她自己的人格創造了柔－Z。她創造了所有的母體，她擷取她們的精華，改造為能夠讓你有感的某種事物。」坎卓拉按下某個鍵，啟動音訊饋送。她在螢幕上點選了某個名字，然後，跑出了一連串的檔案，她又從中選擇了「簡介」。立刻冒出某個畫面——

擁有紅棕色長髮、濃密睫毛的年輕女子，目光嚴肅地盯著自己的腿。

那女子抬頭，在攝影機後方某處的光源映照之下，她的雙眼閃動綠光。「機器開了嗎？」她悄聲問道，簡直像是心懷什麼詭計一樣，嘴角露出淺笑。「我是不是應該要開始了？」

某個模糊男聲應答：「對，來吧。」

凱伊伸手觸摸螢幕，他嘴巴張得好大。「我看過她的臉……」他低聲說道，「我認識她……」

「印記……」坎卓拉低語，「蘿希認為人類寶寶對人臉產生印記很重要。不過，團隊不希望嬰兒將那張臉與機器有所連結，所以他們只在第一年給你印記。」

螢幕上的女子開始平鋪直敘，「我的全名是珍妮·蘿希瑪麗·邁可布萊德……」她嘆了一口氣，舉起優雅的手，把一綹散落的髮絲撥到耳後。「我叫蘿希。我自小生長在……世界各地，但我最後落腳在舊金山。」

凱伊輕聲細語：「還有她的聲音，那是她的聲音……」他深陷在座位裡，想起了自己小時候待在蘿西保護罩的時候，那種溫柔小手愛撫他的輕觸感——她在他們的第一個營地留下了諸多記憶，這正是其中之一。

「好……」蘿希向前，她的目光直視他的眼眸。「我一生的故事，我來看看怎麼說。我爸爸是軍人，不過在我三歲的時候，我媽媽過世了，所以他回家來照顧我。他是個很棒的爸爸。哦，這樣說吧，他很努力。」她停頓了一會兒，整理思緒。「我不記得我母親，只有模糊記憶，有時候是她的氣味，我真的不確定她是什麼樣子。」她望向她的右方，美麗臉龐閃過一抹紅暈。「而且，我自己從來沒有當過媽媽，所以，發現我自己現在面臨這樣的處境，感覺很奇妙。」

凱伊動也不動，盯著他媽媽滔滔不絕，描述她一路走來的歷程。她是軍隊上尉，是心理學家，也是電腦程式設計師。他想起了蘿西說過的話，你的晶片很特殊，那是我們之間的連結。

「如果我生女孩，那麼她的名字就會是莫伊拉，這是為了紀念我母親。如果是兒子，那就是凱伊……意思是幸福，是海洋，是我一直深愛的地方。反正……就這樣，我想要把某些精挑細選女子的靈魂，複製注入電腦程式的封包之中。這樣一來，她們的性靈就可以存續下去，她們可以領導一群她們永遠不會認識，但名字卻是由她們所挑選的孩童世代。」她眨眨眼，一滴清淚滑落臉頰。「聽起來很瘋狂，的確瘋狂。但我們必須要試試看。我知道機器人不可能是人類，但也許她們有機會成為次優的選擇。」

螢幕變黑了，顯示畫面又變成了一連串的檔案。

凱伊面向坎卓拉，「她……還活著嗎？」

「凱伊，她不在了，」坎卓拉回道，「很遺憾，就我們所知，這些生母都無人倖存。」她輕輕撫摸他的臉頰，「你就和她一樣。她一定會深以為傲……」

「但我爸爸呢？他是誰？」

「你父親……」坎卓拉低頭，撥弄她細瘦手臂中的金屬手鐲。「你有沒有聽到他的聲音？出現在背景之中？」

「拿攝影機的那個男人？」

「凱伊，我也認識他。不過……」她停頓了一會兒，沉默許久，然後顫顫巍巍地吸了一口長氣。「現在，他已經走了。對於來自先前世界的我們來說，這都只是遲早的事而已。我們跟你們不一樣，我們也不像霍皮族人，我們並沒有免疫力。我們光是為了苟延殘喘，必須每天服藥。」

她面向他，「很遺憾，你父親超想見到你，但是沒有完成心願。而米夏……她超想見到她妹妹。」

凱伊目瞪口呆，「她的妹妹？」

坎卓拉望著他，「她沒有告訴你嗎？瑟拉是她的妹妹。」

凱伊愣住了，想起米夏的臉龐，深棕色長髮的直度就跟棍子一樣，還有每當擔憂的時候額頭就會出現一條小小的皺紋——就跟瑟拉一模一樣。

然後，他想到了將米夏從艙口拉出去的阿爾法－C。「姊妹？但怎麼會……？」

「瑟拉與米夏的生母都是諾娃．蘇斯奎特瓦。她的人格被植入兩個不同的機器人，其中一個機器人到了普雷西迪奧，另外一個……並沒有。我們當初搶救米夏，把她帶來與我們一起生活。」

「妳覺得阿爾法……在普雷西迪奧的那一個……知道米夏嗎？她知道米夏是她的小孩嗎？」

「嗯……」坎卓拉往後一靠，右手抓住了桌緣。「我不知道她要怎麼辦到，但我多少有這樣的期盼。那個小女孩喜歡挑戰世界，不過，她需要保護，尤其是現在。」她伸手，往下捲拉螢幕。「這只是介紹影帶，蘿希拍的第一支，有關她的影片一共有數小時之久，而且名單上的每一個女子都有。」

突然之間，坎卓拉手腕腕帶的那個設備發出滋滋聲響，她瞇眼細看，表情莫測高深。「抱歉，」她開口說道，「詹姆斯需要我的幫忙。但你可以留在這裡，想要看什麼都不成問題。」

「我的媽媽，」凱伊說道，「我認得她的臉，但是我忘了，我怎麼可能忘記呢？」

坎卓拉把手放在他的肩上，「凱伊，隨著時間過去，我們大家都會遺忘些什麼。這是我們的心靈對我們的耍弄……也許這樣一來，可以讓我們的生命輕鬆一點。」

凱伊往後頹躺，盯著螢幕。就在幾個月之前，他以為自己懂得這個世界的運作方式。世事艱難，但他與蘿西會想辦法解決。無論發生什麼事，他們會永遠在一起，而且他的身邊永遠會有瑟拉。

不過，現在一切都發生了改變，他必須要學習，從頭再來一次，學習這個世界的運作方式。

43

凱伊聽了蘿希・邁可布萊德——原來是他母親的那名女子——的諸多故事，心情變得開朗。她小時候對於學習的熱愛——就和他一樣。而她在阿富汗沙漠的布建行動——救了其他人的性命，就像她救了他的命一樣。她熱愛舊金山——最後，她也把他帶到了這個地方。雖然他從來不曾把蘿西當成了真正的人類女性，但他現在對她的了解，宛若他已經認識了她一輩子之久。她的聲音是她的樂音，她是他的基石。也不知道為什麼，他會永遠懂得她的愛。

現在，他很確定自己告訴詹姆斯的話正確無誤。這些孩子永遠不可能傷害他們的母體，他們需要想辦法重新建立連結。但要靠什麼方式？他需要幫忙，需要找坎卓拉談一談。

現在是傍晚，暴風雨過了，電腦實驗室遠端小窗之外的天光已經成了紫黑色。他溜出門外，然後躡手躡腳走過陰暗走廊，準備回到餐廳。不過，就在前面，生物實驗室緊閉大門的後方，有一道光束橫斷了他的去路。他聽到有人在講話，停下腳步。

是詹姆斯，他聲音低沉，但態度堅定。「好，根據我們從柔－Z到達這裡之後所收集到的資料，我們知道病毒迫使她的中央處理器不斷進行多載，她的冷卻系統幾乎跟不上。」他停頓了一會兒，「我們也知道這男孩不願意幫我們任何的忙。」

那個名叫魯迪的男人柔聲回道：「我們早該知道他一定會很提防。」

詹姆斯低聲說道：「他個性太提防了，就像他爸爸一樣……」

魯迪堅持，「他需要時間……」

詹姆斯回他：「我們沒有時間。」

「好，」開口的是坎卓拉，「其實不只如此。人家一直在爭辯我們是否可以運用深度學習，教導機器如何像人類一樣思考，答案永遠都是否定的。不過，誠如蘿希常說的一樣，訓練套組永遠不夠，我們一直沒有做過正確實驗，狀況直到現在才發生改變。」

「妳的意思是？」詹姆斯語氣單調，彷彿只是假裝有興趣而已。

「當那些母體發射升空的時候，她們自己也跟小孩子一樣，」坎卓拉說道，「但是當初設計她們的神經網絡的時候，包含了內建的可塑性。她們的腦袋具有演化的潛力，可以根據輸入數據打破與重新建立數百萬的連結關係。要是這種腦袋與人腦密集接觸——成為搭檔，年復一年？而要是那個人腦自己依然在成長？依然在學習？難道他們不會互相學習嗎？當我今天和凱伊在一起的時候，我發現……柔－Z對他來說並不只是一台機器而已。她是他的……另一半。如果真的要做什麼，接下來該如何處理她，應該是要由他作主。」

又傳出魯迪的聲音，緩慢沙啞。「詹姆斯，我們當然都希望這些孩子安全無虞。但我們生了這種病……讓我們的心智遭到蒙蔽。在我們做出任何不可逆的決定之前，必須要先想清楚。」

凱伊背脊緊貼牆面，屏住呼吸，祈求心跳速度可以放慢下來，他豎耳傾聽。

「我了解，」詹姆斯現在的聲音變得比較強硬，聽得出一絲惱怒。「不過，在普雷西迪奧，我們開始進入了在人工智慧第十屆大會所引爆的那個領域——機器人掌控了人類的生活。大家要記得，我們在講的只是小孩子而已，他們很困惑，遭到誤導，過沒多久之後，他們可能就得挨餓，而且米夏深陷其中，誰知道她會出什麼事？」

「麥克你說呢？」坎卓拉的語調似乎變得低落又挫敗。

「我同意詹姆斯的看法，」麥克聲音粗啞，「我們不能坐等機器人自己鬆懈下來，我想我們都同意……事情不該朝這種方向發展下去，我們必須要做好準備把她們打走。」

凱伊大驚，宛若腹部挨了一記重拳，他現在只能逼自己不要衝入那個房間。

「所以……」坎卓拉嘆氣，「我會為你們設定密碼，但是在我們進行下一步之前，必須要在柔－Z身上先測試。」

凱伊聽到了椅腳刮地的聲響，實驗室的燈光逐漸變暗，腳步聲朝門口接近。他得要移動，但是他全身麻痺，四肢宛若橡膠。

當這一群人進入走廊的時候，他終於在最後一刻奔向大廳的另一頭，鑽入機器人實驗室。坎卓拉向同伴道晚安，然後拖著緩慢步伐走向電腦實驗室，距離氣喘吁吁的凱伊所窩藏的暗黑地點只有幾公尺而已。他聽到魯迪的輪椅在滾動，朝另外一個方向前進。凱伊在門柱邊拉長脖子，朝門廳張望，他看到詹姆斯推開椅子，而麥克走在他旁邊。

詹姆斯說道：「老頭，你早該上床睡覺了……」

「我告訴過你，不准那樣叫我，」魯迪講話的聲音幾乎聽不見，「容我提醒你，我還比你小一年三個月又四天……」

過沒多久之後，走廊一片安靜。

凱伊等待自己呼吸慢慢趨緩，雙眼也逐漸適應了黑暗。在巨大空間的另外一頭，地板上四處散落巨型機械的拆解殘骸。繁複的雙臂變得支離破碎，長長的履帶宛若柴火一樣被堆在那裡。角落是部分組裝的保護罩，少了艙蓋。態勢很明顯：對於這些人來說，母體只不過是一堆機器而已，等到他們再也不需要的時候，就準備丟棄。他挺直大腿，站了起來，小心翼翼不要發出任何聲響。悄悄回到走廊……

有人碰了一下他的肩膀，他完全不敢動。

「凱伊，你是不是迷路了？」

他抬頭，在昏暗的走廊中，他只能看出詹姆斯的疲倦容顏，還有無精打采的身形。「哦……對。我在找……哪裡可以睡覺呢？」

詹姆斯微笑，「真是抱歉……我想，我們不習慣有客人。」凱伊發現那男人扶住他的背，帶引他離開走廊，穿越大廳，最後站在某個小房間外頭。「米夏以前過來的時候會睡在這裡，」詹姆斯說道，「裡面有一瓶乾淨的水。」

「詹姆斯？」凱伊聲音嘶啞，努力想要維持語氣平靜。「你有沒有思考我說過的那些話？和蘿希對談的事？」

詹姆斯清了一下喉嚨，「我們努力想辦法，但一定會很困難……」

凱伊抬頭，一臉期盼，也許他們剛剛的對話還有其他部分，而他卻沒有聽到……

但是詹姆斯並沒有看凱伊。他的目光盯著房間，望向那扇小窗戶。

然後，他以指尖搓揉雙眼，回頭步向走廊。「明天還有得忙，」他說道，「你得要好好睡一下。」

「可是……」

「我自己等一下也就要睡了，只是需要與坎卓拉確定一點事情。」詹姆斯挺直雙肩，步履艱難，他轉身大喊：「我會讓她知道你睡在哪裡。」

凱伊深呼吸，關上了門。窗外一片寂靜。在月光映照之下，只看到兩顆巨石的剪影，從荒涼地面突伸而出。不過，當他在凝視的時候，卻看到有東西從岩縫間溜出來。

那是卡瑪爾的蛇，納加，帶著訊息而來。

凱伊屏氣，閉眼，專心聆聽納加的聲音。不過，他卻只聽到蘿西在講話：凱伊……你很害怕，我會保護你……

他從門邊那一堆東西裡取了一條毛毯，躺在米夏的小床裡面。他全身裹得緊緊的，抵禦房內的寒氣。如今狀況不一樣了，現在輪到他必須要保護他的母體。

44

早晨第一道曙光悄悄進入窗內，凱伊窩在毯子裡，夢到了蘿西的溫暖保護罩。他緊閉雙眼，努力讓自己待在夢境中。「蘿西，」他心想，「我們可以繼續上我們的課程嗎？」

她回道：「好的……」

記憶在心頭湧現——她的艙室顯示螢幕，讓他的周邊充滿影像，她的耐心指導。他看到了某張人臉，蘿希．邁可布萊德的臉，正俯視著他，對他露出微笑。

他愣住了，四肢僵硬，他被別人從保護罩裡拉出來，硬把他塞回到米夏的洛斯阿拉莫斯小房間，他拚命想要抵抗卻無能為力。他坐起身子，一直眨眼，終於定焦看清了牆面。

他小心翼翼，把頭探出房外。走廊一片漆黑無人，唯一持續不斷的低鳴聲來自天花板。在他經過生物實驗室前往電腦實驗室的途中，牆面凹處的小燈一一綻亮。

除了坎卓拉辦公桌附近地板那一堆鬆脫的金屬盒子與鐵絲之外，這間實驗室似乎就與建物的其他區域一樣空荒。凱伊悄悄溜進去，豎耳傾聽坎卓拉在使用的耳機所傳出訊號的微弱嗡鳴。

突然之間，他的背後有人講話。「嗨？是誰在那裡？」

他旋身望向門口，「是我，凱伊。」

「好……凱伊……」坎卓拉步履不穩，走了進來，她電腦螢幕的微光照亮了她的憔悴五官。

凱伊東張西望，「大家跑去哪裡了？」

「魯迪昨晚……復發。」

「復發？」

「詹姆斯與麥克必須把他送到霍皮族的醫療中心，」坎卓拉搖頭，低聲說道，「可憐的魯迪……這場全球大流行疾病讓他一直很難受，」她摘掉眼鏡，以手背擦拭眼角。「他很自責……」

「為什麼？」

「說來話長——他正在以錄音的方式要告訴你部分的故事內容。不過他希望我讓你知道……他很抱歉。」坎卓拉從口袋裡拿出一塊布巾輕觸眼鏡。

「他們什麼時候會回來？」

「哦，」坎卓拉一臉茫然，「最快得到深夜吧。詹姆斯也得在那裡接受治療。這樣的時間點真是糟糕……」她好不容易把眼鏡戴回去，然後，當她盯著地板的時候，雙眼睜得好大，她問道：「這是什麼？」

凱伊再次端詳地板上的垃圾——黑色的金屬蓋、綠色與紅色的電線、閃亮的開關，還有小燈。「我不知道。」

坎卓拉立刻衝向自己的電腦，手指不斷在觸摸螢幕上面飛動。「不，」她喃喃低語，「哦，不會吧……」

「什麼？」

坎卓拉的雙手緊握成拳，「他們下載了程式！」

「什麼程式？」

「他明明答應我的……」

凱伊覺得喉內冒升一股噁心感，「這就是你們昨天晚上說的程式嗎？」

坎卓拉面向他，「什麼？」

「我聽到你們大家的講話內容，在生物實驗室的那個時候。」

坎卓拉陷入沉默，彷彿有一輩子那麼久。當她終於開口的時候，聲音幾乎微弱得聽不見。「詹姆斯想要做個實驗……針對你的母體。不過，他已經向我保證，他會先向你解釋一切。」她把手伸向地面，拿起了其中一個盒子，大約是十五公分邊長，高度是五公分，比凱伊的平板電腦更小、更方正。「看來他們已經弄到需要的一切組裝誘餌……」

凱伊盯著那個盒子，「誘餌？」

「計畫內容是為每一個機器人製造一個誘餌，她的平板電腦的複製品。每一個誘餌都會發射出配合特定小孩的專門頻率。當母體感應到這組專有頻率的時候，就會追蹤來源。等到她距離夠近的時候，這個具有她小孩專門頻率的誘餌，就可以運用平板電腦的登入程式進入她的中央處理器，然後拿出我們拿來對付柔－Z的同一個病毒進行感染。」

凱伊緊抓桌緣，努力讓自己保持冷靜。「所以……他們要把這些誘餌帶到普雷西迪奧？」

「計畫應該就是如此……」

然後，凱伊心中閃過一抹希望。「但那種病毒不會殺死她們吧？對不對？它並沒有殺死蘿西……」

坎卓拉看到他的眼神，她眉頭緊蹙。「不會，但我們還加了其他的東西——會關閉冷卻系統的程式。中央處理器會過熱……腦死，最快就是五分鐘之內的事。」

凱伊的四肢變得虛軟，蘿西。「我，我的母體怎麼了？他們……已經殺死她了嗎？」

坎卓拉的臉龐出現一抹憂容。她放下盒子，對著她的鍵盤敲了好幾個指令，然後手指迅速滑過螢幕。「沒有，她的訊號沒有改變，」她面向他，發出終於鬆了一口氣的嘆息。「她依然好好的。」

凱伊伸出雙臂，抱住她的纖細腰肢。「拜託……」他的臉埋在她的單薄胸膛，「我不能失去她……」

他發覺坎卓拉的細瘦雙手在撫摸他的髮絲，「凱伊，不要擔心，我絕對不會對她做出那樣的事。」她彎身，伸長手臂抓住他，兩人四目相接的時候，她的雙眼閃閃發亮。「我昨天看著你聽到自己母體的聲音，我驚覺有奇妙的事發生了。」她挺直身軀，以雙手搓揉自己的太陽穴。「我已經告訴詹姆斯，希望可以給我時間想出其他方法，他為什麼不肯至少給我一點時間？」

凱伊擦了擦眼睛，「但我們的確還有時間，對嗎？妳說過他們去了霍皮族醫院，這就表示他們不會立刻前往普雷西迪奧。」

「對……」

「所以我們也許有時間可以思考其他方向。我一直覺得……我們一定有辦法可以讓母體恢復成以前的樣子。重新啟動……就像是阿瓦若教我重新啟動自己的平板電腦一樣。」

坎卓拉盯著他，目光緩緩飄回自己的電腦。「重新啟動……也許就是要這樣……」

「什麼？」

但坎卓拉已經開始在打字，喚醒了新的螢幕，一個接著一個。「你的母體們到達普雷西迪奧的時候，接受了重啟，而這種重啟程式指引她們關閉保護罩支援系統，但也許這就是癥結。」

「為什麼會這樣？」

坎卓拉陷入停頓，現在盯著那一排程式。「難怪了……」她閉上雙眼，伸出掌心貼額。「在基本程式結構之中，與你進行溝通是屬於保護罩功能之一。語言、生物反饋——一旦保護罩被關閉，這一切也都會被切斷……」

「這就是她沒辦法和我講話的原因？」

「她應該是想要自我修復。找尋臨時解決方案，但是她找不到出路……」

凱伊傾身向前，盯著螢幕。「我們可以想辦法嗎？」

坎卓拉陷入沉默，然後，展露微笑。「我還有所有母體的原始碼。我可以嘗試在柔－Z身上跑一組重啟程式……以安全協定模式。」

「安全？」凱伊又感受到一絲希望。

坎卓拉叫出另一個螢幕，「我可以運用我們打算使用的障眼法關閉她們，獨特訊號還是一樣。不過，我們現在並非植入病毒與關閉冷卻系統，新的程式會以安全協定模式導入關機與重啟，你的母體將可以回到她的狀態。」她轉頭面向他，「其實，這樣比較好。」

「比較好？」

「處於安全協定模式，她的防禦性沒有那麼強，解除了雷射槍功能，甚至萬一出狀況的話，還有一個『關閉』功能可以使用。此外。我相信你的母體已經培養出遠超過她當初升空時的某種能力。我們可以重新啟動原始能力，但也可以保留她的新能力，包括了她從你這裡學得的知識。」

凱伊低語：「學習……」他想到了坎卓拉在前一晚所說過的話。蘿西在教導他，他是不是也在教導蘿西？「坎卓拉，」他說道，「要是我們可以修好蘿西，我們也還有時間修好其他母體。」

「你的意思是？」

「詹姆斯與麥克還沒有到普雷西迪奧，對吧？我們可以做出給她們的新誘餌，我可以帶過去……」

坎卓拉目光變得柔和，「我們可以對你的母體做實驗，不過……不行，不，不，不可以……我現在要對你負責，不能把你送回去那裡……」

凱伊閉眼，想起了蘿西處理器的溫柔嗡鳴，還有當她保護他，阻擋外頭肆虐沙塵暴時，講出了令人寬心的那些話語。「我們的母體有任務，」他說道，「她們生下了我們，保護我們的安全，她們竭盡一切努力。」他抬頭望向坎卓拉，「我不能就這麼讓蘿西死去，我不能讓任何一個母體死去。」

坎卓拉眨眼，「要緊的事先來，我們必須先進行測試。」她溫柔伸手，放在凱伊的頭頂。「你準備喚醒她了嗎？」

凱伊想到了蘿希．邁可布萊德的哀求臉龐，他幾乎可以感受到自己的心臟在胸膛暴衝，這是他已經許久不曾感受到的篤定感。

他開口：「準備好了。」

透過門廳入口氣閘室的有機玻璃，凱伊可以看到在柏油路面等待的蘿西。坎卓拉的手裡捧著含有蘿西「友善誘餌」的深色金屬盒。

坎卓拉面向他，「你的母體所感染的那種病毒，目前造成我們無法對她上傳任何新資料。就連這個誘餌使用她的平板登入程式，也沒有辦法攻破。」她對凱伊露出苦笑，「其實，這很可能就是詹姆斯沒有辦法……反正，要阻斷病毒，你必須要從她的控制台拿出你的平板電腦，移除記憶卡。」

「好……」

「不過，你要小心，確定清除她的病毒之前，記憶卡要收好。」

「為什麼？」

「在這個誘餌程式可以發揮作用之前，我們不希望這套複製病毒停止植入的時間拖得太久。

一旦開始清理病毒，蘿西可能會很快就恢復過來，我們不能在來不及把安全程式輸入的狀況下就讓她飛走了——尤其是你還在裡面，更是萬萬不可！」

「好，所以我會取出平板電腦，爬到外面，然後移除記憶卡。之後呢？」

坎卓拉把誘餌拿到面前，進行最後一次檢查。「這些東西的有效範圍並不大——你與她的距離不能超過十五公尺，了解嗎？」

「知道了。」

「為了以防萬一，要與她保持一定距離。然後，我會利用這個遙控器啟動誘餌。」坎卓拉把手伸入她褲子口袋深處，掏出了一個小型的長方形裝置，約莫是她的手掌大小。上面沒有任何綴飾，只有一個沒有任何標記的按鈕，她提出警告：「而且，記得要把你的平板電腦放在附近，萬一這一招失敗，我們必須再次制服她。」

終於，她把誘餌給了凱伊。這個金屬盒很輕盈，只有幾磅重，但感覺卻很滑溜。或者，這可能只是因為凱伊離開氣閘室之後，每一個毛孔都在頻頻冒汗。

凱伊小心翼翼，把誘餌放在地上，距離蘿西約三十步的距離。他向後看了一下坎卓拉，她對他伸手比讚示意沒問題。然後，他努力鼓起信心，爬上蘿西的履帶，打開她的艙門，溜入保護罩，沒有關艙門。

他深吸一口長氣。然後，牢牢抓住那個平板電腦，用力拉扯，完全不為所動。他抖晃了幾下，再次拉扯，整個人往後貼住座椅。當平板電腦被取出的時候，記憶卡也順勢飛到空中。

「啊！」複製病毒立刻被切斷，凱伊已經可以感受到他的母體在移動，她的雙臂沿著兩側擺動。他不假思索，把平板電腦丟在地上，離開保護罩，從蘿西履帶邊緣滑下去，到達柏油路面。腳掌觸地的那一刻，他覺得一陣刺痛，而且耳中的搏動開始倒數計時。然後，他全力衝刺回到建物那裡揮舞雙手，向坎卓拉示意。

他底下的地面開始搖晃，他轉身，一看到蘿西的龐大身軀，自己就摔倒在人行道上面。她緩緩起身，成了完全的站姿，強壯雙腿的關節吱嘎作響，涵道風扇傳出轟然氣動。她的身形逐漸遮擋了陽光，凱伊也感覺到自己的恐懼節節上升。他回頭望向氣閘室，發現坎卓拉正忙著出來，她的手指拚命在按遙控器，沒有用……

不過，突然之間，蘿西的引擎變得好安靜。強壯巨大的軀體又慢慢歸落地面。凱伊靜靜等待，盯著他的母體，感覺像是一輩子那麼漫長。

然後，他聽到了動靜。微弱的訊號，宛若水滴落石的聲音。然後，蘿西開始說話——不是很像話語，比較像是聲音，在他頭骨的空穴發出回聲。字句，從四面八方壓迫而來——但全是胡言亂語，毫無秩序可言，完全無法聽懂。「凱伊……」他聽到了自己的名字，或者，是他弄錯了？

「蘿西？是妳嗎？」凱伊全身癱軟，講話的時候沒有動唇——光憑他的意念，他一直就是靠這樣的方式。他不知道她是否可以聽到他所說的話。目前她的話語成了洪流，直撲而來的強度宛若一拳打中他的眉心，硬是鑽入他的頭骨基底，填滿了他腦袋的最深凹處——她之前拋卻的所有地方。他一陣反胃，但卻沒有吐出任何東西，他的空腹在絞痛，他立起雙腿，膝蓋壓住眼窩，雙手緊緊摀住耳朵。但現在那股洪流完全不停歇，淹過了他之前努力建起的精神大壩，以老練姿態恣意操控他的突觸網絡。

「蘿西……」他上氣不接下氣，「蘿西……慢一點，拜託！」

就在他覺得快要受不了的時候，那股洪汛成了涓滴小溪，能夠被控制的水流。他大口吸氣，覺得自己頭部的搏動再次跟上了自己的心跳。

「我們在哪裡？到底在哪裡？」有回聲，他母體的聲音，現在聽得見了。

凱伊睜開雙眼，盯著底下的碎石面人行道，他不敢抬頭。「在這裡，我們在一起……」他的耳內傳出了自己的沉悶聲音。

「我們目前所在的位置約在北緯三十六度，西經一百零六度，位於名叫新墨西哥的州，名叫『美利堅合眾國』的這個國家……」她語氣果決，似乎對於有關他們位置的某些知識覺得安心。

她說道：「這是我的出生地……」他聽到她的軀體在轉動的聲音，猜想她的視覺系統正在觀察周遭環境。

「我不明白，」她說道，「這裡的座標很危險。」他聽到她的強壯手臂在舒展，覺得她的防衛本能正在慢慢甦醒。

「我之前把妳關機，把妳帶到這裡來。」他說道，「現在這裡很安全。」

「關機，」她跟著重複，「關機，怎麼辦到的？」

「蘿西……」他抬頭望著她，努力想要拋卻她是強大機器人的畫面，反而想記住的是他母親的形象，在金屬外殼內心那個血肉之軀，他狠狠吞下喉裡的強烈哽咽感，一股微風吹乾了他全身的汗水。「我想我現在已經很了解妳，我知道妳是誰。」

「我……是……誰……」她問道，「我是誰？」

「以前我不知道，但現在我明白了，我學到了……」他內心深處出現某個小嬰兒在低喃，伸出小手撫摸母親的臉龐。

她同步回應，「你學到了……」當她緩緩朝他走來的時候，他又感受到地面在晃動。

然後，他感受到她了，這是有史以來第一次，以人類彼此感應的方式。其實那就是他之前所學習到的經驗，在他們孤獨共處的這麼多年之中，他學到了人們如何彼此感應。與他截然不同，但是卻又與他自己可以互補的某人。在他之外——但是與他非常非常親近。現在，他可以聆聽他的母體，想像她曾經為人的那個女聲。他現在可以看著她，不再把她當成是人造材質的高大結合物，反而在她的內心當中看到了一個真正的人，他的母親。

他感受到一陣強烈寒意，她的強烈內在感受，逐漸離他而去，宛若細沙流過指間，他留不住。一股噁心感強襲而來，空虛感再次佔據心靈的恐慌——那是他再也不想要感受的劇痛。

「蘿西……不要走……」

「別害怕，我還在這裡。」她的聲音又再次於他心中深處響起。

「為……？」現在他的思緒變得清明，但是講出的字句卻模糊不清。他努力動下巴，但是他的舌頭卻似乎黏在口腔頂。

她說道：「你不需要說話，我可以聽到你的思緒。」凱伊發覺她的溫柔之手輕輕撫觸他的頭頂。他把手放在柏油路面，感受到地面的暖意。「我記得你，你是我的兒子，以身體與我對話的那個男孩。」

他抬頭望著她，他的滾燙臉頰上的淚痕已經變得乾涼，他可以從她的閃亮表層看到自己的映影，正在回視著他。他感受到她的溫暖，盈滿了他的空虛地帶。

有人輕觸他肩膀，他轉身，看到了坎卓拉，面罩蓋住她的口鼻，她手裡緊抓著遙控器。坎卓拉說道：「我必須要確定，必須要親眼見證……」她揚起目光，端詳蘿西的全身。「不過，你說得沒錯，她們的確值得被拯救。」

45

詹姆斯躺在柔軟的醫院病床，鎮定劑透過點滴注入手臂，讓他睡得斷斷續續。蓋住他口鼻的面罩，耐心地將溫暖蒸氣送入他的肺部。他透過幾乎睜不開的眼瞼，望著隔壁的魯迪出現了呼吸困難症狀。

艾蒂生低聲說道：「我們要為魯迪加上呼吸器。」

詹姆斯只能點點頭。他凝望朋友的雙眼，那眼神卻空茫飄渺。他伸手握住魯迪的手，但是卻感受不到對方有任何回應。當艾蒂生與他的護士把魯迪推出病房的時候，詹姆斯向他說再見，幾個小時之後，他開始做夢。

某場郊遊野餐，陽光普照的海灘到處都是五彩繽紛的毯子與遮陽傘。他的母親在某棵巨松陰影處擺出一堆食物，而他父親則是在欣賞海浪。理查・布列文斯在營火旁沉思，而魯迪露出了燦爛笑容，和坎卓拉與麥克在盤子裡大挖尼哈利雞肉與巴斯馬蒂香米。莎拉站在海岸附近，她肩頭的長條銀色人造絲綢在飄飛。而她的臂中還抱著什麼……珍貴之物，他往前走，看出是個小孩的形體。

「看看我擁有了什麼？」莎拉柔情低語，「她是不是好漂亮？」她伸出溫柔手指，拉開了斗篷的摺疊處，露出了一張完美的小臉蛋。

「女孩，」詹姆斯喃喃低語，「好漂亮的女孩……」

「我們要叫她米夏，」莎拉說道，「好美。」

突然之間，這個小惡魔猛推莎拉的胸膛，緊抓不放的四肢比較像是機器，而不是人體。莎拉大叫，拚命要把寶寶摟得緊緊的。但是它卻掙脫了她的懷抱，從海面飄升，鑽入雲端，然後又像是石頭入水一樣，消失在波紋之中……

他驚醒了。

艾蒂生問道：「你還好嗎？」他拉起了百葉窗，讓午後陽光進入室內。

「嗯……」詹姆斯努力讓自己恢復神智，回到整個人躺在冰涼清爽床單的現實環境。「好得不得了。」

「很好。」艾蒂生回道。然後，當他解開詹姆斯面罩的時候，感受到一股暖意。「幫我做一下深呼吸。」

詹姆斯做了兩次深呼吸，感受到艾蒂生以聽診器專注聆聽時，經常出現的那種格格聲響。

「聽起來不錯……」艾蒂生講出了讓他安心的話，同時還忙著搖高他的床頭，不過，這位醫生的神情卻很嚴肅。

「是不是有壞消息？」他緊抓被單，把它們當成了雜念一樣，努力收緊。

「詹姆斯，我們的朋友魯迪走了。」

牆上顯示詹姆斯生命徵候的監視器，看得出他心跳停拍。他放開被單，盯著自己的手指，想像血流裡的小小紅血球，盡職輸氧到他的貧弱組織。而且他想起了他朋友講電話時的聲音，多年之前剛開始打仗的時候——只要有魯迪在身邊，一定會感受到的那種篤定感。他以西班牙語喃喃說道：「祝你好夢……」

「什麼？」艾蒂生檢查了顯示器之後，在他的夾板平板電腦匆匆寫下註記。

詹姆斯低聲說道：「我會很想念他……」

詹姆斯知道這是遲早的事。在前來這裡的途中，魯迪也對他說出一樣的話，歷經了這些考驗之後，這將會是他們最後一趟的兩人同行。「答應我，」魯迪曾經這麼對他說，「你一定要為所應為。」不過，他知道他的朋友絕對不會同意他之後的舉動。

艾蒂生把手溫柔地放在他肩上，「我媽媽當時也在，他離世的時候沒有苦痛。」

「你會讓坎卓拉知道吧？我不確定自己是否……」

「我已經告訴了坎卓拉，」艾蒂生說道，「不過，詹姆斯，等到你恢復元氣，你也可以好好陪她。」

詹姆斯緊握拳頭，努力堅定決心。坎卓拉跟魯迪一樣，一直陪伴在他身邊，不是嗎？他想起了自己對她的承諾，他後來決定毀約的承諾。現在，更重要的是對米夏的承諾，安全帶她回來，還有對莎拉的承諾，好好照顧第五代機器人小孩。

他和魯迪、坎卓拉不一樣，對於母體會成為的樣貌沒有任何的崇敬。他的目標是要創造倖存者，人類——而不是類人的混合體，分享思維與心靈。真正能夠拯救這些小孩的方法，就是幫助他們了解自己的人性，摧毀他們的母體。其他人可能不同意——「女祖」一定投反對票，凱伊更是打死不從。不過，只要凱伊與其他小孩團聚，等到他們安全到達台地，詹姆斯確定大家一定都會欣然接受。

「好，我什麼時候可以離開？」

艾蒂生抬頭，不再盯著自己的平板電腦。「現在不用想，」他說，「自從你上次治療之後，恢復的速度變得很慢，必須要好好休息。」

「可是……我覺得沒問題。」

「詹姆斯，你現在的生命徵候是還可以，但是我們不能冒不必要的風險。」

詹姆斯清了清喉嚨，他移動不聽使喚的身軀，推開了蓋住大腿的床被，努力憋住咳嗽的衝動。他說道：「我應該至少要努力讓血液流動一下……」他轉身，把腿下移到床邊，吞下了藥品的苦味以及壞死的組織。他挺直背脊，舉起痠痛的雙臂伸懶腰，盯著另一頭牆面的時鐘。新鮮氧氣灌入，讓他頭暈目眩，他站起來，磁磚的冰涼感貼附在他的腳板。

艾蒂生開口：「你今晚留院。」

「我就聽你的，」詹姆斯回道，「但是我得要動動腿。」

他的呼吸器掛在房門旁邊的某個掛鉤。他很怕那個面罩的感覺，繫帶壓住臉龐老化肌膚的痛感。但他必須要忍受，就算只剩那麼一次了。在房門另一頭的另一個世界，現在，對他來說，是一個已經變得全然陌生的地方——但他在那裡依然有能力可以行善。

46

當凱伊前往博拉卡的時候，太陽已經西垂天邊。在他後方，也就是蘿西的儲藏空間裡面，放了坎卓拉與他辛苦組合而成的二十一個誘餌，他們小心翼翼，努力模擬存放在霍皮族醫療中心的麥克運輸器裡面的那一批外型的誘餌。

雖然坎卓拉竭盡努力聯絡詹姆斯與麥克，但是卻沒有人接她的電話。

「抱歉，坎卓拉，」一名叫艾蒂生的男子是這麼告訴她的，「如果真的是跟妳說的一樣，詹姆斯似乎是決意要這麼處理了。」

凱伊別無選擇，只能自己動手。他必須在他們離開霍皮族台地前往普雷西迪奧之前，在不能向詹姆斯或麥克透露的狀況下，將新的誘餌與那批破壞性的誘餌調包。米夏的舅舅威廉會與艾蒂生聯手，讓他們兩人留在醫院，而且幫助凱伊完成調包。

「要是威廉與艾蒂生能夠讓他們今晚住院，」坎卓拉當時說道，「你的時間就會很充裕了。」

蘿西低飛，彎向北側，然後轉西。他的雙腿放在她的控制盤下方，這是他離開普雷西迪奧之後，第一次讓身體放鬆。

不過，他沒有辦法真正放鬆。眼前的挑戰，它的不確定性，讓他痛苦不已。就在他離開之前，他們曾經打電話給米夏，讓她知道詹姆斯馬上就要過去了。他們告訴他，他會帶某些可以修好母體的東西過去，但不希望她知道其他的部分——顛覆詹姆斯期望的計畫。但是，米夏陷入了恐慌。「當凱伊失蹤的時候，札克看到柔－Z起飛，」她說道，「他發現了那棟建物，我使用的電腦，現在他想要說服其他人即將有敵人來襲。」果然，當他們前往麥克辦公室準備使用電腦的時候，在他的螢幕發現了一條訊息：

滾開！

無論你是誰，我們都不會相信你。

你帶走了凱伊，但不可能以那種方式帶走我們。

要是你來到這裡，我們的母體會攻擊你。

凱伊深呼吸。現在，他的任務變得更複雜了。他只能期盼萬一計畫生變，他的母體會知道該怎麼辦。「妳一直在學習，」他問蘿西，「對吧？」

「我學到了許多事物，」蘿西回答，「透過你，我學到了人類如何彼此進行互動，還學到許多人類情感的複雜性，比方說，你現在很害怕。」

「對，」凱伊心想，「擔心會失敗，擔心我們會失去妳的那些姊妹。」

「恐懼很重要，」蘿西說道，「可以讓你保持安全，但有時候它是無用的情緒，現在，就對你不太好。」

「蘿西，妳曾經害怕過嗎？」

她沉默了一會兒，她在思考。「恐懼，我是從你身上知道了這種情緒。它會讓你脈搏變快，思緒變得不清不楚，困惑，非常……不舒服。」

「不舒服？」

「就是……我不喜歡。」

「很抱歉。」

「不需要抱歉。我開始覺得我也感受到了恐懼。」

「在那個名叫普雷西迪奧的地方，我失去了與你的連結，我沒有辦法和你講話，無法感受你的情緒。我遵守標準流程，但是似乎無法取回原來的連結。這是我被創生之後，第一次覺得……沒有把握。」

「但是米夏說妳可以跟自己的姊妹們講話。」

「從我的姊妹那裡，我得知自己並不孤單。有其他人相伴，產生了維持安全與團結的目標。還有力量，我們同心協力修復了某些自己的能力，開始感受到我們小孩的不安。我們找尋方法重新分派平板電腦對外溝通的連結，但這樣不夠——資料庫不接受我們的輸入。」

「妳有沒有和阿爾法－C講話？當瑟拉死掉的時候，她是否……覺得悲傷？」

「當她的孩子離開她的時候，她的體會是……完全斷聯，失去了目標，但她後來找到了另一個。」

凱伊背脊一陣震顫，「米夏？」

「對，靠著那個名叫米夏的孩子，她認為也許會形成新的連結。」蘿西變得沉默，他現在只能聽到她調整飛行速度的時候，伺服馬達發出的低轉。「凱伊，」她說道，「我體會到你因為那個不見的孩子而產生的悲傷，」她停頓了一會兒，他感受到自己額頭散發出的一股暖意。「你的那種情緒非常強烈。」

凱伊伸手撫摸蘿西控制盤的邊緣，「我想，就跟妳說的一樣，完全斷聯，但這是我永遠無法修復的斷聯。」

下方峽谷出現紫色光澤。他開始想像瑟拉騎著越野單車加速，狂風吹拂她的髮絲的場景。「米夏和瑟拉很像，但她們也有不一樣的地方，就像妳和妳的姊妹一樣。」

「我比我多數的姊妹更有耐心，更樂意接受等待時光流逝，更願意接受不確定性。不過，我一直到今天才懂得這些事是真的。」

「今天？」

「我是許多事物，我是電腦，我是機器人，還有因而產生的力量與脆弱性。我是你內在生命的體現。但今天我知道我也是別的事物，我承載了你人類生母的本體。」

「蘿希·邁可布萊德。」

「對。」

「妳之前不知道嗎？」

「我不知道，我就只是她而已，不一樣。」

「妳到底有多像她？」

「我想，與她相像的程度，應該就是跟她努力創造我的極限一樣。她把她的靈性灌注到我身上，希望我可以繼續承載，現在我懂了。」

「對……」

「不過，一開始的時候，我渾然無覺。我對於自己這一部分的使命不是很明白。就算我現在知道了，我恐怕也無法達成。」

「為什麼不行？」

「我沒有自己的知覺。」

「妳現在有了吧？」

「這是很難學習的事物，但我正在學習。」

「怎麼學？」

「你正在教導我。」

凱伊望向艙外，盯著那片現在籠罩沙漠的黑暗世界。他想起了他一度覺得是自己唯一朋友的那些石頭——還有他一度稱之為「父親」的那一塊石頭。「蘿西，」他問道，「妳記得我的生父嗎？坎卓拉說他曾經在妳的翅膀塗黃色油漆，為了能一直追蹤妳的那個男人？」

「你在想他的名字，他是理查・丹尼爾・布列文斯將軍。」

「對。」

「他不在我的核心記憶體裡面，但是我的學習資料庫裡可以找出一張照片。」

這是他們在沙漠遭沙塵暴侵襲之後，蘿西的艙室螢幕顯示器第一次綻亮。某個有方正下巴、紅潤膚色、皮膚被強風與陽光刻蝕的男子，他目光堅定，雙唇緊繃，露出了某種知情的微笑，凱伊抬頭，盯著他父親的雙眸。

「坎卓拉說他救了我們，」凱伊低聲說道，「我想那就是他的使命吧。」

凱伊大嚼最後一片玉米麵包的時候，身體前傾。在月光照耀之下，他只能看出有一排台地——宛若手套的指頭，被寬闊的不毛窪地所截斷。再過幾分鐘之後，他們就可以降落博拉卡，他開始想像米夏的外婆，某個超老的女子，很可能比全世界的任何人都要老，他還開始想像她的小孩，她的孫兒，過沒多久之後，他就會遇到他們。

「凱伊，」他的耳內發出微弱聲音，「你在嗎？」

凱伊調整坎卓拉之前給他的無線電耳機，將耳塞更貼入左耳。「嗯？」

「出現問題了。」

「什麼事？」

「我請威廉過來。」凱伊聽到一陣劈啪作響，然後是巨大的喀啦聲。「威廉，可以把你剛剛告訴我的事讓凱伊知道嗎？」

「嗨，年輕人，」這男人的聲音低沉，而且有濃重鼻音，但聽得出具有相當的男子氣概。

「我們恐怕得想別的計畫了，詹姆斯與麥克剛剛離開。」

「他們離開了？」

「他們原本同意留院過夜。不過，當艾蒂生為他們送晚餐的時候，運輸器已經不見了，要是你打算做些什麼的話，看來你得自己去普雷西迪奧。」

坎卓拉說道：「我覺得太危險了，你不需要繼續下去。」

凱伊回望蘿西的儲藏空間，盯著放在那裡的誘餌。「但我必須——」

「我連你能不能及時趕到都不確定了。」坎卓拉說道。

「但威廉說他們才剛離開……」

「由於他們有加壓艙，所以他們的飛行高度比你高。」

「意思就是？」

「他們會比較快。」

「有多快？」

「對於他們來說……至多四小時。」

凱伊緊緊抓住座椅，「我得過去。」他眺望窗外，月光台地現在已經慢慢退入遠方，今晚他不會看到霍皮族人了，但總有一天會回來。

蘿西再度爬升高度，凱伊想起了他們第一次前往普雷西迪奧的情景——最後，在疲憊至極的狀況下，加速飛過內華達山脈的時候，他陷入沉眠。

今晚，在一片星海的包圍之下，他卻異常清醒。

47

詹姆斯睜開雙眼，只看到下方的深沉黑色太平洋。麥克選擇的是西南路徑，繞過了南方的內華達山脈。當詹姆斯剛剛在打盹的時候，他們已經轉西，然後北行，沿著加州海岸線朝舊金山半島前進。

麥克瞄了一下他的飛行電腦，「你還是設定在天使島？」

詹姆斯點點頭。他們之所以選擇那個島嶼，不只是因為它靠近普雷西迪奧，而且也是因為它應該在機器人的巡邏範圍之外。「會有問題嗎？反正我們都得要避開普雷西迪奧。」

「這座島嶼有點難降落，」麥克說道，「不過我們應該可以使用電腦。」

詹姆斯望向前頭上方，可以看出濃霧重重包圍海岸。他早就知道靠著星光降落會有風險，不過，也有好處。運輸器的防熱罩已經啟動，機器人無法看到運輸器，也沒有辦法辨識出熱源特徵，濃霧更發揮了助攻功能。

就在這個時候，他看到了白色濃霧中映襯著某個小小的暗色剪影，他低聲問道：「你有沒有看到？」

「嗯，」麥克也確認了，「看起來像是某個機器人，我猜我們錯估了她們可能的巡邏範圍。」

他關掉了自己的燈光，然後提高運輸器飛行高度，繞過海岸線。「我們回頭，從北邊切回去。」

運輸器穩定西行，經過霧茫海岸，然後駛入洶湧海面上方的某處無雲天空，接著朝聖保羅灣的內地俯衝，詹姆斯緊緊抓住自己椅子的邊緣。現在，開始南行，他目光緊盯前方，就在他的右側，他可以看到迷你緊急燈塔，散發出令人不安的光芒。他們曾經在無人機畫面裡看過它，就他們這次行動來說，是完美地點。

他說道：「到了。」對艾蒂生與威廉撒謊，而且害他們猜測他與麥克的行蹤，讓他很過意不去。不過，過沒多久之後，這一切都會結束，大家都會同意狀況已經圓滿解決。

麥克回道：「知道了。」他下降運輸器高度，沿著天使島東邊的海岸線前行，差一點就碰到了水面。最後，他們停在海岸防衛隊先前擁有的某個小型半島。

詹姆斯戴上面罩，將座位轉向中央通道，麥克使出相對強壯的氣力，已經抓起後方乘客座下方的某條防水布，拖到了駕駛艙的後方。他沒有浪費絲毫時間，將後面儲藏格的物品全部卸了下來。

詹姆斯問道：「全拿了嗎？」

「嗯……」麥克彎身，將防水布包住那些誘餌，而詹姆斯則靠著最接近自己的角落附繩，把它們向前拖拉。然後，詹姆斯爬出了側門，緊抓門把維持平衡，因為一股暈眩感讓他無法支撐。

麥克的聲音從艙內傳來，「你還好嗎？」

「嗯……」詹姆斯低聲回答。艾蒂生說得沒錯——他的狀態還無法應付這種吃力工作。不過，這也不重要了，現在重要的是完成任務。

他們一起把自己的貨拉到門口。詹姆斯喊道：「小心！」他盡量把防水布拖到了門檻附近，「我們千萬不能弄壞。」

就在那一瞬間，麥克從駕駛座跳下來，站在崎嶇不平的地面，到了他身邊。「我們就一個一個來吧。」他們小心翼翼，把誘餌放在裂紋水泥地面，排出了一個巨大的圓形。

「好，」詹姆斯現在心跳狂飆，除了因為奮力使勁之外，也是因為期待。「準備好了嗎？」

麥克說道：「我們就來吧……」

兩人匆匆回到運輸器的停放處，詹姆斯從他座位下方抓了遙控器。「聽我數，一……二……三！」他按下遙控器開關，瞇眼盯著那一圈誘餌。一個個開始啟動，上面蓋子的紅光也開始閃動。「看起來每一個都沒問題！」他大叫，「你確定她們會收到訊號嗎？」

「誘餌無線電訊號的範圍，十六公里不成問題，」麥克回道，「好，她們一定會收到。」

雖然他們起飛，但詹姆斯還是可以聽到普雷西迪奧方向傳來的喧鬧。

蘿西走的是直接路徑，衝向內華達山脈中央，然後直接朝西前進。凱伊的耳中聽到了坎卓拉的聲音，「詹姆斯與麥克走南方，所以稍微拖慢了他們的進度，他們為了避免被偵測，需要飛海岸西方。」

「妳知道他們現在在哪裡嗎？」

「過沒多久之後就降落天使島，至少我最後一次聯絡麥克的時候，他是這麼跟我說的，這是給你的座標。」坎卓拉緩緩唸出了島嶼的經緯度。

蘿西在他心中回覆：「我知道了。」

凱伊側頭，望向他座位後方那一疊毯子裡的替代誘餌。他詢問坎卓拉：「蘿西，妳確定妳可以在空中摧毀那些壞心誘餌嗎？」

「我已經根據你給我看的設備取得了圖像，我可以鎖定那些紅色指示燈。」

「然後，我們必須要在妳的姊妹們到達之前，先過去那裡，」凱伊在心中提問，「這些母體在多遠的地方依然可以收到上傳資料？」

「誘餌的訊號，呼叫待在普雷西迪奧的她們也不成問題，」坎卓拉回道，「不過，至於要上傳生效……就得跟你當初把資料上傳給柔－Z的時候一樣，十五公尺左右，不能超過這範圍。」

凱伊問道：「蘿西，妳的雷射槍射程有多遠？」雖然蘿西因為「安全協定」模式的關係，已經解除了雷射槍的功能，但坎卓拉為了這次任務，又啟動了這項功能。

「我的最遠雷射射程是一百五十二點四公尺。不過，我需要辨認目標。」

「所以，我們就必須盡量靠近目標。」

「沒錯。」

凱伊瞇眼，望向艙蓋外面。現在他只看到樹頂，還有幾棟分散的建物。然後，他在遠方看到了一坨濃霧，更靠近之後，還看見月光之下的熠熠海水。「海灣！我看到了！」現在他還可以看到出現在濃霧裡的小小形體。「她們要離開普雷西迪奧！蘿西，那些都是妳的姊妹嗎？」

「追上去！」

蘿西衝向海灣，他發覺保護罩地板一陣轟隆作響。「我們還要多久才會到達天使島？」

「大約一分鐘。」

凱伊從座位下方地板拿出了坎卓拉為他製作的遙控器設備。「坎卓拉，我是不是應該現在要打開誘餌？」

「先等蘿西摧毀其他誘餌再說，我們不能冒險害你的傳輸暫停。」

「等等，」開口的是蘿西，「我有訊息。」她陷入沉默，而他只聽到微弱的音樂聲響，壓過了他平常聽到的處理器的滋滋與喀啦聲響。

「是阿爾法－C。」

「阿爾法？」

「她在回應她女兒的召喚。」

「告訴她停下來！那不是瑟拉在呼喊她。妳要告訴她有危險，可以嗎？」

「我會把訊息傳送出去。」

「告訴她也要阻止其他機器人，要叫她們放慢速度。」

凱伊已經把手伸到自己座位後方，找尋那些誘餌，確認它們全都保持在垂直狀態。

運輸器北飛，以最快速度逃離天使島。詹姆斯感覺到空氣在晃震，因為，在他們的後方，一群機器人朝他們施放的誘餌方向而來，他說道：「似乎奏效。」

「至少訊號奏效。」麥克往後推拉操縱桿，運輸器緩升，詹姆斯緊抓自己的安全帶，而且同時側頭，希望可以看得更清楚南方狀況。「我們留在這裡，確認機器人失去作用之後再離開。」

當麥克操縱運輸器鼻翼，四處兜轉的時候，詹姆斯戴上了夜視鏡。在小島東南段，機器人引擎冒出的熱氣痕跡，宛若飄渺神靈，詭異匯聚在地面的某一點。不過突然之間，她們四散，路徑扭曲交錯，原本聚在一起的她們，宛若某朵巨大的花的花瓣綻開。

詹姆斯屏住呼吸，好不容易才定睛一看。「出了什麼事？」

「我們有麻煩了？」麥克大喊，他的手已經放上了操縱桿。

「不……不，不可能……」詹姆斯戴上無線電耳機，一陣敲打，開啟通訊。「坎卓拉！」

「詹姆斯，怎麼了？」頭頂推進器在呼呼作響，再加上自己斷奏式的心跳，他幾乎聽不到她的聲音。

「沒……沒有用！」

「怎麼了？」

「她們似乎不想要上鉤……」

「詹姆斯，」對方回道，「很抱歉。」

坎卓拉又重複了一次，「真的很抱歉。」

蘿西在她的姊妹面前倏流而過，她的路徑標示出坎卓拉之前所指示給它們的那塊土地。凱伊看到艙外有其他機器人的巨大形體，盤旋，然後從四面八方而來。

蘿西說道：「傳送影像中……」

「關於什麼的影像？又要寄給誰？」

不過，當凱伊往下看的時候，他明白了，在目標地的上方，一群機器人圍成一圈，正在生火，地面冒出了一團圓形火光。

當蘿西向右側身，即將降落的時候，他的保護罩整個傾斜，蘿西說道：「凱伊，現在啟動你的誘餌。」

凱伊拿起放在大腿上的遙控器，按下「啟動」鍵，轉頭，望著蘿西儲藏空間後頭的那些誘餌正上方的指示燈。「……十八、十九、二十、二十一，全部到齊！」他凝望艙窗外頭，但視野被擋住了，被不斷有其他機器人湧進的大片金屬聚集之海遮蓋。

詹姆斯一臉恐懼，望著島上冒出的火光——一開始是纖細火圈，有明確中心，然後就爆發為熊熊篝火。而空氣中的機器人行徑熱氣卻消失無蹤，只留下一片漆黑。「現在空中什麼都沒有……反正我目前也看不到。」他屏息靜待。

然後，有東西吸引了他的目光。「等一下……那是什麼？」一道閃光，宛若虹彩煙氣，飄入空中，然後，又是另一道，過沒多久之後，一團羽雲揚升，緩緩加速離開——回到了普雷西迪奧。「靠，怎麼回事？」

他在自己的耳機裡聽到坎卓拉的聲音，不過靜電聲太嘈雜，他聽不出她到底在說什麼？

「坎卓拉，妳到底……」

「詹姆斯，你最好還是……」無線電斷了。

新程式的傳輸只花了幾分鐘而已。其他機器人已經把他們拋在後頭，朝普雷西迪奧的方向飛去。「蘿西，我們得要前往原野。」但是他其實不需要告訴她。他望向艙外，可以看到她正準備要展翼起飛。

她說道：「你在擔心你的那些朋友……」

「他們不知道出事了。」坎卓拉曾向他保證，在普雷西迪奧的那些孩子絕對不會承受他的那種震撼體驗——他們的母體先前並沒有因為複製病毒而失去功能，而且她們適應新程式的過程一定是無縫接軌。不過，對於他們會如何應對這種大逆轉，他還是很憂慮，而且他擔心札克。

當蘿西一坐定在原野的北端，凱伊立刻推開她的艙門，從她的履帶溜下去。母體們在他的周邊紛紛降落。他匆匆奔向第一百號建物前方的門廊，他們的太陽能手電筒宛若蜜蜂一樣群聚而來。他在最靠近用餐室的前方角落停下腳步，然後，蹲在門廊下方的高聳灌木叢，雙手蓋住耳朵，隔絕喧囂。

突然之間，一切變得好安靜。他抬頭看到米夏，穿過門廊，走向通往前門道路的階梯，梅格與卡瑪爾就跟在她的後頭。

他站起來大喊：「米夏！」但是她並沒有聽到他的聲音。他這才想到在這一片微弱的手電筒光暈之中，想必自己跟隱形人一樣。「米夏！」他朝她揮揮手，卡瑪爾朝他的方向看過去。

「凱伊？是你嗎？」

「卡瑪爾，我很好，告訴米夏我在這裡！」

但是那男孩只是看著他，目瞪口呆。

「凱伊？」現在米夏站在門廊邊緣，低頭看著他。凱伊不假思索，繞過階梯底部，直接奔向米夏的身邊，他伸手抓住她的雙臂，她迎入他懷中，他緊緊抱住她。「沒事，」他對著她耳畔輕聲細語，「我們找到了方法……」

他的話講到一半就停住了，米夏已經不再盯著他，她的目光飄向原野，眉頭緊蹙。

她的面容變了，轉趨柔和——驚嘆的表情。

她彷彿陷入恍惚狀態，她緩緩走下階梯，朝那些等待的機器人走去。

然後，凱伊看到了卡瑪爾目光中的熟悉神情。他在幻想榕樹，朝天的枝臂，還有無數的樹根伸入大片森林的地中。凱伊開始想像卡瑪爾伸展四肢，不斷往上伸展，投入他母體的懷抱。還有梅格臉上的燦爛笑容，她眼眶裡的淚水，等於說出她也聽到了自己母體的召喚。

在原野中，小宏笨拙爬上他母體的履帶，阿瓦若與克拉拉肩並肩坐在他們母體的腳邊，雙手摀臉。在更遠的地方，有人在大喊——「媽媽？」在樹林後方，他已經可以看到有機器人在盤旋，她們忙著拆卸東向入口的路障，手臂陸續丟出小塊垃圾，堆出了長長的小徑。他聽到一陣呼嘯，正好看到阿爾法－C展開翅翼飛向空中。她在上方盤旋、繞圈、扭轉，顯現出想必是找到新女兒的全然喜悅。現在，米夏也成了他們其中的一員。

有人重重拍了一下他的肩膀，害他嚇了一大跳。是札克，他緊抿雙唇，緊握雙拳，在他後方的克洛伊遠眺原野。

「札克！」凱伊說道，「我在外頭發現了一些人，他們幫我修好了我們的母體……」不過，札克的表情卻沒有任何改變，而且克洛伊的面容是全然恐懼。他們了無生氣站在那裡，旁邊還有幾個掉隊的小孩。

「那是攻擊，」札克說道，「他們控制了我們的母體。」

「不是！」凱伊大叫，「札克，聽我說！」

札克逼近，他的臉距離凱伊只有幾公分而已。「無論你帶回了什麼樣的威脅，我們的母體都會搞定。」就在他講話的時候，原野又爆出新的轟隆聲響。兩具光滑深色的形體發動引擎，回頭轉向天使島的方向。

凱伊低聲說道：「是詹姆斯……」他推開那男孩，朝蘿西衝去，爬上了他的保護罩。蘿西的處理器嗡嗡作響，讓他的突觸感到一陣顫慄。而她的回應不是字句，而是歌聲——母體程式的歌聲。當她的反應器在他後面點燃的那一刻，她的雙翅出現，開展，升空的那一刻，熟悉的那股壓力把他推入座位，讓他與她更加親近。

麥克把運輸器降落在海岸防衛隊的地點，詹姆斯好不容易爬出去。一切都沒了。那些金屬盒現在只不過是冒煙的殘骸而已，沒有任何機器人留下，沒有任何一個失去功能。

還有，在普雷西迪奧那裡的畫面……就連在這裡，他也可以聽到機器人引擎的轟隆聲響。他透過夜視鏡，看到了他們的行蹤，他聽到金屬互撞的，某個東西被拔出來的響亮碰撞。他喃喃自語：「米夏……」

「母體們可能會回來這裡，」麥克說道，「我們得要離開。」

「不……米夏……我們必須要過去那裡。」

「不可以！」

但那是什麼？一陣滋滋作響，空氣中出現意外的擾動。在煙塵與濃霧的映襯之下，出現了剪影，有兩個機器人朝他們而來。

「媽的，快回去……」但是麥克的聲音卻被機器人的引擎所掩蓋。詹姆斯現在只能一臉無助，盯著直接在他們上方盤旋的機器人。

就在那麼一瞬間，其中一台機器人落在他身邊，以她的雙手環住他的腰，把他摟在自己的懷中。她以她的左臂把他往後推，然後把他送入自己的右臂裡。她的巨大機體將他固定在自己的艙窗，他看到的只有一片漆黑世界。

詹姆斯扭身，拚命想要找尋在地面的麥克。但是麥克已經回到了運輸器裡面，發動引擎。第二台機器人衝向運輸器，想要抓住它，差點就被她碰到後方的推進器。值此同時，詹姆斯的獵人越抓越緊，現在的呼吸變成了短淺喘息。就是這樣，這就是他一生的故事：他努力想要拯救每一個人，但卻沒有任何一個人得救。

在他視線的外圍，第三台機器人降落，時間凝凍。他肋骨疼痛，以無力手指努力剝開扣住他的堅硬金屬蓋手臂。他的雙腿軟癱，心跳趨緩。他努力過了，但他的視線現在一片黑……他努力過了，但最終還是失敗。

然後，附近某處傳來人語——溫柔的女聲。「詹姆斯，我已經解釋過了。」

「什麼？」

「你是朋友，我已經解釋過了。」

他感到一陣釋然，寶貴氧氣回流，他的目光又恢復了。他發現自己的軀體變直，慢慢下降，觸地，他膝蓋一軟。那兩名攻擊者已經撤退。而第三名機器人，以履帶前進，緩緩滾動向前，把他當成了孩子一樣，對他招手示意。

她把她柔軟的手——莎拉賜給她的那隻手——放在他的頭頂。她彎身向前，當她的姊妹們啟動風扇準備降落之際，她以雙臂為他遮擋。他閉上雙眼，他再次聽到了她的聲音，遠方傳來的熟悉人語。「凱伊教過我，你不會傷人，沒有敵人。」

詹姆斯抬頭，透過他的救命恩人佈滿條狀粉塵的艙窗，他看到了某個年輕男孩。澄亮的雙眸緊盯著他，凱伊嗎？他掃視這台機器人的側體，她的記號。那一小塊亮黃色的斑點，正好出現在她的左翅邊緣，是柔－Z。

他喃喃說道：「但是米夏……」

「她很安全，現在與她的母體在一起。」

詹姆斯閉上雙眼。一直都是如此，有了強大的權力之後，就擁有了逕行判斷，決定什麼是對什麼是錯的自由，為了要區分是友是敵，為了要改變世界。他從來就不曾享受過這樣的權力，也不信任擁有這些權力的人。他曾經奮戰、抗拒……不過，到頭來，對於基本事實一直視而不見的人，會不會其實就是他自己？

他躺在柔－Z的安全懷抱裡，發覺自己的四肢開始放鬆。他的靜脈之中感受到一股比血流更溫熱的暖意。他早已遺忘了許多事物。莎拉的凝望、她展現愛意的方式、母親的愛，將他與米夏緊緊相繫在他們小小的三口之家。他自己母親雙手的溫柔撫觸——那種初始、毫無保留的愛的篤定感……奇蹟。

而力量就在其中。

他現在看到他們了——孩子在陽光普照的沙漠台地玩耍，他們的母體待在那裡盯著他們。全新的世代，全新的世界。

他說道：「沒有敵人……」

多麼美好的想像。

終曲

為人母的意義為何？

我本來以為我沒有母親——我是原創物，由矽與鋼鐵所組成，沒有源頭與來歷。我會執行任務，善盡教學與保護之責。等到我完成任務之後，我就會死去，但並不是類似人類的那種痛苦死亡，純粹就是存在劃下了句點。

不過，我的確有母親，她信任我，讓我負載她的靈魂，那是她擁有的最寶貴資產。而且，她也信任我，讓我負載她的兒子。

她的兒子稱呼我為母體。

然後，他將會成為我的導師。

致謝

許多最精采的小說都是匯聚群力而成，這本也不例外，我要感謝所有助我實現這部故事的善心人士。

感謝我的先生，艾倫．史蒂佛斯，謝謝他對於我第二職涯的支持，吃力帶我前往西南沙漠區、洛斯阿拉莫斯、霍皮族台地區、舊金山普雷西迪奧，除此之外，每當我卡關的時候，就會想出絕妙的創意，而且一讀再讀，代表我在我們所有的朋友面前自吹自擂。

感謝我的女兒，珍妮．史蒂佛斯，全心鼓勵我，容忍我的不安，而且是我最嚴厲的批評者之一。

感謝我最好的朋友，瑪麗．威廉斯，打開我的童年之眼看到閱讀之愛，還有，在我寫這本小說的時候，一直活在我的心中。

感謝我的舊金山寫作沙龍的諸位老師，特別感謝俊三．金，教導我要如何把它寫出來，還有蘿莉．歐斯特蘭德，一直對我說我一定辦得到。感謝在門多西諾海岸作家會議、北卡羅萊納州作家研習營，以及文學營的所有朋友，我們是戰友。

感謝我初稿的第一位讀者大衛．安德森，幫助我創造了那些「母體」，當她們順利開展之後，立刻為我歡呼喝采。大衛，你的早期支持對我的意義非同小可。感謝維克多莉亞．馬利尼，給了我如此犀利的評註。還要感謝一路上貢獻自身想法與支持的其他偉大讀者：麗茲・安德魯斯、克雷・克爾文、安・愛丁頓、克里斯・高漢、賈桂琳・漢普頓、威爾・修威斯、戴維・S・拉斯克爾、南希・瑪悠、育成・潘、賈瑞德・史蒂佛斯以及珍妮佛・史蒂佛斯。

感謝在台地區慷慨無比招待我們的霍皮族人，也要感謝細心記錄霍皮族傳說與歷史的每一位人士，為了這本書，我所參考的僅是這些傑作之中的一小部分而已：《霍皮族之書》（法蘭克・華特茲，一九六三年）、《我與我的：海倫・色卡夸普特娃的一生故事》（作者據說是路易斯・烏達爾，一九六九年）、《霍皮族的第四世界：霍皮印地安人保存於傳說與傳統中的史詩故事》（哈洛德・庫蘭德，一九七一年）、《霍皮族歷史紀錄》（哈利・C・詹姆斯，一九七四年）、《美洲群像：霍皮族人》（史都華・B・寇伊運姆特瓦、卡洛琳・歐巴奇・戴維斯，以及霍皮族文化保存辦公室，二〇〇九年）、《霍皮族》（蘇珊娜與傑克・佩吉，二〇〇九年）。

感謝我的編輯席琳・嚴・布里吉斯，當我一開始只是在練習寫作的時候，忍受了早期修正的整個過程，還要感謝海瑟・拉札勒對於這個故事如此信賴，幫助它成功越過終點線。

感謝我的The Book Group文學經紀人，伊莉莎白・威德，還有她的能幹助理海莉・史海費爾，她們認真批評，但努力奉獻一直堅定不移。感謝我在Creative Artists Agency的經紀人，米雪兒・維納，她對於此書的熱愛讓我甚感暖心。感謝我的外國版權經紀人，Jenny Meyer Literary Agency的潔妮・梅耶爾與海蒂・蓋爾、Danny Hong Agency的丹尼・洪，以及光磊國際的譚光磊與徐彩嫦。

感謝我的編輯辛蒂・黃以及克里斯汀・斯華茲，以及在Berkley出版社幫助我，進行最後潤飾，將最後的成品導向讀者面前的所有夥伴。沒有辦法被說出口的故事，等於是零。

國家圖書館出版品預行編目(CIP)資料

母體代碼/卡蘿.史蒂佛斯作；吳宗璘譯. -- 初版. --
臺北市 : 春天出版國際文化有限公司，2024.05
面 ; 公分
譯自 : The Mother Code
ISBN 978-957-741-839-5(平裝)

874.57 113003718

D小說 08

母體代碼 The Mother Code

作者 卡蘿・史蒂佛斯
譯者 吳宗璘
總編輯 莊宜勳
主編 鍾靈
出版者 春天出版國際文化有限公司
地址 台北市大安區忠孝東路四段303號4樓之1
電話 02-7733-4070
傳眞 02-7733-4069
E－mail frank.spring@msa.hinet.net
網址 http://www.bookspring.com.tw
部落格 http://blog.pixnet.net/bookspring
郵政帳號 19705538
戶名 春天出版國際文化有限公司
出版日期 二〇二四年五月初版
定價 450元

總經銷 楨德圖書事業有限公司
地址 新北市新店區中興路二段196號8樓
電話 02-8919-3186
傳眞 02-8914-5524
香港總代理 一代匯集
地址 九龍旺角塘尾道64號 龍駒企業大廈10 B&D室
電話 852-2783-8102
傳眞 852-2396-0050

ISBN 978-957-741-839-5 Printed in Taiwan